Alexandra Friedmann

Sterben für Anfänger

oder Rafik Shulmans
erstaunliche Reise ins Leben

Roman

btb

Für Leo

O, gather up the brokenness
And bring it to me now
The fragrance of those promises
You never dared to vow

The splinters that you carry
The cross you left behind
Come healing of the body
Come healing of the mind

(…)

O, see the darkness yielding
That tore the light apart
Come healing of the reason
Come healing of the heart

Leonard Cohen

1
Die größte Strafe

»Nur über meine Leiche«, ruft Mama und schlägt die Hände über der Brust zusammen, an der Stelle, wo die Schürze am meisten über ihrem üppigen Busen spannt. Baba Soja, die nicht verstanden hat, worum es geht, lässt den Löffel sinken und starrt Mama an, dann mich, dann wieder Mama. Sie umklammert mit beiden Händen die Tischkante, als sei sie die Einzige, die weiß, dass im nächsten Augenblick ein Erdbeben über unser Esszimmer hereinbrechen wird. Und während sie so den Tisch festhält, nickt sie zustimmend. Mama und Baba Soja sind immer einer Meinung. Vor allem, wenn es um mich geht. Mama schnappt nach Luft, und jetzt meine auch ich, die Vorboten des Erdbebens in der flachen Hühnerbrühe in meinem Teller zu erkennen – kleine, ringförmige Wellen, die an Baba Sojas handgekneteten Matzeknödeln zerschellen wie an Klippen. Vielleicht ist das Abendessen doch nicht der richtige Moment gewesen, mein Vorhaben zu erwähnen.

In der Zwischenzeit ist Mama schon rot angelaufen, ein Zustand, in den sie sich durch gekonntes nach Luft schnappen jederzeit selbst versetzen kann.

»Rafik, bist du jetzt völlig verrückt geworden?«, dröhnt sie von der anderen Seite der geblümten Plastiktischdecke. »Das machen doch nur geistig Gestörte und Leute, die was erben wollen!«

Das ist nicht wahr. Ich will niemanden beerben. Ob ich nun ein bisschen verrückt bin oder nicht, kann ich selbst nicht beurteilen. Denn ich kann mir nicht vorstellen, dass ein wahrhafter Irrer genug Tassen im Schrank hat, um sich selbst als verrückt zu bezeichnen. Und wenn er es könnte, wäre er ja quasi wieder bei Verstand. Verrückt oder nicht, ich habe mir jedenfalls vorgenommen, ehrenamtlich im Hospiz St. Martin zu arbeiten. Doch jetzt muss ich anstelle der köstlichen Hühnerbrühe erst einmal schlucken, was die zwei wichtigsten Frauen in meinem Leben davon halten. Und sie halten, wie erwartet, absolut gar nichts davon.

»Sieh dich an, du bist jung, gesund und so hübsch dazu! Was willst du bloß mit dem faulen Gemüse!«

Hat sie mich gerade als hübsch bezeichnet? Ist das der verklärte Blick einer liebenden Mutter oder will sie mich demütigen?

»Das Semester hat doch gerade erst begonnen. Es gibt tausend andere Dinge, mit denen du dir die Zeit vertreiben könntest!«

Das stimmt nicht. Es gibt die Synagoge am Freitag, den Schachclub am Sonntag, und wenn ich Glück habe, kommt Aljoscha übers Wochenende aus Frankfurt, und wir gehen gemeinsam ins Kino. Mehr ist da nicht.

»Reicht das BAföG denn nicht aus? Baba Soja und ich, wir unterstützen dich doch, wo wir können. Und du hast schließlich uns, die du beerben kannst!«

Das ist Baba Sojas Stichwort. Endlich lässt sie den Tisch los.

»Ich hinterlasse alles dir«, nickt sie. Sie nimmt den Löffel wieder in die Hand und beginnt, fleißig die Brühe zu schlürfen. »Der ganze Schmuck ist für deine Braut, mein Junge.«

Mit »Braut« meint sie eigentlich »feste Freundin mit hohem Heiratspotenzial«, aber ich habe weder das eine noch das andere. Eigentlich kenne ich kein Mädchen im Umkreis von dreitausend Kilometern, die ohne Einfluss von Drogen oder Hypnose mit mir Händchen halten würde. (Auch in einem noch größeren Umkreis kenne ich keine, und die Einzige, für die ich Augen habe, verhöhnt und verspottet mich.)

»Ich habe deinen Namen draufgeschrieben. Damit es keine Missverständnisse gibt!«, schmatzt Baba Soja und blinzelt zu Mama herüber, damit alle wissen, wer gemeint ist.

Jedes Mal, wenn sie von dem Schmuck anfängt, tut sie mir ein bisschen leid. Ich weiß, es ist ihr sehnlichster Wunsch, dass meine Braut sich am Tage unserer Hochzeit mit ihren armseligen Silberbroschen, den altmodischen Goldkettchen und den mit Diamantsplittern oder auch Glassteinchen besetzten Ohrringen schmückt. Und ihre riesigen Ringe aus Rotgold, die selbst mir zu groß sind, sollen zu Trauringen eingeschmolzen werden, damit wir sie uns für die Ewigkeit an die Finger stecken können. Sollte jemals der unwahrscheinliche Fall eintreten, dass eine Frau sich damit einverstanden erklärt, mich zu heiraten, wird sie spätestens beim Anblick von Baba Sojas Schmuck das Weite suchen. Doch Baba Soja hat nun einmal nicht mehr, was sie mir hinterlassen kann. Alles andere, die Wohnung im Kiewer Zentrum, die Datsche und die gesparten Rubel, die sie Zeit ihres Lebens in Kissen eingenäht hat, haben wir vor vielen Jahren in der Ukraine zurückgelassen. Nur den Schmuck hat sie nach Deutschland herübergerettet, und der ist allemal ein paar Hundert Mark wert. Seit ich in den Stimmbruch gekommen bin, zeigt sie mir immer wieder das Versteck im Schrank, das sie für ihre kargen Schätze eingerichtet hat. Sie öffnet andächtig die Schatullen, holt den Schmuck heraus und erwartet, dass ich ihn bestaune. Jedes Mal muss ich Baba Soja hoch und heilig versprechen, den ganzen Schatz irgendwann meiner Braut zu schenken.

»Ich würde ihn ihr ja selber schenken«, sagt sie dann immer. »Aber so lange werde ich nicht mehr leben, mein Junge. Bald bin ich tot, und du wirst nicht mal um mich weinen...« Das sagt sie übrigens, seitdem ich denken kann.

»Würdest du mich lieben, würdest du dir schnell eine Braut suchen«, fängt sie nun wieder damit an.

»Ach, bis der eine Braut gefunden hat, liegen wir beide unter der Erde!«, winkt Mama ab. »Dabei ist er doch so hübsch! Eine Verschwendung!«

»Ich gebe ihm den Schmuck noch heute, dann geht es bestimmt schneller mit der Braut. Nicht wahr, Rafik?«

»Eine wunderbare Idee«, ruft Mama. »Und diesen Unfug mit den kranken Menschen schlag dir mal schnell aus dem Kopf! Jetzt iss deine Suppe, bevor sie kalt wird. Kalt ist sie nur halb so gesund!«

»Das ist doch völliger Blödsinn...«, bricht es aus mir heraus, und ich setze schon an, um alle gängigen Beweise dafür anzuführen, dass die Inhaltsstoffe einer Hühnerbrühe sich keineswegs verändern, nur weil diese um drei Grad Celsius abkühlt. Doch dann fällt mir ein, dass wir diese Diskussion schon einmal geführt haben und dass Mama, durch welches rhetorische Kunststück auch immer, als Gewinnerin daraus hervorgegangen war.

Außerdem kämpfe ich gerade an einer anderen Front.

»Ist auch egal! Jetzt hör mir doch mal zu, nur ein einziges Mal! Es wäre doch eine gute Sache, ich würde Menschen helfen, die in einer schwierigen Lage sind. Und es bringt mir sicher Pluspunkte bei dem da ein«, sage ich und zeige mit meinem Löffel Richtung Zimmerdecke.

»Pluspunkte! So ein Humbug!«, donnert Mama zurück.

»Aber wärst du denn nicht dankbar für Unterstützung, wenn Baba Soja im Sterben liegen würde?«

»Oj!«, rufen Mama und Baba Soja gleichzeitig.

»Mein eigener Enkel will mich ins Grab bringen!«

»Spinnst du, Rafik, was redest du denn da!«

»Aber nein, ich meine doch nur, wenn es dir nicht gut gehen würde, würdest du dich nicht auch über ein tröstendes Wort, über ein verständnisvolles Ohr freuen?«, versuche ich, mich zu retten.

»Mir geht es ja schon jetzt nicht gut! Und wo bist du mit deinen Ohren? In der Universität und dann noch im Kino und bei Aljoscha und was weiß ich, wo sonst noch. Nie kommst du zeitig nach Hause! Wenn ich sterbe, bist du zu beschäftigt, um auch nur eine Träne zu vergießen!«

»Und jetzt will er auch noch wildfremden Leuten beim Sterben helfen, anstatt für die da zu sein, die ihn am meisten lieben!«, sagt Mama zu Baba Soja, als ob ich nicht da wäre.

Baba Soja nickt. »Iss deine Suppe, bevor sie kalt wird«, zischt sie.

Dann widmet sie sich wieder ihrem Teller, sie fischt mit bloßen Fingern ein Stückchen Hühnerhals aus der Brühe und beginnt, daran zu saugen.

Mama greift siegessicher nach ihrem Löffel. Doch so einfach gebe ich mich nicht geschlagen. Ich habe noch ein Ass im Ärmel, meinen ganz speziellen Joker für ihre viel gepriesenen Tränendrüsen. Ich senke den Kopf und starre wie versteinert auf die Knödel in meinem Teller. Ich kann hören, wie Baba Soja am Hühnerhals saugt, sie ist beim Rückenmark angekommen, das mag sie am liebsten.

»Es ist nur, ich dachte...«, murmle ich. »Ich dachte, es würde mir helfen zu verstehen, was mit Vater passiert ist.«

Das Traurige ist, dass das noch nicht mal eine Lüge ist. Immer wenn ich an Vater denke, ist da dieser Schmerz, er wandert, ist nicht zu fassen, pocht mal in den Knien, mal im Magen, mal zwischen den Schläfen. Es muss doch etwas geben, das ich tun kann, denke ich immer öfter, irgendetwas, um das alles hinter mir zu lassen, die Gedanken, diese verdammte Traurigkeit. Und dann kam mir diese Idee. Ich könnte Zeit mit Menschen verbringen, die im Sterben liegen... Vielleicht, sagte ich mir, verstehen Menschen, die wissen, dass sie bald sterben werden, mehr vom Tod als andere. Natürlich wissen diejenigen, die bereits gestorben sind, noch besser darüber Bescheid, aber die kann man leider nicht einmal in der Woche für eine Stunde besuchen, um sich mit ihnen zu unterhalten.

Trotz der drei dampfenden Teller auf dem Tisch herrscht plötzlich eisige Kälte in unserer Küche. Mama erstarrt mitten in der wonnevollen Kaubewegung, Baba Soja macht sich nicht die Mühe, den abgenagten Hals langsam in den Teller sinken zu lassen, sie lässt ihn achtlos auf die Tischdecke fallen. Entgeistert starren sie mich an, die zwei Frauen, die mir das Leben geschenkt und mich großgezogen haben, als hätte ich gerade bei einem frühen Landschaftsgemälde von Adolf Hitler die Pinselführung gelobt.

»Diese Leute sind doch *krank*, oder was meinst du, warum sie *sterben*! Da holst du dir noch irgendwas. Herpes oder Hepatitis oder... oder Aids!«

Ich habe schon geahnt, dass Mama so etwas sagen wird. Mama und Baba Soja haben kein besonders gesundes Verhältnis zu Krankheiten. Ihre Lieblingslektüre besteht aus der Spalte »Nebenwirkungen« des Beipackzettels von Baba Sojas Herztabletten. Schon beim kleinsten Verdacht auf eine Erkältung haben sie mich Zeit meines Lebens unter eine dicke Daunendecke gesteckt, um mir literweise Hühnersuppe und brühend heißen Tee mit Honig einzuflößen. Natürlich nur, weil ich ihr Ein und Alles bin und sie es nicht ertragen können, wenn es mir schlecht geht. Kalte Füße, nasse Haare und Durchzug stecken unter einer Decke mit gemeinen Bakterien und Viren aller Art, die überall lauern und nur darauf warten, ihren kleinen Rafik zu befallen.

»Du bist jetzt ein erwachsener Mann. Denk einfach nicht mehr daran«, verkündet Mama.

Ich starre sie ungläubig an. Es ist das erste Mal, dass Mama sagt, ich sei erwachsen *und* ein Mann, wo ich doch sonst immer ihr »kleiner Rafik« bin.

»Man kann nicht immer in der Vergangenheit festhängen, Rafik«, setzt Baba Soja einen obendrauf. Große Worte von einer Frau, die, seitdem ich sie kenne, ausschließlich in der Vergangenheit lebt.

Vielleicht war es doch keine so gute Idee, auf Vaters Tod zu sprechen zu kommen. Als ich noch ein Kind war, hat diese Taktik hin und wieder funktioniert. Es reichte schon, ihn oder den tragischen Vorfall, bei dem er gestorben war, zu erwähnen, und mir wurde ein langer, wehvoller Seufzer zuteil, gefolgt von den Worten:

»Mein armer kleiner Rafik! Armer, armer Junge!«

Das Eis zum Nachtisch hatte ich dann sicher, wo es Eis sonst nur im Hochsommer gab, und dann auch nur eine kleine Kugel.

Mama sieht mich noch immer vorwurfsvoll an. Jetzt erwartet sie, dass ihr kleiner Rafik wieder klein beigibt, so wie immer, so wie letztes Jahr, als ich den Studienplatz in Frankfurt absagte, weil es den beiden das Herz gebrochen hätte, mich nur am Wochenende zu sehen, und wer weiß, ob ich dann überhaupt jemals wieder nach Hause gekommen wäre, denn in so einer großen, fremden Stadt kann ja alles Mögliche passieren. Und da half es auch nicht zu erläutern, dass ich mit Aljoscha eine WG gründen könnte, dass wir uns im Studium gegenseitig helfen würden, denn schließlich waren sie es ja, die wollten, dass ich wie Aljoscha Informatik studierte. Das sei die Zukunft, meinte Mama, ich aber war mir gar nicht sicher, ob es überhaupt noch eine Zukunft geben würde.

»Bald ist sowieso alles egal. Da ist eh Weltuntergang!«, hatte ich trotzig erwidert. Ich war so sauer, dass ich mir fast wünschte, der Millennium-Bug möge wirklich alles im Chaos untergehen lassen. Jetzt wird mir bei dem Gedanken doch etwas mulmig. 1999 neigt sich dem Ende zu, wenige Wochen noch, dann bricht es über uns herein, ein neues Jahrtausend oder das Ende der Welt. Doch Mama ließ sich von solchen Kleinigkeiten noch nie vom Kurs abbringen.

»Ich mache dir gleich Weltuntergang!«, hatte sie geantwortet und mich böse angeschaut. Baba Sojas Herzleiden verschlimmerte sich auch zunehmend, sodass wir sogar zweimal den Krankenwagen rufen mussten. Bis ich das Handtuch warf und den Studienplatz hier in Aachen annahm.

Mama schaut mich immer noch erwartungsvoll an. Ich soll nicken, »Ja, ist gut, das war nur so eine Idee« sagen und weiter meine Brühe löffeln.

»Ja Mama, ist gut, das war nur so eine Idee«, sage ich, ohne aufzublicken. Es gelingt mir nicht, sie anzusehen. Ich konnte Mama noch nie anlügen, doch heute lässt sie mir einfach keine Wahl.

Mama nickt zufrieden. Sie taucht den Löffel in die Suppe, so tief, dass ein ganzer Knödel freiwillig hineinschwimmt und sich in ihren Mund befördern lässt.

Baba Soja schlürft zwei große Löffel Brühe, dann fischt sie in ihrem Teller nach einem »Bauchnabel«, so nennt sie, wohl um mich nicht zu erschrecken, schon immer die schrumpeligen Fleischklumpen in unserer Suppe, die in Wirklichkeit nichts anderes sind als kleine, zerkochte Hühnerherzen. Ich aber lege demonstrativ den Löffel neben den Teller, sage: »Ich habe keinen Hunger mehr«, stehe schweren Herzens auf und gehe, von erschrockenen, erbosten Blicken begleitet, langsam in mein Zimmer.

Nicht aufzuessen ist die größte Strafe, die ich den beiden angedeihen lassen kann.

2

Die unsichtbare Seite des Urknalls

»Warum sind Sie hier?«, fragt Schwester Margot, wobei sie mich durch die dicken Gläser ihrer Hornbrille eingehend mustert.

Schwester Margot ist eine Barmherzige Schwester vom Heiligen-Soundso-Orden, den Namen des besagten Heiligen habe ich vorher noch nie gehört und konnte ihn mir deshalb auch nicht merken.

»Unser Haus ist in katholischer Trägerschaft, aber wir sind natürlich offen für alle Konfessionen«, hatte sie mich noch im Eingangsbereich aufgeklärt. Dann führte sie mich durch zwei lange Flure und eine Treppe in den ersten Stock. An allen Wänden und auch im Treppenhaus hing ein dürrer Jesus und blickte von seinem berühmten Kreuz erschöpft zu uns herunter. Schwester Margot ist also eine Nonne, und nach allem, was ich über das Christentum und über Nonnen weiß (was nicht viel ist), ist sie quasi mit dem traurigen Knochengerippe von Jesus da oben verlobt, wenn nicht gar verheiratet. Ich versuche, ihr zuzuhören, versuche es krampfhaft, doch sie und ihr Quasi-Ehemann lösen in mir eine ganze Reihe mulmiger Gefühle aus: Ehrfurcht, dicht gefolgt von herkömmlicher Furcht bis hin zu einem undefinierbaren Schuldgefühl, das wohl aus meiner ersten Zeit in der deutschen Schule stammt.

Damals wusste ich noch nicht, dass man den monatlichen Gottesdient in der Kirche auch getrost hätte schwänzen können. Ich hatte es gerade aufs Gymnasium geschafft und wollte nichts falsch machen, also ging ich brav mit und kniete mich neben meine katholischen Klassenkameraden und meinen Freund Aljoscha in die Gebetsbänke, die Finger noch feucht vom Weihwasser, mit dem wir uns am Eingang bekreuzigt hatten. Beim Bekreuzigen und auch während des ganzen Gottesdienstes empfand ich eine beißende Schuld gegenüber meinem Volk und all seinen Märtyrern, gegenüber der Jüdischen Gemeinde Aachen, die mich und meine Familie so freundlich aufgenommen hatte, und ganz speziell gegenüber meiner armen, alten Großmutter, die so energisch vor jedem Kreuz zurückweicht, als sei es der Teufel in Person. Kurz gesagt: Ich fühlte mich schrecklich. Das Mindeste, was ich tun konnte, war, meine Finger nicht wie die anderen zum Beten ineinander zu verschränken, sondern die Hände nur ineinanderzulegen, wie der Sportlehrer es uns beim Volleyball gezeigt hatte. Ich schielte rüber zu Aljoscha, der mit ineinander verschränkten Fingern dasaß. Er hatte es einfacher als ich, seine Mutter war ja zur Hälfte russisch-orthodox – über ihrem Bett hing sogar eine kleine Ikone, ein Erbstück ihrer Großmutter. Ich habe schon länger den Verdacht, dass dieses kleine Bildchen der Grund ist, warum Aljoscha heute in Frankfurt lebt und ich immer noch hier festsitze. Denn welche echte jüdische Mutter lässt schon zu, dass die Frucht ihres Schoßes in die weite Welt hinauszieht! Da kann ja alles passieren, man könnte am Kreuz landen mit Nägeln in den Handflächen und zu allem Übel auch noch eine neue Weltreligion lostreten, die uns Juden vernichten will, es wäre nicht das erste Mal… Aljoscha faltete also die Hände wie ein echter Christ, während ich mir vormachte, ich würde gar nicht zum katholischen Gott beten, sondern nur Volleyball spielen in einer ziemlich finsteren Sporthalle voller Kerzen und Kreuze, in der es mysteriös nach Weihrauch roch. Und jetzt, während ich in dem kleinen Büro des Hospizes St. Martin vor Schwester Margot sitze, kommt es mir so vor, als würde dieser unheimliche Weihrauchgeruch mir wieder in die Nase steigen. Und plötzlich fühle ich mich sehr, sehr schuldig, dass ich überhaupt hier bin, ohne Mamas Wissen und gegen ihren Wunsch. Ich habe ja nicht erwartet, von einer Nonne empfangen zu werden. Als ich anrief und sie sich mit »Schwester Margot« meldete, war ich mir sicher, dass es sich um eine Krankenschwester handelt. Ich weiß wirklich nicht, wie man mit einer Nonne spricht. Diese mittelalterliche Kluft, die strenge Haube auf ihrem Kopf und das große hölzerne Kreuz um ihren Hals irritieren mich. Auf der Liste der Frauen, vor denen ich mich fürchte, stehen Nonnen ganz weit oben, noch vor Mama und sogar vor Rebekka, meiner heimlichen, blauäugigen Liebe.

Und jetzt schaut Schwester Margot mich auch noch an, als hätte ich eines ihrer Kreuze mit dem Abbild ihres Verlobten gestohlen, um es für ein paar Mark auf dem Trödelmarkt zu verscherbeln. Aus irgendeinem Grund fühle ich mich tatsächlich ertappt und habe plötzlich das Gefühl, mich rechtfertigen zu müssen. Dabei biete ich ihr doch freiwillig und unentgeltlich meine Hilfe als Ehrenamtlicher an.

Ich räuspere mich und huste, um etwas Zeit zu schinden. Soll ich ihr wirklich die ganze Wahrheit erzählen? Dass mein Vater, als ich sieben war, bei der schrecklichsten Reaktorkatastrophe unserer Zeit ums Leben gekommen ist, dass er wahrscheinlich verbrannt ist oder verschüttet wurde oder gar in tausend Stücke gerissen, dass dieses allgemeine Unglück, das sich an jenem Tag über Europa legte, zu meinem ganz persönlichen Unglück geworden ist. Dass sein Tod in meine Zellen eingedrungen ist wie die Radioaktivität in den Boden, dieser Tod, der sich bereits bis in meine Haarwurzeln gefressen hat und mich jetzt schon kahl werden lässt wie einen alten Mann. Und dass ich endlich verstehen will, was genau das ist, was da Besitz von mir ergreift.

Irgendwie habe ich die leise Ahnung, dass dies keine gute Idee ist.

»Weil, ich möchte behöflich sein.«

So ein Mist! Nicht schon wieder! Seitdem wir nach Deutschland gekommen sind, vertausche ich Buchstaben oder Silben, wenn ich nervös bin. Dann sage ich Wörter, die es nicht gibt, und alle lachen. Sogar Schwester Margots Mundwinkel verziehen sich leicht.

»Behilflich, meine ich«, versuche ich, mich zu retten. »Ich bin Student hier an der Uni und habe Freistunden, die ich sinnvoll nutzen will.«

Das klingt hoffentlich glaubwürdig. Das Hospiz befindet sich tatsächlich nur wenige Minuten von meiner Fakultät. Wenn es nicht so wäre, würde ich kaum hier arbeiten können, ohne dass Mama Wind davon bekäme. So kann ich die Zeit zwischen zwei Vorlesungen nutzen, immer mittwochs, da habe ich zwischen zwölf und halb vier eine große Lücke. Doch Schwester Margot scheint das nicht zufriedenzustellen.

»Was wir hier tun, ist keine leichte Arbeit. Es kann sehr belastend sein, wenn man keine Erfahrung hat. Sind Sie denn jemals mit todkranken Menschen in Kontakt gekommen?«

Da muss ich nicht lange überlegen.

»Ja«, nicke ich. »Meine Großmutter. Sie liegt schon sehr lange im Sterben.«

»Was meinen Sie mit *sehr lange*?«

»Eigentlich schon immer.«

»Ein Pflegefall?«

»Kann man so sagen.«

»Das ist nicht ganz dasselbe.«

Wenn Schwester Margot nur wüsste!

»Diese Arbeit kann nicht jeder machen«, fährt sie fort. »Das müssen Sie wissen.«

»Ich glaube, ich kann es!«, beteure ich.

»Glauben ist gut«, sagt sie nachdenklich und rückt ihre Brille zurecht.

Ich erfahre, dass Schwester Margot das Hospiz leitet und dass sie vor allem als Seelsorgerin tätig ist, das ist der eigentliche, wichtige Teil ihrer Arbeit. Dass es auch Leute für die Pflege der Gäste gibt und jemanden für die Hauswirtschaft und mehrere Ärzte, die täglich ins Haus kommen.

»Alles, was man braucht, um unsere Gäste auf ihrem letzten Weg zu begleiten. Aber Sie können sich ja selbst ein Bild machen, kommen Sie, ich zeige Ihnen erst mal das Haus, dann sehen wir weiter.«

Wir beginnen im ersten Stock. »Die Menschen kommen hierher, um in Würde zu sterben«, eröffnet Schwester Margot den Rundgang. *In Würde sterben.* Ich habe mich schon immer gefragt, wie das wohl geht, ob es überhaupt möglich ist. Es geschieht in einem Gebäude, das eigens für diesen Zweck erbaut worden ist, mit großen Fenstern, die zu einer öffentlichen Parkanlage hinausgehen, in einem von fünfzehn Einzelzimmern, die auf zwei Stockwerke verteilt sind. Wir betreten so ein Zimmer, das gerade *frei geworden* ist. Ob der Geist des letzten Bewohners noch da ist?, schießt es mir durch den Kopf, doch ich verscheuche den Gedanken wieder. Es ist schon sehr lange her, dass mir zum letzten Mal ein echter Geist erschienen ist, und ich denke nicht allzu gern daran zurück. Der Raum ist eine Mischung aus Krankenhauszimmer und Mittelklassehotel, mit Gardinen, die dasselbe Muster haben wie der Bettüberwurf und die Kissen, mit einem Fernseher, der von der Decke hängt, und einem behindertengerechten Duschklo mit einem großen Spiegel über dem Waschbecken. Will man wirklich so einen riesigen Spiegel im Bad haben, frage ich mich, wenn man kurz davor ist, zu sterben und höchstwahrscheinlich so aussieht, als wäre man schon längst tot? Wie so jemand tatsächlich aussieht, weiß ich nicht, denn wir haben auf unserem Rundgang noch keinen einzigen Bewohner getroffen. Die ganze Zeit schon hatte ich damit gerechnet, dass uns jemand entgegengeistert, jemand sehr krankes, ein Fast-Phantom in einem Rollstuhl, mit langen Schläuchen in Mund und Nase und dem aufflackernden Tod in den müden Augen. Doch es ist niemand da, die Gänge sind leer. Im ganzen Haus herrscht Stille. Vielleicht gehört auch das zum *in Würde sterben*, überlege ich und muss an den Lärmpegel bei uns zu Hause denken: das ewige Töpfeklappern in der Küche, Mamas Befehlston, wenn sie die Einkaufsliste diktiert oder mich zum Staubsaugen abkommandiert, das Brummen des Staubsaugers und im Hintergrund der Fernseher, den Baba Soja immer lauter dreht, bis er nicht mehr im Hintergrund ist – das alles noch übertönt von Mamas Gebrüll aus der Küche, ich hätte die Ecke hinter dem Kühlschrank vergessen. Kein Ort zum Sterben, schießt es mir durch den Kopf, und noch weniger ein Ort zum Leben!

»Das hier ist unsere Küche«, reißt Schwester Margot mich aus meinen Gedanken. Es ist ein großer, offener Raum mit einer Theke und mehreren Tischen, wie in einem kleinen Bistro. »Wir haben eine Speisekarte und eine Tageskarte. Wir kochen für jeden Gast frisch, auch auf Wunsch, wenn es geht!«, sagt Schwester Margot stolz. »Wir versuchen, unseren Gästen nach Möglichkeit jeden Wunsch zu erfüllen, und der Wunsch nach gutem Essen steht bei den meisten ganz weit oben.«

»Kann ich mir denken!«, murmele ich. In meiner Kultur steht Essen grundsätzlich immer an erster Stelle. Angesichts der endlosen Gebote und Verbote, was man essen darf und was nicht, wie man was zubereitet und von welchem Geschirr und mit welchem Besteck man es zu sich nimmt, könnte man meinen, Essen sei das zentrale Thema des Judentums. Nicht, dass sich bei uns zu Hause jemand an die Kaschrut-Vorschriften halten würde. Da herrscht nur ein Gesetz: koscher ist, was Mama oder Baba Soja mit dem Fleiß ihrer liebenden Hände für mich zubereitet haben.

Schwester Margot führt mich einen Gang entlang, vorbei an einem Spielzimmer. »Für die Enkel. Die meisten unserer Gäste sind um die siebzig oder noch älter.« Es geht vorbei an einem Musikzimmer mit einem Keyboard und einer Gitarre, weiter über den Gang bis zur Treppe. Wir begegnen niemandem, abgesehen von Jesus, aber der ist hier ja sozusagen von Natur aus allgegenwärtig.

»Und jetzt gehen wir noch in den Aufenthaltsraum«, informiert mich Schwester Margot. Ich hole tief Luft, ich gehe davon aus, dass nun mein erstes Zusammentreffen mit dem Tod wohl unvermeidlich sein wird. Wir durchqueren die Eingangshalle, Schwester Margot öffnet eine Tür und betritt den Raum, ich folge ihr. Es ist ein großes Zimmer mit mehreren Tischen und einer Reihe Stühle, einer Fernsehecke mit Sofa und etwas lokaler Kunst an den Wänden, es erinnert an einen vergessenen Konferenzraum in einem alten Hotel.

»Hier halten sich die Gäste also auf«, sage ich, um irgendwas zu sagen.

»Ja, das kommt vor«, nickt Schwester Margot. »Aber zur Mittagszeit schlafen die meisten oder ruhen sich auf den Zimmern aus. Darum habe ich jetzt auch Zeit für Sie. Kommen Sie, ich zeige Ihnen noch einen Raum, dann muss ich mich um den Schichtwechsel kümmern.«

Ich folge ihr bis zum Ende des Flures. Wir bleiben vor einer verschlossenen Tür stehen, auf der in grasgrünen verzierten Buchstaben »Raum der Stille« steht. Vor der Tür steht ein Paar alter, abgelaufener Turnschuhe.

»Oh, es scheint jemand drin zu sein«, flüstert Schwester Margot. »Das ist unser Rückzugsort, zum Beten und In-sich-Gehen. Wenn wir ganz leise sind, können wir schnell einen Blick hineinwerfen.«

Ich nicke und presse die Lippen zusammen. Schwester Margot drückt langsam die Klinke herunter und schiebt vorsichtig die Tür auf. Ich erhasche einen Blick in den Raum, eine Wand, verziert mit zarten grünen Sprenkeln, grün wie die Hoffnung – nur worauf, ist die Frage. An einer anderen Wand steht ein kleiner Altar, über dem ein großes hölzernes Kreuz mit einem ganz besonders leidenden, ehrfurchteinflößenden Jesus hängt, drum herum stehen ein halbes Dutzend weißer brennender Kerzen auf hohen Ständern. Ich nehme sie nur am Rande wahr, mein Blick bleibt an etwas anderem heften, etwas Strahlendem, Rotem, das diese Oase des Friedens sprengt wie der Urknall. Es ist das längste, leuchtendste Urknallhaar, das ich jemals gesehen habe. Die schmale Person, zu der es gehört, sitzt im Schneidersitz auf einem großen Kissen, mit dem Rücken zu uns und dem Gesicht zum Altar, sie hat die Ellenbogen auf ihr Knie gestützt und die Finger zu einem umständlichen »O« geschlossen. Von der unsichtbaren Seite des Urknalls geht etwas aus, mehr eine Vibration als ein Geräusch: ein sehr leises und doch zu vernehmendes »MMMMMMM«, das sich im Raum ausdehnt wie das Universum. Kaum ist es zu mir vorgedrungen, verstummt es auf einen Schlag, als Schwester Margot die Tür wieder zuzieht.

»Ach ja, so eine positive Person!«, murmelt sie. »Tragisch, in dem Alter! Aber was sag ich, es ist immer tragisch…«

Wir stehen wieder in der Eingangshalle. Ich nicke, versuche zu lächeln und stammle vor mich hin:

»Es ist wirklich ein sehr schönes… Hospiz… Haus… ich kann immer mittwochs, also… das ist natürlich Ihre Entscheidung…«

»Also gut«, erbarmt sich Schwester Margot endlich. Zum Glück macht sie das ja hauptberuflich. »Wenn Sie bereit sind, regelmäßig zu kommen, sagen wir, einmal die Woche, und dann auch für zwei oder drei Stunden, denn Verbindlichkeit ist uns hier sehr wichtig, dann können wir es versuchen. Sie werden in der Küche anfangen, unserer Tina von der Hauswirtschaft beim Kochen zur Hand gehen. Sie müssen wissen, wir können Sie nicht einfach so auf die Gäste loslassen, auch um Ihretwillen. Da braucht man schon etwas Erfahrung, das kann nicht jeder, wie gesagt, man muss schauen, wie man damit klarkommt.«

Ich nicke und versichere ihr, dass ich natürlich gerne in der Küche anfange, mit Essen kenne ich mich ja zum Glück gut aus, da wird das mit dem Kochen schon klappen.

»Warten Sie mal!« In einer Ecke der Eingangshalle steht ein Ständer mit Flyern und Broschüren.

Schwester Margot holt ein schmales Heftchen und reicht es mir. »Sterben für Anfänger« steht auf dem Umschlag.

»Ein blöder Titel, wirklich!«, sagt sie. »Ich weiß auch nicht, was die sich dabei gedacht haben. Aber der Inhalt ist hilfreich, lesen Sie mal rein.«

Ich bedanke mich mehrere Male und verabschiede mich so höflich, wie ich nur kann. Dann gehe ich zur Tür hinaus, durch den Park und über die Straße, zurück zur Uni. Ich hole mir einen Kaffee aus dem Automaten und setze mich schon mal in den leeren Vorlesungssaal, in einer halben Stunde beginnt Lineare Algebra. Ich hole das Heftchen hervor, nippe am Kaffee und beginne zu lesen. Doch ich kann mich nicht konzentrieren, die Wörter bleiben eindimensional, dringen nicht zu mir durch. Und dann, plötzlich, springt mich ein Buchstabe nach dem anderen an, sie werden ganz groß und wieder ganz klein, und dann wirbeln sie alle, wie von einem Sturm erfasst, durcheinander, beschreiben Kreise, Parabeln und Sinuskurven, ziehen sich zusammen zu einem Haufen von unendlicher Dichte, zu einem einzigen Punkt, der in einem feuerroten Urknall explodiert. Gebannt starre ich ins Heft und kann nicht aufhören, mich zu fragen, was sich wohl auf der anderen Seite des Urknalls verbirgt.

3

Der wahre Zweck einer Kippa

Obwohl ich immer noch ziemlich sauer auf Mama und Baba Soja und ihre grenzenlose Sturheit bin, lasse ich es mir nicht nehmen, die beiden zum Freitagabendgottesdienst in die Synagoge zu begleiten. Seit wir in Deutschland sind, ist das eine Art Familientradition. Früher, in der Ukraine, hat niemand von uns auch nur einen Fuß in ein Gotteshaus gesetzt. Und obwohl Baba Soja jeden Freitag ihren besten Rock hervorkramt, behauptet sie an allen anderen Wochentagen immer, dass es keinen Gott gibt. Denn was für ein Gott lässt zu, dass grausame Nazis unschuldige jüdische Kinder bei lebendigem Leib ins Feuer werfen oder in der Gaskammer ersticken lassen? An so einen Gott möchte sie einfach nicht glauben, und wenn sie nicht an ihn glaubt, dann gibt es ihn auch nicht. Mamas Beziehung zu Gott ist eher eine pragmatische: Für sie ist Gott mal die höhere Instanz, um derentwillen ich dies oder jenes sein lassen soll, mal der Sündenbock, wenn etwas nicht so klappt, wie sie will, und am Freitag ist er eben ein Vorwand, um sich herauszuputzen und sich in der Synagoge mit anderen jüdischen Frauen ihres Schlages zu treffen.

Und mein Verhältnis zu Gott? Es ist kein besonders gutes. Einerseits hat er mir meinen Vater genommen, obwohl ich ihn wirklich sehr gebraucht hätte. Es ist unwahrscheinlich, dass ich ihm das jemals verzeihen werde. Andererseits will ich es mir auch nicht ganz mit Gott verscherzen, schließlich will ich nicht, dass wieder etwas Schlimmes passiert, mit Mama oder Baba Soja oder eben mit mir. Darum versuche ich, ihm aus dem Weg zu gehen, so gut ich kann. Zugegeben, ein Gottesdienst ist vielleicht nicht der beste Ort, um das zu tun, aber ich habe meine Gründe.

Früher war der Schabbat in der Synagoge für uns Kinder ein Indoorspielplatz der etwas anderen Art. Das war Anfang der Neunzigerjahre, die meisten von uns waren gerade erst aus der zerfallenden Sowjetunion nach Deutschland gekommen. Alle hatten wir unsere Heimat, unsere Freunde und einen Großteil unserer Familie zurückgelassen, wir mussten bei null anfangen, Deutsch lernen, Anschluss finden, irgendwie in der neuen Schule klarkommen. Wir saßen alle im selben Boot, und das nahm jeden Freitag Kurs auf die Jüdische Gemeinde. Aljoscha und ich hatten unsere Bar-Mizwa noch nicht gefeiert, und so waren wir für Gott noch nicht relevant und durften uns schon während des Gottesdienstes zum Spielen in die anderen Räume der Synagoge verziehen. Aus Anstand warteten wir etwa zehn Minuten, dann schlichen wir davon und folgten den anderen Kindern in den Speisesaal. Die Vorhänge waren stets zugezogen, und der Raum lag in einem geheimnisvollen Dämmerlicht. Auf den weißen Tischdecken stand schon das Schabbatessen bereit: Salate mit Mayonnaise, in Scheiben geschnittene Gurken und Tomaten mit Dill, Challa-Brot und einige Flaschen kosheren Weins – an hohen Feiertagen sogar Wodka. Kurz gesagt: Die Tische waren gedeckt wie bei einer herkömmlichen sowjetischen Geburtstagsfeier. Das kostenlose Essen war ja mit ein Grund, warum der Gebetsraum jeden Freitag so voll wurde. Ich weiß nicht, warum bei meinem Volk alles immer durch den Magen geht. So besuchte ich zum Beispiel jahrelang freiwillig den jüdischen Religionsunterricht, nur weil es am Ende Marmorkuchen und Cola gab. Freitags gab es für uns Kinder statt Cola nur Traubensaft, doch dafür schmeckte das weiße süßliche Challa-Brot, das man mit einer Prise Salz bestreute, wirklich köstlich. Und während die Erwachsenen sich nebenan beim Gebet die Füße in den Bauch standen, bestaunten wir Kinder schon mal die üppig gedeckten Tische. Es war immer etwas Besonderes, vor allen anderen im Speisesaal herumzuschleichen. Wir fühlten uns wie auserwählte Kundschafter auf verbotenem Territorium. Natürlich waren Aljoscha und ich nicht allein. Die Mädchen verkrochen sich in die hintere Ecke des Raumes unter einen der Tische, wo sie ihre Mädchenspiele spielten. Wir, die Jungs, schlichen gern um den vordersten Tisch herum, dort, wo wir später zusammen mit dem Kantor stehen würden, um gemeinsam das Brot zu segnen. Natürlich war die Versuchung groß, jetzt schon ein Stück von dem Challa-Zopf zu stibitzen. Doch das hätten wir niemals gewagt. Stattdessen spielten wir mit den brennenden Kerzen herum, hielten unsere Finger über die Flammen und zogen sie erst wieder weg, wenn sie schwarz wurden oder wir uns verbrannten. Dann spielten wir Fangen, indem wir um den Tisch herumrannten und an den Stühlen rüttelten, bis jemand von den Erwachsenen hereinkam und uns ausschimpfte, wir sollten gefälligst Ruhe geben, bis das Gebet vorbei war.

Den Segensspruch für das Brot kannten wir schon lange auswendig, trotzdem ließ Golan es sich nicht nehmen, ihn jedes Mal vorzusagen. Golan, unser Kantor, ist ein Greis, seitdem ich ihn kenne. »Alt« ist für ihn einfach nicht das richtige Wort, er scheint einer grauen Urzeit entsprungen zu sein, und wenn ich ihn mir heute so angucke, wie er immer noch jeden Freitag vorne steht und Gebete aus der Thora singt, dann drängt sich mir der Gedanke auf, dass er wahrhaft unsterblich ist. Zumindest wird mir angesichts seiner hageren, schrumpeligen Gestalt klar, wie viel Macht der Geist über den Körper haben muss. Golan ist durch die Hölle der Lager gegangen, und als er geschunden und völlig abgemagert, doch immer noch lebendig herauskam, muss er eisernen Willens beschlossen haben, einfach nicht zu sterben. »Wenn die Nazis es nicht geschafft haben, mich umzubringen, warum sollte es dann der Zeit gelingen!«, muss er sich gesagt haben. Und heute ist er immer noch da, ein ewiger Greis mit riesigen behaarten Ohren. Er ist aus unserer Gemeinde nicht wegzudenken, und wenn wir am Freitag die Synagoge betreten, ist es ein bisschen so, als kämen wir zu ihm nach Hause, in sein persönliches Reich. Trotzdem darf man nicht erwarten, von ihm empfangen zu werden, denn er ist immer der Erste im Gebetssaal, wo er sich wahrscheinlich schon im Voraus bei Gott über sein Publikum beschwert: die Männer, die kein Wort Hebräisch verstehen und immer noch kein einziges Gebet mitsingen wollen, und die Frauen auf ihrem Balkon, denen nichts Besseres einfällt, als schon während des Gottesdienstes den neuesten Klatsch und Tratsch auszutauschen.

Während ich Mama und Baba Soja an der Garderobe aus ihren Mänteln helfe, spähe ich verstohlen in den Vorraum, in der Hoffnung, *sie* zu entdecken. Die Chancen stehen gut, dass sie kommt, denn sie lässt den Gottesdienst nur selten ausfallen, eigentlich nur in den Schulferien, wenn sie mit ihren Eltern verreist, aber diese sind zum Glück gerade zu Ende.

»Na, schielst du wieder nach deiner Schickse?«, stichelt Mama, während sie sich aus dem Mantel schält.

»Mama!«, zische ich und werde sofort rot.

»Was der Junge nur an ihr findet!«, wendet Mama sich an Baba Soja, die nachsichtig die Schultern hebt.

»Und nenn sie nicht Schickse!«, flüstere ich, setze mir hastig eine Kippa auf und folge den beiden in den Vorraum. Da vorne, da steht sie, zwischen ihren Eltern. Ich muss zugeben, sie sieht wirklich aus wie eine Schickse, nämlich einfach nur umwerfend. In jedem Fall ist sie die einzige echte Blondine im Raum, vielleicht ist sie, abgesehen von ihrer Mutter, die einzige echte Blondine, die jemals unsere Synagoge betreten hat. Sie hat wunderschöne, riesengroße blaue Augen, umrandet von derart dichten schwarzen Wimpern, dass sie sich damit ihre blonden Augenbrauen kämmen könnte, wenn sie wollte. Sie ist so anders als alle jüdischen Mädchen, die ich kenne, anders als Mama und Baba Soja und die anderen Mamas und Baba Sojas mit ihren Töchtern und Enkelinnen. Ich vergöttere sie. Abgesehen von den Wimpern ist das Einzige, was sie von ihrem Vater hat, der jüdische Name.

Rebekka.

Rebekka Golan.

Sie ist die Enkelin des Kantors, und sie kommt jeden Freitag, um ihren Großvater zu sehen. Es gibt viele Gerüchte über die interfamiliären Verhältnisse der Golans. Es heißt, der Kantor habe seine ganze Familie im Lager verloren, seine Eltern und Geschwister, seine Frau und eine kleine Tochter, die damals erst fünf oder sechs Jahre alt gewesen ist. Nach der Befreiung habe er einige Zeit in Holland gelebt, wo er seine zweite Frau traf, eine junge holländische Jüdin, die den Krieg überlebt hatte, indem sie sich jahrelang im Keller einer Mädchenschule versteckt hielt. Aus der Ehe gingen drei Söhne hervor. Und dann kommt der Teil, der stets mit einer großen Prise geheuchelten Mitleids herumerzählt wird: Da wagt es tatsächlich der jüngste Sohn, eine Deutsche zu heiraten! Nach allem, was die Nazis seinem Vater angetan haben! Und Golan kann nichts dagegen tun. Lange Zeit soll er sich geweigert haben, die Ehe zu segnen, das Haus seines Sohnes überhaupt zu betreten. Erst als die Enkelin geboren wurde, soll er seinen Sohn wieder besucht haben. Rebekka aber liebt der Kantor abgöttisch, und manche munkeln, der Grund dafür sei, dass sie ihn – welche Ironie des Schicksals! – an seine von den Nazis ermordete Tochter erinnert. Jedenfalls kommt Rebekka, seit sie ein Kind ist, jeden Freitag mit ihrem Vater zum Gottesdienst. Ihre Mutter haben wir letztes Jahr zum ersten Mal zu Gesicht bekommen, der Kantor hatte ihr wohl Hausverbot erteilt, bis sie sich endlich dazu entschloss, zum Judentum überzutreten.

»Übertreten, an so was glaub ich nicht. Das Judentum wird über die Mutter vererbt, und basta!«, sagt Mama immer, wenn ich versuche, ihr zu erklären, dass Rebekka und ihre Mutter nach ihrem Giur vor dem jüdischen Gesetz nicht weniger jüdisch sind als sie selbst.

Ich kenne Rebekka seit Jahren, sie hat mit den anderen Mädchen in der hintersten Ecke des Speisesaals gehockt und mit einem Ring aus dem Kaugummiautomaten »Taler, Taler, du musst wandern« gespielt. Wirklich bemerkt aber habe ich sie erst vorletzten Winter, als sie auf hohen Hacken und in einem für einen Gottesdienst eigentlich viel zu kurzen Rock vor mir stand und mich mit ihren strahlenden Augen ansah.

»Hallo!«, hatte sie gesagt und mich zur Seite gezogen. Sie lehnte sich zu mir, ganz nah, viel näher, als es ein Mädchen jemals zuvor getan hatte, und hauchte ihren herrlichen Atem in mein Ohr.

»Sag mal, Rafik, du bist doch schon achtzehn, oder?«

Die Röte schoss in mein Gesicht wie eine göttliche Plage, und mein Mund war so trocken, dass das jüdische Volk ohne Weiteres vierzig Jahre lang darin hätte umherwandern können.

Ich nickte nur, war wie auf stumm geschaltet.

»Kannst du mir einen Riesengefallen tun?«, zwitscherte sie. »Eine Freundin von mir, die hat heute Geburtstag, und da wollten wir eine Flasche Wein besorgen. Meinst du, du kannst mir dabei helfen?«

Die Enkelin des Kantors ging also am Schabbat feiern, und sie betrank sich auch noch. Dabei war sie doch erst fünfzehn! Aber was sollte ich tun? Sie hatte einfach die größten blauen Augen in der Geschichte der jüdischen Frau.

»Ich versüchte… suche… ich meine… ich versuch's…«, stotterte ich.

Sie strahlte. Dann hauchte sie mir schnell Anweisungen ins Ohr, wo und wann wir uns nach dem Gottesdienst treffen würden, und eilte auf ihren Balkon.

»Ich gehe noch eine Runde spazieren!«, sagte ich, als ich Mama und Baba Soja an diesem Abend zu Hause abgeliefert hatte.

»Es ist eiskalt draußen! Du holst dir noch den Tod!«, protestierte Mama sofort.

»Ich habe meinen Schal!«, argumentierte ich.

»Es ist schon dunkel, da wirst du noch überfallen!«, mischte Baba Soja sich ein.

»Ich bin achtzehn und tue, was ich will!«, sagte ich. Nein, ich glaube, ich habe es geschrien. Denn Mama und Baba Soja starrten mich mit einer Mischung aus Verwunderung und Hohn an. So etwas hatten sie nicht erwartet.

»Aber nur eine halbe Stunde!«, feilschte Mama. Sie muss einfach immer das letzte Wort haben.

Rebekka wartete bereits vor dem Laden. Im Handumdrehen schleppte sie zwei Weinflaschen und eine beträchtliche Ladung Feiglinge zur Kasse.

»So war das aber nicht abgemacht!«, murmelte ich.

»Wir sind doch so viele, das schaffen wir!«, winkte sie ab. Ich Trottel nahm an, sie meinte mich! Schnell zog ich den Ausweis aus dem Portemonnaie. Ich bestand sogar darauf zu zahlen.

»Und, wo gehen wir hin?«, fragte ich wagemutig.

»Wie? Oh, ach so. Entschuldige, Rafik, das ist ein reiner Mädchenabend. Aber beim nächsten Mal bestimmt!«

»Oh, ja, klar, kein Problem. Ich muss sowieso nach Hause, sonst erkühle, also, erkälte ich mich noch.«

»Danke noch mal«, rief sie und stöckelte davon.

Natürlich hat es kein nächstes Mal gegeben. Und selbstverständlich weiß ich, dass sie mich nur ausgenutzt hat. Doch seitdem grüßt sie mich wenigstens jeden Freitag, und wenn ich mir viel Mühe gebe, dann schaffe ich es sogar, mir einzureden, dass ihr Lächeln frei von Hohn ist.

Doch jetzt, während ihr Großvater die Stimme für das erste Gebet erhebt, ist mir wieder, als spürte ich ihren spöttischen Blick deutlich im Nacken. Ich stelle mir vor, wie sie vom Balkon aus buchstäblich auf mich herabsieht, und selbst der kleinste Versuch, meinen Geist über das Irdische zu erheben, scheitert kläglich. Es ist ja auch nicht so, dass ich zum Beten herkommen würde. Wie gesagt, ich gehe dem da oben lieber aus dem Weg. Ich blinzle und lasse die Augen nur halb geöffnet, wende meine Gedanken von ihm ab und stelle mir vor, wie ich nach dem Gottesdienst zu Rebekka gehe und sie frage, ob wir den gemeinsamen Abend bald mal nachholen wollen. Wir verabreden uns in einem Café und reden den ganzen Abend über ihr Abitur und mein Studium und ihre Zukunftspläne und Schach und ihre Freundinnen und darüber, wie schön ihre Augen sind. Die ganze Zeit über brennt auf dem Tisch eine Kerze, in die ich den Finger halte, wie damals im halbdunklen Speisesaal. Sie ist hin und weg von meinen übermenschlichen Fähigkeiten und lädt mich zu sich nach Hause ein. Ich lerne ihre Eltern näher kennen, ihre Mutter ist wirklich eine sehr nette Frau, und ihr Vater behandelt mich vom ersten Augenblick an wie seinen Schwiegersohn, und das werde ich dann auch, der Schwiegersohn von Rebekkas Vater, nämlich indem ich sie heirate. Hier könnte die Geschichte zu Ende sein. Doch das ist sie nicht, das ist sie nie. Immer, wenn es am schönsten ist, geschieht plötzlich etwas Schreckliches, ein Sturz, ein Unfall, Blut auf Rebekkas Brautkleid, Krankenwagensirenen übertönen die grausame Melodie von *November Rain*. Ich versuche, sie zu retten, doch Rebekka stirbt, jedes Mal, und ich kann nichts, absolut gar nichts dagegen tun.

Das Schlimmste aber ist: Während diese Bilder durch meinen Kopf laufen wie durch einen Videorekorder, spüre ich den Blick meiner Mutter, der sich an meinem Hinterkopf entlangtastet und zu ergründen versucht, was unter meiner Kippa vor sich geht. Warum ist es bei uns Juden nur so, dass die Frauen den Männern stets im Nacken sitzen? Nie bleibt man unbeobachtet, nicht mal während des Gottesdienstes! Ob Gott auch eine Mutter hat, die ihn ständig von einem Balkon aus beobachtet? In diesem Moment bin ich heilfroh, die Kippa auf dem Kopf zu haben. Ich habe seit Längerem die Vermutung, dass das Mützchen gar nicht dazu da ist, unsere Ehrfurcht vor Gott auszudrücken. Nein, wir tragen sie nur, um während des intimen Zwiegesprächs mit Gott unsere kargen, halb kahlen Hinterköpfe vor den bohrenden, argwöhnischen Blicken der Frauen auf dem Balkon zu schützen. Damit sich wenigstens ein untertassengroßer Teil von uns eine Dreiviertelstunde lang ihrer uneingeschränkten Kontrolle entziehen kann.

4

Tante Ritas ruiniertes Sofa

Es gab nicht diesen einen Tag, an dem Vater aus unserem Leben verschwand. Zumindest kommt es mir so vor, wenn ich heute daran zurückdenke. Vielleicht liegt das daran, dass es nie eine richtige Beerdigung gab und ich nie die Möglichkeit hatte, mich endgültig von ihm zu verabschieden. Denn wir haben Vaters sterbliche Überreste nie zurückbekommen, wahrscheinlich, weil es keine Überreste gab oder weil diese so stark radioaktiv verseucht waren, dass man sie gleich einbetoniert und mit dem Rest des Kraftwerks begraben hat. Vaters Tod war für mich ein graduelles Verschwinden, als hätte er sich langsam aufgelöst wie ein Nebel, nur aus der Ferne sichtbar und beim Näherkommen langsam seine Form verlierend. Natürlich erzählte Mama mir nicht sofort von seinem Tod. Vielleicht wusste sie es zu diesem Zeitpunkt selbst noch nicht, Vater war ja auf Geschäftsreise, und da kam es auch schon mal vor, dass er nur alle zwei oder drei Tage anrief. Wir erfuhren, wie alle anderen auch, erst einige Tage nach dem Super-GAU aus den Nachrichten von einem Unfall in einem Atomkraftwerk in Tschernobyl, und da weilte er höchstwahrscheinlich schon nicht mehr unter den Lebenden. Ich erinnere mich nur lückenhaft an die Zeit nach dem Unfall, wohl aber daran, dass es vielmehr um unser eigenes Überleben ging, als um die Frage, wo Vater abgeblieben war und warum seine Geschäftsreise diesmal so lange dauerte.

»Nimm bloß nicht das Reh!«, bläute Mama mir täglich ein, wenn ich mich auf den Schulweg machte. »Reh oder nicht Reh, lass das Fleisch stehen, nimm nur den Buchweizen!«, rief Baba Soja mir hinterher, bevor ich aus der Tür verschwand. Seit einiger Zeit gab es in der Schulkantine mittags immer wieder reichlich Wildfleisch – Schweinebuletten, Reheintopf, einmal hatte es sogar Pferdewurst gegeben. Dabei bestand das Kantinenessen normalerweise aus einem Pfannkuchen mit etwas wässrigem Schmand und einer eingelegten Gurke. Und dann plötzlich: Fleisch im Überfluss! Und die Kinder der ärmsten Familien stürzten sich darauf, weil sie zu Hause nie Fleisch vorgesetzt bekamen, während wir anderen, die Kinder aus »normalen« Familien, längst von unseren Eltern wussten, was die Schulkantine uns da unterschieben wollte. Es war das Wild aus der Tschernobyl-Zone, das man vorsichtshalber erlegt hatte, aus Angst, es könnte allzu verstrahlt sein und sechsköpfigen Monsternachwuchs produzieren. Das Fleisch aber war zum Wegschmeißen viel zu schade, und so verteilte man es an die Betriebs- und Schulkantinen im ganzen Land. Es ist ja die Menge, die das Gift gefährlich macht, werden sie sich gedacht haben, und so ein bisschen Strahlung hat noch niemandem geschadet. Auch wenn ich manchmal etwas neidisch zu den nichts ahnenden Kindern aus den armen Familien hinüberblickte, die genüsslich ihre saftigen, von Fett triefenden Buletten vertilgten, ich hörte auf Mama und Baba Soja und ließ die Finger vom Fleisch.

Auf dem Wochenmarkt wiederum war es Baba Soja, die man an die kurze Leine nehmen musste. Plötzlich brachen die sonst kargen Stände unter dem Gewicht riesiger Pilze, Tomaten und Gurken zusammen. Die Bäuerinnen strahlten noch greller als ihr radioaktives Gemüse, so sehr freuten sie sich über die üppige Ernte.

»Aber die Radieschen, die kann man doch nehmen!«, bettelte Baba Soja, doch Mama schüttelte bestimmt den Kopf und zog sie weiter zu dem Stand mit den eingemachten Tomaten von letztem Jahr. Die Bäuerinnen verstanden die Welt nicht mehr, niemand wollte ihre pralle Ernte! Doch natürlich kamen auch sie bald dahinter, und sie stopften ihr Tschernobylgemüse in Einmachgläser und schrieben »Sommer 1985« darauf. Von da an ähnelten unsere täglichen Mahlzeiten einem russischen Roulette, ob wir auf Fleisch verzichteten oder nicht.

»Ich halt es nicht mehr aus!« Mama hatte gerade drei weitere verdächtige Dosen mit eingemachtem Kohl aus der Tasche geholt, als ihr eine davon aus der Hand glitt und mit einem lautem Knall auf dem Boden zerschellte. Ich kam in die Küche gerannt, wo ich meine Mutter weinend auf dem Fußboden fand, neben dem klein geschnittenen Weißkohl mit Möhren, der jetzt nicht nur in Salz und Essig, sondern auch in Scherben eingelegt war.

»Ich habe genug, ich kann nicht mehr. Ich schaffe das alles nicht allein!«, schluchzte sie, und ich, der ja noch nicht wusste, was mit Vater passiert war, krempelte die Ärmel hoch und sagte: »Macht doch nichts, Mama, ich helfe dir, das aufzuräumen!«

Da kam auch schon Baba Soja gelaufen und holte den Lappen und den Besen, während Mama immer weiterweinte. Bis heute erinnert mich der beißende Geruch von eingelegtem Kohl an diesen Tag in unserer Kiewer Küche, an diesen einen Moment, als Mamas Welt zusammenbrach und ich zum ersten Mal für den Bruchteil eines Augenblicks angstvoll spürte, dass meiner kindlichen, naiven Welt Ähnliches widerfahren könnte. Vielleicht war es das letzte Mal, dass ich wirklich noch aus ganzem Herzen daran glauben wollte, man könnte zerbrochene Scherben einfach zusammenkehren und im Mülleimer verschwinden lassen, – und dass danach alles genauso wäre wie vorher, mit dem einzigen Unterschied, dass jetzt anstelle von drei nur zwei Gläser mit eingemachtem Kohl im Regal ständen.

Als Mama endlich zu weinen aufhörte, ließ Baba Soja den Lappen sinken und verkündete: »Ich rufe noch heute Rita an, wir fahren in die Evakuation.«

»Dieser Fraß wird uns noch umbringen«, schluchzte Mama. In ihren Worten bedeutete das, dass wir fahren würden.

Mich erfüllte das Wort »Evakuation« schlagartig mit riesiger Vorfreude. Die meisten meiner Freunde aus der Schule waren schon in der Evakuation, und das, obwohl es bis zu den Sommerferien noch ganze zwei Wochen hin war! Sie alle waren mit ihren Eltern zu weit entfernten Verwandten in eine möglichst weit entfernte Ecke der Sowjetunion gereist, wo sie möglichst lange blieben. So lange jedenfalls, bis die Verwandten sie wieder rausschmissen. Evakuation, das bedeutete für mich vorgezogene Sommerferien, die wir bei meiner Großtante Rita in der Nähe von Moskau verbringen würden.

Zu meiner Verwunderung warteten wir nicht, bis Vater von seiner Geschäftsreise zurückkam, sondern reisten schon drei Tage später ohne ihn ab.

Tante Rita lebte in einem Vorort von Moskau. Seit ihre Tochter nach der Heirat zu ihrem Mann gezogen war, wohnte sie allein in einer herrlichen Zweizimmerwohnung im siebten Stock eines Plattenbaus, der unserem so sehr ähnelte, dass ich mich gleich heimisch fühlte. Jedoch bestand unsere Wohnung in Kiew aus nur einem Wohnschlafzimmer und einer kleinen Küche, in die Baba Sojas quietschendes altes Klappbett gerade mal so reinpasste. Später, als klar war, dass Vater nicht mehr wiederkommen würde, stellten wir ihr Bett zu uns ins Zimmer. So schlief ich die nächsten Jahre bei zwei Frauen, die lauter schnarchten, als mein Vater es je vermocht hätte. Tante Rita war Konditorin und arbeitete in einer Fabrik, die die besten Torten und Pralinen des Landes herstellte. Sie saß im wahrsten Sinne des Wortes an der Quelle der Glückseligkeit und schleppte haufenweise Torten und Pralinenschachteln nach Hause. Abends stand sie dann in der Küche und bereitete in ihrem kleinen Ofen ein Brot nach dem anderen zu, das sie zusammen mit den Torten und Pralinen an die Bewohner ihres Hauses verkaufte, um ihr schmales Gehalt aufzubessern. Alle fragten sich, wie Rita es angestellt hatte, dass die Behörden ihre zwei Zimmer nicht zu einer Kommunalwohnung umfunktioniert hatten. Meine Mutter und Baba Soja vermuteten, dass sie die Leute aus dem Wohnungsamt regelmäßig mit riesigen Torten bestach.

Mich jedenfalls hatte sie von dem Augenblick an in der Tasche, als sie mir am ersten Abend ein leuchtendes Stück Honig-Sahnetorte vor die Nase stellte. So war ich immer auf ihrer Seite, wenn sie und Baba Soja sich stritten. Damit begannen sie schon in dem Moment, in dem sie einander zur Begrüßung umarmten. Sie stritten darüber, wer das Essen zubereitet, wie man es zubereitet und wann man es isst. Sie stritten darüber, wer wo schläft und wann man ins Bett geht, wann man aufsteht und wer zuerst ins Bad soll und über jedes nasse Handtuch, das jemals an den Haken neben der Badewanne gehängt wurde. Beim abendlichen Tee stritten sie auch gerne über Politik, über den neuen Generalsekretär Gorbatschow und darüber, wohin seine angekündigte Perestroika das Land führen würde. (Schnurstracks in die Freiheit, behauptete Tante Rita. In Teufels Küche, schwor Baba Soja.)

»Und, was meinst du dazu, Rafik?«, fragte Tante Rita dann immer, und ich, der es von zu Hause nicht gewohnt war, dass man mich nach meiner Meinung fragte, grinste breit und sagte: »Das sehe ich ganz genauso, Tantchen!«. Woraufhin Baba Soja und Mama mich ansahen, als seien sie Lenin und ich ein Mitglied der Bourgeoisie.

So vergingen ein oder zwei Wochen, mit viel Streit und noch mehr Sahnetorte. Doch mich, den man nicht zu den anderen Jungs in den Hof hinunterließ, aus Angst, ich könnte verprügelt werden oder, noch schlimmer, mir beim Fußballspielen mit dem verbeulten Ball ein Bein brechen, suchte die Langweile heim. Und so kam es, dass ich begann, nach Vater zu fragen.

»Er ist jetzt schon eine ganze Weile auf Geschäftsreise, findest du nicht, Babuschka?«

»Dein Vater kommt nach, sobald er kann!«, sagte Baba Soja, und ihre Stimme klang ein bisschen so, als hätte sie einen Igel verschluckt.

»Warum ruft er uns nie an? Er ruft doch immer an und fragt mich, was er mir mitbringen soll!«

»Dort, wo er ist, gibt es kein Münztelefon«, sagte Mama dann und ließ den Blick in die Ferne schweifen. Heute weiß ich, dass das nicht einmal gelogen war.

»Also bringt er mir diesmal nichts mit?«, bohrte ich weiter. Mama schüttelte den Kopf und verzog das Gesicht, als hätte sie gerade einen Löffel bitterer Medizin geschluckt.

Ich war wirklich traurig, dass ich diesmal keine in buntes

Papier eingewickelte rosa Kaugummis bekommen würde, mit denen man so tolle Blasen machen konnte. Ich wusste nicht, dass ich bald noch viel, viel trauriger sein würde.

»Hast du denn seine Adresse? Vielleicht kann ich ihm einen Brief schreiben?«

Wir waren jetzt schon seit vier Wochen bei Tante Rita, und ich hatte meinen Vater seit einer gefühlten Ewigkeit weder gesehen noch gehört.

»Oder wir fahren ihn besuchen. Ich habe schon genug Kuchen gegessen, ehrlich!«, flüsterte ich und hoffte, dass Tante Rita das nie herausfinden würde.

»Rafik«, sagte Mama ganz leise, und wieder tauchten Tränen in ihren Augenwinkeln auf. Das war seit dem Vorfall mit dem eingelegten Kohl in unserer Kiewer Küche häufiger geschehen. »Rafik, wir können ihn nicht besuchen. Und er wird auch nicht nachkommen...«

»Was ist denn mit ihm? Weiß er nicht, wo Tante Rita wohnt? Dann müssen wir ihm die Adresse schicken...«

Mama schüttelte den Kopf und brach in Tränen aus. Ich verstand nicht. Hatte ich was Falsches gesagt?

»Er... er ist... er ist einfach... nicht mehr da«, schluchzte sie.

»Nicht mehr da?«, wiederholte ich. »So wie der schwarzweiße Opa?«

Seitdem ich denken konnte, stand das schwarz-weiße Porträt eines Mannes mit eingefallenen Wangen und unterschiedlich großen Augen auf Baba Sojas Nachttisch. Dieser Mann, der so streng aussah, dass ich mich ein bisschen vor ihm fürchtete, war angeblich mein Großvater, und er war, so sagte Baba Soja manchmal in leidendem Tonfall, *nicht mehr da*. *Für immer fortgegangen* ist er, seufzte sie, und als ich einmal fragte, wohin er denn gegangen sei, brach sie in Tränen aus. Ich fühlte mich unendlich schuldig, meine Baba zum Weinen gebracht zu haben, und fragte nie wieder nach dem Mann auf dem Bild. Und jetzt war es wieder da, dieses erdrückende Gefühl von Schuld. Ich hatte denselben Fehler begangen.

Mama starrte mich wie versteinert an und brachte kein Wort heraus. Baba Soja ließ ihre Lesebrille sinken und schüttelte den Kopf, als wolle sie sagen, beruhige dich Rafik, es ist nicht so schlimm, wir schicken ihm die Adresse, er kommt bald und bringt Kaugummis mit. Fast hätte ihr Kopfschütteln mich überzeugt, doch da zog Mama mich zu sich heran, sie packte mich fest an beiden Oberarmen, schwarze Tuscheströme liefen ihr das Gesicht herunter.

»Ja, Rafik, so ist es. Dein Vater ist *nicht mehr da*.« Und dabei drückte sie meine nackten Oberarme noch fester, ihre Fingernägel versanken so tief in meiner Haut, dass es wehtat. Meine eigene Mutter, die mich sonst immer in Watte packte, fügte mir Schmerzen zu! Ich war wie erstarrt. Ich weiß nicht, ob ich etwas gedacht habe oder nicht, das Einzige, woran ich mich bis heute erinnern kann, sind ihre aprikosenfarbenen Fingernägel und die tiefen Spuren auf meiner Haut, die noch am Abend zu sehen waren.

»Nie mehr?« Ich stellte mich dumm, als hätte ich nicht verstanden. Dabei verstand ich sehr wohl.

»Nie mehr«, schüttelte Mama den Kopf. Dann ließ sie mich endlich los, und im nächsten Moment drückte sie mich an sich, damit ich mich an ihrer warmen Brust ausweinen konnte. Ich ließ mich drücken, spürte, wie der stechende Schmerz langsam aus den Oberarmen wich, und mit ihm ebbten auch die aufsteigenden Tränen ab. Baba Soja legte ihr Gesicht in beide Hände und stöhnte leise. Sie hat es noch nie ertragen, mich leiden zu sehen. Ich schloss die Augen ganz fest, ich spürte gar nichts, und keine einzige Träne wagte es, sich den verschlossenen Toren meiner Augenlider zu nähern. Als ich die Augen wieder aufschlug, war Tante Rita vor uns aufgetaucht. Sie sah uns an, Mama und mich, und zwirbelte ihre Lippen zu einem Altweiberknoten, so fest, dass es für einen Augenblick so aussah, als würde sie sie nie mehr entzwirbeln können.

Am Abend, ich wälzte mich noch auf dem knarrenden Ausklappsofa hin und her und versuchte einzuschlafen, saßen Mama, Baba Soja und Tante Rita beim Tee in der Küche und stritten sich. Das war nichts Ungewöhnliches, doch diesmal hatte ich das Gefühl, dass es nicht um die üblichen Themen ging. Denn sie stritten im Flüsterton, und so musste ich annehmen, dass sie sich wegen mir stritten. Ich war schon sieben und ahnte, dass man mir das Verschwinden meines Vaters schon einige Zeit vorenthalten hatte – so wie man mir stets alle schlechten Nachrichten vorenthielt, um mich nicht damit zu belasten. Wie damals bei Baba Sojas Operation, von der ich erst erfahren hatte, als sie schon aus dem Krankenhaus entlassen und wieder zu Hause war. Sie hatten mir einfach nichts von Vaters Tod erzählt, und vielleicht hätten sie es auch nie getan, wenn ich nicht selbst damit angefangen hätte. Vaters Tod. Ich zog mir das Kissen übers Gesicht und drückte die Augen zu, so fest ich konnte. Ich hatte ihn schon so lange nicht mehr gesehen, dass es mir schwerfiel, mich an sein Gesicht zu erinnern.

Ich schaffte es einfach nicht, vor meinem inneren Auge ein scharfes Bild von ihm entstehen zu lassen. Ich hatte gerade erst erfahren, dass er nicht wiederkommen würde, doch mein inneres Bild von ihm war schon jetzt geisterhaft verschwommen, alle Farbe war daraus gewichen, wie das Leben aus seinem Körper gewichen war. An dem Tag, als ich von Vaters Tod erfuhr, war er bereits aus meiner lebendigen Erinnerung verschwunden. Mir blieb nur noch sein Geist, der in der Dunkelheit meiner zugekniffenen Augenlider umherspukte, ohne dass ich ihn jemals zu fassen bekam. Ich schaffte es einfach nicht, um ihn zu weinen. Und so schlief ich an diesem Abend ein, ohne eine einzige Träne um Vater zu vergießen, während aus der Küche das streitsüchtige Geflüster meiner Mutter, Großmutter und Tante an mein Ohr drang.

Ich weiß nicht, was in dieser Nacht mit mir passiert ist, vielleicht sind die ungeweinten Tränen durch meinen Körper gewandert, während ich von Vater träumte, und jede einzelne davon floss in meine Blase, Träne für Träne, bis es eine zu viel war. Am nächsten Morgen wurde ich von einem Gefühl unbehaglicher Nässe geweckt. Ich rührte mich nicht, öffnete die Augen nicht und tastete langsam das Laken ab. Unter meinem Po konnte ich deutlich die feuchte, warme Stelle spüren. Scham und Ekel überfielen mich. Schließlich war ich kein Baby mehr! Um keinen Preis sollte jemand mein Missgeschick mitbekommen! Ich kroch aus dem Bett und warf die Decke über den feuchten Fleck auf Tante Ritas Sofa. Sollte ich die nasse Hose ausziehen? Meine Sachen lagen im Koffer, der nebenan in Tante Ritas Schlafzimmer stand. Lieber nackt als nass, beschloss ich, stopfte die Hose unter die Decke und eilte ins Bad, um ein Handtuch zu holen. Mit nacktem Hintern stand ich vor dem Bett und versuchte, das Laken und die Hose trocken zu rubbeln, als plötzlich Mama hinter mir auftauchte.

»Was machst du denn da?«

Ich kroch schnell zurück unter die Decke und weigerte

mich aufzustehen. Ich würde einfach sitzen bleiben, bis es trocken war. Doch Mama durchschaute mich sofort.

»Was ist los, Rafik? Was hast du angestellt? Was versteckst du da? Na los, zeig mal her!« Und sie schlug die Decke mit einem Ruck zurück.

Ihre aufflackernde Wut wich einem nachsichtigen Lächeln.

»Ach, das ist doch nicht so schlimm! Das passiert schon mal!«

Nur leider war es mir auf Tante Ritas Sofa passiert, und trotz unserer stählernen Allianz war sie alles andere als erfreut darüber. Bald roch das ganze Zimmer nach Urin, und aus irgendeinem Grund verzogen die Frauen sich wieder in die Küche, um ihren geflüsterten Streit fortzusetzen. Es muss an meinem Missgeschick oder auch an ihrem Streit gelegen haben oder an beidem, doch wir fuhren noch am selben Tag wieder nach Hause.

Seitdem reibt Tante Rita mir diesen Vorfall jedes Mal unter die Nase, wenn wir miteinander sprechen.

»Na, du Hosenscheißer!«, meldet sie sich bis heute am Telefon, wenn sie uns aus Tel Aviv anruft, wo sie seit einigen Jahren lebt. »Ich werde nie vergessen, wie du mir damals mein Lieblingssofa ruiniert hast!«

Ich werde es auch nicht vergessen. Doch was Tante Rita nicht weiß, ist, dass das nur die erste von vielen, vielen Nächten war, die für mich mit Nässe und Scham endeten.

Mein Bettnässer-Martyrium endete erst mit der Pubertät, die sich bei mir nur sehr widerwillig einstellte, lange nachdem mein vierzehnter Geburtstag verstrichen war. Die Tränen aber ließen sich auch danach nicht blicken. Vielleicht müsste ich nur ein einziges Mal am Grab meines Vaters stehen, damit sie endlich die ihnen vorbestimmte Bahn nehmen könnten, aus dem dunklen, schmerzenden Raum zwischen den Rippen hoch über den engen Hals bis zur Nasenwurzel. Doch das Grab meines Vaters befindet sich in einer 4300 Quadratkilometer großen Sperrzone, sein Grabstein ist ein riesiger Sarkophag aus Stahlbeton, darunter seine sterblichen Überreste, bedeckt von hauchfeinem radioaktivem Staub, der sie heller erstrahlen lässt als das Licht von tausend Sonnen.

So stellte ich es mir als Kind vor, und auch heute ist es mir manchmal ein kleiner Trost.

5

Charlotte

Seit dem Aufwachen schon grummelt es bei mir im Bauch, als hätte ich das letzte Stück von Baba Sojas Gefilltem Pessach-Fisch verdrückt, und zwar eine volle Woche, nachdem mein Volk der ägyptischen Sklaverei entronnen ist. Jetzt kauere ich am Tisch und schiebe mein Essen hin und her. Gleich muss ich Mama zum ersten Mal eine richtige Notlüge auftischen. Da ich mittwochs früh raus muss, um pünktlich in der Vorlesung zu sein, hatte ich gehofft, in Ruhe meinen Kaffee trinken und dazu ein Butterbrot vertilgen zu können, doch Mama lässt es sich nicht nehmen, extra für mich aufzustehen und mir Rührei mit Bratkartoffeln und Speck vorzusetzen.

»Bekommst in der Uni ja den ganzen Tag nix Anständiges zwischen die Zähne. Übrigens, was willst du zu Mittag? Teigtaschen oder gefüllte Paprika?«

»Ich komme heut nicht zum Mittagessen nach Hause. Muss lernen, in der Bibliothek…«, nuschle ich mit Rührei im Mund.

»Aber du kommst doch mittwochs immer, dachte ich. Ich habe extra die Spätschicht, damit du was Ordentliches zu essen…«

»Die Prüfung in Linearer Algebra wird hart dieses Jahr«, unterbreche ich sie. »Über siebzig Prozent fallen durch. Wir haben uns zu einer Lerngruppe zusammengetan. Ich will ja nicht sitzen bleiben.«

Mama weiß nicht, dass man in der Uni eigentlich nicht sitzen bleiben kann. Seit der Schulzeit löst allein der Gedanke, mir könnte so was passieren, bei ihr unkontrollierte Angstzustände aus. Ich nehme einen großen Schluck Kaffee und spüle ihn ein wenig im Mund herum, um den faulen Nachgeschmack der Lüge loszuwerden. Ich habe den Mund lieber voller Kaffee als voller Unwahrheiten, aber manchmal lässt sich so was nicht vermeiden, wenn man ich ist und eine Mutter hat, für deren Engstirnigkeit eine neue Hutgröße erst noch erfunden werden muss.

»Oj, um Himmels willen! Diese Universität raubt dir noch die Jugend! Wie lange soll das denn gehen?«

»Weiß nicht. Bis zur Prüfung im Januar auf jeden Fall. Kann sein, dass wir die Lerngruppe auch danach beibehalten. Das ist ja nicht das einzige Fach, in dem man durchfallen kann.«

Mama hat mir und meiner Lüge den Rücken zugedreht, sie steht schon vor dem offenen Kühlschrank und durchforstet ihn nach Lebensmitteln, die sie mir einpacken kann, damit ich nicht unnötig Geld für ein trockenes Sandwich ausgeben muss.

»Nicht nötig!«, schüttle ich den Kopf, doch sie ist schon dabei, die Reste vom gestrigen Rindergulasch in eine Tupperdose zu verfrachten.

»Schmeckt auch kalt!«, sagt sie und schiebt mir die mit Plastikfolie umwickelte Dose eigenhändig in den Rucksack.

Ich laufe zum Bus und hoffe, dass sich das mulmige Gefühl in der Magengegend verflüchtigt, sobald ich meine belogene Mutter weit genug hinter mir gelassen habe. Im Bus versinke ich tief in den Sitz und warte, doch es verschwindet nicht, es verändert sich nur. Immer tiefer sackt es in die Eingeweide hinab, als sei der vermeintliche Gefüllte Fisch gerade dabei, sich um jeden Preis den schnellsten Weg nach draußen zu suchen. Ich sinke immer mehr in mich zusammen, das Gesicht so schmerzvoll verzerrt, dass die Leute beginnen, sich nach mir umzudrehen.

»Alles in Ordnung?«, will eine ältere Frau wissen.

»Nur etwas Bauchweh«, murmle ich, richte mich mit Mühe wieder auf und schicke ein Stoßgebet gen Himmel: »Gott, wenn es dich gibt, bitte lass es vorbei sein, oder lass es mich wenigstens bis zum nächsten Klo schaffen.« Als Antwort macht mein Unterleib ein Geräusch wie Endzeitdonner, und mir geht urplötzlich die tiefe Weisheit der Redewendung »Schiss haben« auf.

Eine Viertelstunde später sitze ich dankbar auf dem kalten Deckel der Unitoilette und sinniere über diese Erkenntnis und darüber, dass der Tag gekommen ist, an dem ich dem Tod von Angesicht zu Angesicht gegenübertreten werde. Beim Händewaschen entscheide ich, die ganze Sache bleiben zu lassen, es ist dumm und gefährlich und macht mich obendrein zu einem Lügner. Ich werde das Bild von Schwester Margot und ihrem blutenden Verlobten und die roten Urknallhaare aus meinem Gedächtnis verbannen und zum Mittagessen nach Hause fahren zu Mama, ich werde mir keine Hepatitis holen und auch kein Aids, am besten bleibe ich dann gleich zu Hause, schmeiße die Uni und gehe nie wieder vor die Tür. Ich werde ein sehr langes, behütetes Leben in meinem Zimmer führen und als sehr alter Mann kerngesund in meinem buchefarbenen Jugendbett zum ersten und letzten Mal auf den Tod treffen.

»Sei nicht so theatralisch, Rafik!«, ermahnt mich plötzlich eine fremd klingende Stimme in meinem Kopf. »Es ist gar nicht der Tod selbst, dem du begegnen wirst, sondern nur sein kleiner Bruder, das Sterben.« Und dann wird mir noch mehr angst und bange, denn wie aus Büchern und Filmkomödien allgemein bekannt ist, haben kleine Brüder es meistens faustdick hinter den Ohren.

Die ganze Vorlesung über ringe ich mit mir. Ich versuche vergeblich, die Ausführungen des Profs über die Grundlagen elektrischer Schaltungen als willkommene Ablenkung zu betrachten, doch am Ende schreibe ich nur mechanisch von der Tafel ab, ohne irgendetwas zu verstehen. Und dann verschwimmt wieder alles vor meinen Augen, und aus der Tiefe der Tafel fliegt mir in all seiner Röte der Urknall entgegen, dass ich blinzeln muss vor Schreck. Was geschieht, falls Mama es doch irgendwann herausfindet? (Natürlich wird sie das, sie weiß immer alles über mich, sie wird meine dreiste Lüge durchschauen, und nichts wird wieder so sein, wie es mal war.) Ich werfe einen Blick auf die Uhr und sehe, dass die Vorlesung schon vorbei ist, der Prof aber wie gewohnt überzieht. Ausnahmsweise bin ich ihm heute dankbar, ich brauche Zeit, ich muss mich entscheiden, ich werde einfach nach Hause fahren und eine neue Lüge erfinden, die die alte aufhebt. Der Prof bedankt sich fürs Zuhören. Ich stecke meinen Block in den Rucksack und tauche in den Strom ein, der mich auf dem schnellsten Weg aus dem Hörsaal spült.

Draußen muss ich die Augen zusammenkneifen. Es ist ein herrlicher bronzefarbener Herbsttag, die Sonne scheint wie im Juni und lässt sich von ein paar vorbeiziehenden Wölkchen nicht einschüchtern. Ich lasse mich von den Sonnenstrahlen ziehen wie ein angeleinter Hund, und ehe ich michs versehe, bin ich schon dabei, den Park zu durchqueren. Ganz gegen meinen Willen steuere ich auf das Gebäude zu, ein zweigeschossiges Haus mit weißer Fassade und großen grünstichigen Fenstern, das einzig erbaut worden ist, damit Leute darin sterben. *In Würde*, schießt es mir durch den Kopf, als ich die Tür zum Eingangsbereich aufstoße und zielstrebig die Treppe hinaufeile, in den ersten Stock, wo sich Schwester Margots Büro befindet. Ich halte ein letztes Mal inne, dann nehme ich meinen ganzen Mut zusammen und klopfe vorsichtig an die Tür.

»Herein!«, ruft Schwester Margot, und ich gehorche aufs Wort. Als ich sie an ihrem Schreibtisch sitzen sehe, das freundliche Gesicht umrahmt von der Nonnenkluft, wird mir schlagartig klar, was mich so gnadenlos hergetrieben hat. Es war das, was Schwester Margot von mir gehalten hätte, wenn ich nicht hier erschienen wäre. Auch wenn es ihr von Berufs wegen untersagt ist, über die Schwächsten der Schwachen zu urteilen (zu denen ich mich in meinen ehrlichsten Momenten leider zählen muss), hätte ich ihr einen höhnischen Gedanken nicht verübelt, angesichts der großen Reden, die ich bei unserem Kennenlernen geschwungen habe.

»Da sind Sie ja!«, lächelt Schwester Margot, und sie kann das wirklich gut, lächeln, das ist mir beim letzten Mal überhaupt nicht aufgefallen. »Einen Augenblick, ich komme sofort. Tina ist schon in der Küche. Sie weiß Bescheid und wartet schon auf Sie.«

Schwester Margot notiert etwas in ihr Heft. Ich lasse den Blick durch den Raum schweifen, doch der ist so klein, dass ich nicht weit komme. Abgesehen vom Jesus über der Tür ist es eigentlich ein ganz gewöhnliches Büro, denke ich, vielleicht wird es ja gar nicht so schlimm. Schwester Margot klappt das Heft zu.

»Na, dann kommen Sie mal mit!«, sagt sie und fasst mir sanft an die Schulter, als seien wir alte Freunde. Ich folge ihr durch die gespenstisch leeren Gänge zur Kantine. Wir schlüpfen hinter die Theke, unter der eine voll ausgestattete Küchenzeile verbaut ist. Auf dem Herd stehen eine Pfanne und ein großer Topf mit Wasser bereit. Schwester Margot führt mich durch eine weitere Tür.

»Tina, darf ich dir den jungen Mann vorstellen, der dir heute zur Hand gehen wird?«

Tina schaut von dem Schnitzel auf, das sie gerade paniert. Ihre Schürze mit kitschigem Rosenmuster passt farblich perfekt zu den pinken Hausschuhen. Sie muss um die fünfzig sein, ihr Gesicht ist rund, die Nase ist etwas zu groß, das Kinn hat sich auf ewig mit dem Halsansatz vermählt. Um ihre Augen sind viele kleine Fältchen, die vom Lachen kommen müssen, denn sie gewinnen an Tiefe, als Tina zur Begrüßung die Hand ausstreckt. Eigentlich ist es gar nicht die Hand, sondern nur der kleine Finger, da ihre Hände voller Ei und Mehl sind.

»Rafael, zu Ihren Diensten«, sage ich und verbeuge mich wie ein Page.

»Sehr erfreut«, strahlt sie mich an. »Heute gibt es Wiener Schnitzel mit Kartoffelbrei und buntem Pfannengemüse. Wie gut verstehst du dich aufs Kartoffelschälen?«

»Bestimmt nicht so gut wie Sie, aber ich gelobe, mir Mühe zu geben!«

»Prima. Wo ein Wille ist, ist auch ein Kartoffelbrei. Schau mal, da unten sind die Kartoffeln. Und ein Schälmesser müsste in der Schublade da sein.«

»Ich lasse euch zwei dann mal«, sagt Schwester Margot und wirft mir einen fragenden Blick zu. Ich lächle so selbstsicher, wie ich nur kann.

»Kartoffeln und Schälmesser, zu Befehl!«, rufe ich, als sei ich beim israelischen Militär gelandet, und spähe in das besagte Fach.

»Wie viele soll ich denn schälen?«

»Wie viele sind denn da?«

»Zwei Säcke.«

»Dann mach doch einen ganzen, was übrig bleibt, frieren wir ein für Sonderwünsche!«, sagt sie und deutet auf zwei große graue Kühlschränke in der Ecke. »Ich versuche, immer auf alles vorbereitet zu sein. Natürlich koche ich lieber frisch, aber ich kann den Gästen ja nicht sagen, übermorgen hol ich frische Pilze vom Markt, die wissen ja nicht, ob's für sie überhaupt noch ein Morgen gibt, und ich noch weniger. Darum gibt's halt vieles vorgekocht und auf Vorrat eingefroren, und wenn's dann Huhn mit Pfifferlingen geben soll im Dezember, dann gibt's das halt«, erzählt sie mir nicht ohne Stolz, während sie weiter munter die Schnitzel paniert.

Mit dem Sack Kartoffeln in der Hand stehe ich etwas verloren herum und höre ihr zu, unsicher, wo ich mich am besten hinstellen soll, um loszulegen. »Warte, nicht dass du dich vollkleckerst«, meint Tina und holt eine weitere pinkfarbene Schürze von einem Haken, die ich mir umbinden soll. Sie lässt mir keine Wahl.

Ich muss ganz schön lächerlich aussehen, denke ich, doch dann freue ich mich fast, es lenkt mich ab von dem lästigen Gedanken, dass dieses Haus wie ein Friedhof aus einem Horrorfilm ist und sich seine untoten Bewohner bald zum Mittagessen erheben.

Ich stelle mich neben Tina und beginne, Kartoffeln zu schälen. Es gelingt mir eher schlecht als recht, zu Hause lassen Mama und Baba Soja mich nicht mal in die Nähe des Heiligtums, das unsere Küchenzeile ist. Zum Glück herrscht hier keine betretene Stille, denn Tina redet immer weiter.

»Ich bin jetzt seit über fünf Jahren hier, vorher war ich in so einer Betriebskantine beim Stahlriesen. Mulmig war mir schon am Anfang, da muss man ja erst mal mit klarkommen, dass der nette Mensch, mit dem du heute sprichst, morgen nicht mehr da ist. Aber andererseits ist's eine Freude, wenn man sieht: Das schmeckt der Person. Und man weiß, man hat da jemand was Gutes getan. Natürlich, wenn jemand beschlossen hat, dass ihm nichts mehr schmeckt, kann man auch den besten französischen Küchenchef an meinen Herd stellen, es wäre für die Katz. Aber es geht auch anders, sag ich dir. Einmal, da hatten wir so eine Dame hier, Magenkrebs hatte die. Der Mann war einige Jahre vor ihr gestorben, der allerbeste Mann der Welt, sagte sie immer, da ist einem das Herz zersprungen. Sie hatten früher ein Häuschen gehabt drüben in Ostende, da haben sie im Sommer Urlaub gemacht mit der ganzen Familie. Und sie wollte so gerne noch einmal ans Meer, wegen der Erinnerungen. Also haben wir uns zusammengetan und ein Auto organisiert und sind hingefahren, die Frau Günther, unser damaliger Zivi und ich. Schön war das, sie hat sich noch mal an alles Gute und Lebenswerte erinnert und Abschied genommen, das wünscht man jedem. Doch für die meisten ist das Letzte, woran sie noch Freude haben, was Leckeres zu essen, was Hausgemachtes, so wie das Schnitzel hier. Nicht so ein Fertigzeug aus der Tüte. Dafür bin ich da, und ich sag dir, ich kann mir keinen anderen Job mehr vorstellen.«

Ich höre ihr die ganze Zeit nickend zu und bete, das Kartoffelmesser möge meine ungeschickten Finger verschonen. Tina scheint wirklich eine Expertin in Sachen letzte Wünsche zu sein, aber ich wette, ein letzter Wunsch wie der meiner Baba Soja ist ihr noch nicht begegnet. Vor etwa drei Jahren musste Baba Soja ins Krankenhaus, wegen der Gallensteine, die ihr schon länger schlimme Stunden bereitet hatten. Eine Routine-OP, versicherten uns die Ärzte, doch Baba Soja war sich sicher, dass sie nie wieder aufwachen würde. Als der Termin näher rückte, zwang sie mich, Stift und Papier zu holen. Ich dachte, sie wollte mir ihr Testament diktieren, einzeln den Schmuck aufzählen, den sie meiner Braut vererben wollte oder so was, doch ich irrte mich sehr. Am Ende hatte ich Folgendes auf das Blatt geschrieben:

Sehr geehrte Damen und Herren von Perwy kanal, es schreibt Ihnen eine arme, alte Frau, die bald sterben muss. Zuallererst möchte ich Ihnen meinen tiefsten Dank aussprechen dafür, dass Sie die wunderbare Fernsehserie Die wilde Rose in Ihr Programm aufgenommen haben. Ich versichere Ihnen, dass Sie in mir Ihre treueste und hingebungsvollste Zuschauerin gefunden haben. Zu meinen Lebzeiten, die leider bald ein Ende nehmen werden, habe ich keine einzige Folge dieser unbeschreiblichen Geschichte verpasst. Seit dem Tag, an dem die kleine, wilde Rosa die Pflaume aus Ricardos Garten gestohlen hat, hoffe und leide ich mit ihr. Sie ist mir ans Herz gewachsen wie mein eigenes Kind, und die Hoffnung, dass Rosa und Ricardo doch noch glücklich miteinander werden, hält mich seit Monaten am Leben. Nun werde ich bald operiert und weiß, dass ich nicht mehr aufwachen werde. Doch wie soll ich von dieser Welt gehen, ohne zu erfahren, ob

Rosa sich wirklich von Ricardo scheiden lässt? Wird sie ihm vielleicht doch noch verzeihen? Eine Scheidung kann ein ganzes Leben zerstören, es würde mir das Herz brechen, wenn die beiden am Ende nicht wieder zueinanderfinden. Darum flehe ich Sie an, einer Todgeweihten ihren letzten und einzigen Wunsch zu erfüllen: Verraten Sie mir doch bitte noch vor meinem Dahinscheiden, wie es mit den beiden ausgeht, da ich sonst nicht mit ruhiger Seele von dieser Erde gehen kann. Erbarmen Sie sich einer alten Frau, die im Leben vielem entsagen musste! Der Herr, sofern vorhanden, wird es Ihnen im Himmelreich danken!

Antwort bitte per Eilpost, ich habe nur noch bis Dienstag übernächster Woche zu leben.
Hochachtungsvoll
Ihre Soja Michaijlawna Rosenbaum

Ich musste Baba Soja hoch und heilig schwören, den Brief auch wirklich loszuschicken. Das war also ihr letzter Wunsch, und mein jämmerlicher Part darin war, die Adresse des Ersten Russischen Telekanals in Moskau herauszufinden. Ich war sichtlich enttäuscht, hatte ich doch etwas mehr erwartet, etwa den Befehl zu einer Blitzhochzeit mit Lisa, der Enkelin ihrer besten Freundin, und die Geburt eines Urenkels binnen 72 Stunden.

Natürlich bekamen wir keine Antwort. Also musste ich Baba Soja kurz vor der OP versprechen, die nächste Folge der *Wilden Rose* auf Videokassette aufzunehmen. Vielleicht können Tote ja auch Videos schauen, meinte sie, wer weiß das schon, und sicher ist sicher! Natürlich war das Erste, was sie im Aufwachraum fragte, ob ich es auch wirklich nicht vergessen hätte.

Während ich die Kartoffeln viertele, erzähle ich Tina die

Geschichte, und sie biegt sich vor Lachen und sagt, ja, so was sei ihr tatsächlich noch nicht untergekommen, aber es ist doch schön, dass die Großmutter einen Sinn im Leben gefunden hat, und wenn es nur eine brasilianische Telenovela ist.

Ich werfe die Kartoffelstücke ins kochende Wasser und frage mich, was wohl mein letzter Wunsch wäre, wenn ich wüsste, dass ich morgen… da kommt mir gleich Rebekka in den Sinn, die wunderschöne Rebekka, die sich über mich beugt, um mir einen leidenschaftlichen Kuss auf den Mund zu drücken. Nix da, denke ich und schüttle unwillkürlich den Kopf. Wenn es schon mein letzter Tag auf Erden ist, lasse ich mich mit einem Kuss nicht abspeisen, da muss es das ganze Programm sein. Ich sehe eine sonnengebräunte Rebekka im knappen Bikini vor mir, wie sie einem tiefblauen Pool entsteigt wie eine Loreley. Beschämt stelle ich fest, dass meine Ohrläppchen zu glühen begonnen haben. Hier ist wirklich nicht der richtige Ort! Schleunigst lasse ich die sagenumwobene Wassernixe im Pool ertrinken und hebe den Deckel vom Kochtopf, um die Kartoffeln umzurühren. Ich beuge mich etwas zu tief über den Topf, und eine Wolke heißen Dampfes schießt mir ins Gesicht, dass ich zurückschrecke und der Deckel mit lautem Scheppern zu Boden fällt. Ich fluche auf Russisch, was eigentlich nicht meine Art ist, was ich aber dank einiger russischer Spielfilme über die aufstrebende Moskauer Mafia recht gut kann. Ich hebe den Deckel auf, spüle ihn mit kaltem Wasser ab und trockne ihn mit einem Küchentuch umständlich ab. Als ich wieder aufsehe, stehen die ersten Gäste vor mir. Ein Ehepaar, das aussieht, als seien sie beide Lehrer für Deutsch und Geschichte, und im Rollstuhl ein sehr alter, sehr in sich zusammengesunkener Opa, ohne ein Haar auf dem Kopf und mit einer Haut wie roher Beton.

Ich bin wie erstarrt. Zu meinem Glück taucht Tina neben mir auf.

»Hallo, Herr Riesmeier, Frau Riesmeier, Herr Lörmann, schön, Sie zu sehen. Wie geht es heute?«

»Ja, es geht«, bringt Frau Riesmeier hervor und tätschelt dem Alten im Rollstuhl den Arm. Das wird wohl ihr Vater sein, reime ich mir zusammen. Und bald wird er gar nicht mehr sein, was man ihm ganz schön ansieht. Ich zwinge mich, den Alten nicht allzu offensichtlich anzustarren. Tina plaudert unterdessen mit den Riesmeiers und nimmt die Bestellung auf, dreimal das Tagesgericht und zum Nachtisch von dem Erdbeerkuchen.

Dann verschwinden wir in der Küche, wo Tina die Schnitzel in die heiße Pfanne wirft. »Die Frau Riesmeier kommt ihren Vater fast täglich besuchen«, erzählt sie mir. »Das Glück hat hier nicht jeder. Viele haben niemanden mehr, oder eben niemanden, der sich die Mühe macht.«

Unschlüssig stehe ich herum und starre den Kuchen auf der Anrichte an, luftiger Teig mit einer daumendicken Schicht Erdbeermousse und darüber Erdbeerstücke in rosarotem Gelee. Und plötzlich muss ich wieder an die roten Haare denken, wie sie im Raum der Stille explodiert sind, und ich frage mich, ob die Frau, zu der sie gehören, auch gleich zum Essen kommt.

Es treffen noch zwei weitere Gäste ein, eine alte Frau und eine noch ältere, obwohl man meinen könnte, dass das gar nicht mehr geht. Beide sitzen im Rollstuhl und sind ohne Begleitung, sie werden von Pflegern in den Speiseraum geschoben. Tina begrüßt sie wie alte Freunde, setzt sich zu ihnen, streichelt ihre Hände und nimmt die Bestellungen auf.

Ich verkrieche mich in der Küche, schlage Eier für ein

Omelett auf und schiele ab und zu durch die halb offene Tür über den Tresen. Die beiden Frauen sitzen an unterschiedlichen Tischen und löffeln ihr Essen, sie führen ihre Gabeln langsam und mühselig zum Mund, als wäre es kein Besteck, sondern ein Gewicht, und dann kauen sie, wie man ein altes Kaugummi kaut. Sie sind müde, zu müde zum Essen, zu müde, um einander wahrzunehmen, und wie sie dasitzen, jede alleine in ihrer Ecke, tun sie mir sehr, sehr leid. *Jeder stirbt für sich allein.* Das habe ich mal irgendwo gelesen oder gehört, und für viele trifft es leider zu, wie es scheint.

Nachdem die Gäste weg sind, tischt Tina auch uns beiden noch ein Schnitzel mit Kartoffelbrei auf. Ich versuche abzulehnen, aber ich habe keine Chance. »Wir verköstigen ja auch die Angehörigen, die können dann etwas spenden, wenn sie wollen, das musst du aber natürlich nicht, du spendest ja schon deine Zeit! Also iss ruhig, als Student hat man es ja eh nicht so dicke!«

»Es schmeckt wirklich sehr gut!«, sage ich mit halb vollem Mund. Und noch besser ist, dass es jemanden wie Tina an einem Ort wie diesem gibt, denke ich.

Wir sind schon dabei, das letzte Geschirr in die Spülmaschine einzuräumen, als Schwester Margot wieder in der Tür auftaucht.

»Na, alles gut?«, will sie wissen.

»Ja, alles super, wirklich super!« Ich merke zu spät, dass ich zu überschwänglich klinge. »Na ja, ehrlich gesagt... es war nicht ganz so leicht, wie ich gedacht hatte...« Schwester Margot nickt.

»Ich denke, wir verstehen uns prima!«, eilt Tina mir zu Hilfe.

»Ich hoffe nur, ich war eine Hilfe!«
»Das waren Sie sicher! Wir sehen uns also nächste Woche?«
»Natürlich. Wieder um zwölf dann.«

Ich verabschiede mich, dann trete ich hinaus in den Sonnenschein und schlage den Weg zum Park ein. Ein Blick auf die Uhr verrät mir, dass ich noch Zeit habe, ich könnte mir beim Bäcker einen Kaffee holen oder zum Marktplatz schlendern und mich mit einer Cola in die Sonne setzen. Manchmal mache ich sogar beides, ich kaufe einen Kaffee und eine Cola und trinke beide nacheinander oder auch im Wechsel, denn die Uni ist der einzige Ort, an dem das Koffein und ich uns in jeder erdenklichen Form vereinigen können. Zu Hause soll ich nach sechs Uhr abends nicht mal mehr einen schwarzen Tee trinken, *weil du dann nicht einschlafen kannst, und außerdem macht schwarzer Tee Albträume, hier, trink lieber ein Glas Kefir, das ist gesund und reinigt obendrein den Darm.*

»Ich bin ein Mann und trinke schwarzen Tee, wann immer ich will!«, sage ich dann. Heimlich ziehe ich den Teebeutel aber schon nach zwei Minuten heraus, weil ich mich doch ein wenig vor den Albträumen fürchte. Als ich das letzte Mal den Teebeutel in der Tasse vergessen habe, träumte ich von meiner eigenen Beerdigung. Nur dass ich nicht tot war. Ich war total lebendig, doch man steckte mich mit Gewalt in den Sarg und nagelte ihn zu, und ich schrie und schrie ABER ICH LEBE, SEHT IHR NICHT? ICH BIN HIER! ICH BIN NICHT TOT! Doch niemand kam, niemand hörte mich oder wollte mich hören. Weit über mir weinten Mama und Baba Soja sich die Augen aus, *mein Sohn, mein Junge, wie sollen wir nur weiterleben ohne dich?* ICH BIN HIER. HIER! ICH LEBE! *Mein Ein und Alles. Mein Herz ist für immer gebrochen.* MAMA,

BABA, HOLT MICH HIER RAUS! Ich hörte, wie sie Erde auf den Sarg schaufelten, und ich hörte den Gesang des Kantors auf Hebräisch, ihre Stimmen entfernten sich, verhallten, ich blieb in der Dunkelheit, allein, lebendig begraben. Ich hämmerte gegen den Sargdeckel und flehte, flehte, aber nichts geschah. Und plötzlich wurde mir klar: Das ist er, der Tod. Nicht ich höre auf zu sein, sondern der Rest der Welt. Ewige Dunkelheit. Ewige Einsamkeit. NEIN. NEEEIIIN. ICH WILL NICHT, DASS ES SO ENDET.

Das ist schon zwei Jahre her, doch immer, wenn ich daran denke, läuft es mir kalt den Rücken runter. Auch heute noch, strahlender Sonnenschein hin oder her.

Vielleicht hole ich doch nur eine Limo, das ist kein guter Tag für Albträume, denke ich noch, als sie in meinem Blickfeld auftaucht.

Sie sitzt auf einer Bank, die unbekannte Seite des Urknalls der Sonne zugewandt, mit geschlossenen Augen und langen knallroten Haaren, die ihr schmales Gesicht vom Kinn bis zu den Augenbrauen umrahmen. Ich bin so erschrocken, dass ich stehen bleibe. Sie ist jung, bestimmt älter als ich, aber viel, viel jünger als die drei Greise aus der Kantine, vielleicht Anfang vierzig. Unter ihren Augen schimmern blaue Ringe, ihre Haut ist fast durchsichtig, wie weißes Milchglas.

Ich bekomme kaum mit, wie es passiert, doch es zieht mich hin zu der Bank, wie es mich am Vormittag schon durch den Park gezogen hat. Ohne mein eigenes Zutun sitze ich im nächsten Moment neben ihr und starre sie von der Seite an, wie ich noch nie jemanden angestarrt habe. Ich registriere flüchtig, dass das rote Urknallhaar auf ihrem Kopf in Wirklichkeit eine Perücke ist, und dann bin ich plötzlich sehr weit weg, schwebe im luftleeren Raum und denke gar nichts. Alles ist heruntergefahren, mein Verstand, mein Nervensystem, mein Selbsterhaltungstrieb. Sie schlägt die Augen auf und sieht mich an. Ihre Lippen bewegen sich langsam, so langsam, dass die Worte eine Ewigkeit zu brauchen scheinen, um bei mir anzukommen.

»Kennst du das, manchmal spürt man, dass man beobachtet wird, auch wenn man die Augen geschlossen hat. Als würde sich ein Blick auf einen legen wie eine Decke. Manchmal ist sie kratzig, manchmal weich, manchmal warm.«

Ich starre und bringe keinen Ton heraus.

»Dein Blick hat sich angefühlt wie eine dicke, warme Wolldecke, in die man sich einwickelt, wenn es draußen stürmt.«

»Verziehung, ähm, ich meine Verzeihung, es tut mir leid«, stottere ich.

Sie lacht laut auf. Ich Idiot!

»Ach was, du musst dich nicht entschuldigen! Es wird wohl an den Haaren liegen. Sie sehen toll aus, nicht?«

Sie fährt mit den Fingern durch die Perücke und lächelt. »Als ich ein Teenager war, wollte ich unbedingt so tolle rote Haare haben, nicht so wie die Punks, mehr wie eine Zeichentrickfigur, die kleine Meerjungfrau oder so ähnlich. Ich habe mich aber nie getraut.«

Sie nimmt eine Strähne zwischen Daumen und Zeigefinger, hält sie in die Sonne und betrachtet sie eine ganze Ewigkeit lang. Dann schnuppert sie daran.

»Leider riechen sie etwas komisch. Liegt wohl daran, dass es keine echten sind. Findest du nicht auch?« Sie hält mir die Strähne unter die Nase.

»Und?«

»Sie riechen, wie sie aussehen…«, stammle ich.
»Und das wäre?«
»Urknallrot.«
Was rede ich nur…
»Ur-knall-rot«, wiederholt sie. »Das ist das schönste Wort, das ich seit Langem gehört habe. Danke!«
»Immer zu Ihren Diensten, werte Meerjungfrau.«
Idiot. Was redest du da. Sag was Normales!
»Ähmm, Sie, Sie wohnen doch in dem Hospital, dem Hos… dem Haus, also, ich meine, bei Schwester Margot? Ich bin der neue ehrenamtliche Mitarbeiter. Ich glaube, ich habe Sie letztes Mal gesehen, in dem Raum mit den grünen…«
Sag lieber nichts mehr. Sei lieber still und geh. Lass sie mit deinem Gebrabbel in Ruhe.
»Sag doch bitte nicht Sie zu mir!«, unterbricht sie mich. »Ich bin vielleicht bald tot, aber alt bin ich deswegen noch lange nicht. Ich heiße Charlotte. Und du?«
Mein Puls rast, und ich laufe rot an bis zum spärlichen Haaransatz.
»Ich bin Rafik. Also, das bin ich eigentlich nur zu Hause. Sonst bin ich Rafael«, bringe ich hervor.
»Wie der Erzengel.«
»Ach ja?«
»Ja. Der für die Heilung von Körper und Seele zuständig ist. Und fürs Zwischenmenschliche.«
»Dann kann es nur eine Verwechslung sein.«
Sie lacht. Ich versuche ein Lächeln, was nicht so leicht ist angesichts der Tatsache, dass mein zentrales Nervensystem gerade dabei ist zu kollabieren.
»Also, Erzengel Rafael, hast du Lust, mich noch eine Runde durch den Park zu begleiten?«

Sie lehnt sich nach vorne und versucht aufzustehen.

»Warten Sie ... ich meine, warte, ich helfe dir!« Sie reicht mir die Hand, die so weiß und schmal ist wie die Hand einer Schaufensterpuppe. Ich greife sie so behutsam, wie ich kann. Alles an ihr sieht aus, als könnte es im nächsten Augenblick zerbrechen, einfach kaputtgehen, wenn man nicht aufpasst. Alles außer den Augen. Ich habe noch nie solche Augen gesehen, es ist, als hätten sie eine besondere Textur, eine höhere Dichte, sie schauen einen an, als wäre es kein Zufall.

Wir setzen uns in Bewegung.

»Bist du schon lange hier?«, frage ich, weil mir nichts Besseres einfällt.

Doch dann wird mir klar, dass das nicht nur eine Frage ist, sondern zwei, denn ich weiß von Schwester Margot, dass die meisten Gäste nach etwa acht Wochen wieder *gehen* oder *gehen müssen, geholt werden,* vielleicht auch *sich holen lassen.* Doch in jedem Fall für immer.

»Zwei Wochen müssten es jetzt sein. Es ist ein angenehmer Ort, findest du nicht?«

»Doch. Sicher.«

»Und du?«

»Ich? Ich wohne im Ostviertel.«

»Und was treibst du so?«

»Ach ... Ich studiere ...«

»Hier an der Uni?«

Ich nicke. Wir gehen langsam der Sonne entgegen. Mir fällt auf, dass sie die abgelaufenen Turnschuhe anhat, die bei meinem letzten Besuch vor dem Raum der Stille standen, ein Paar von der Sorte, an die man sich so sehr gewöhnt, dass man gar nicht mehr wahrnimmt, wie zerfleddert sie sind, und einfach vergisst, sie wegzuschmeißen.

»Und welches Fach?«

»Informatik. So wie jeder.«

»Was mit Computern. Das ist die Zukunft!«

Irgendwie finde ich, dass die Zukunft ein unpassendes Thema ist, das man schnell wechseln sollte.

»Schon. Aber eigentlich ist es auch egal, weil an Silvester sowieso alle Computer gleichzeitig abstürzen werden und die ganze Welt in Anarchie versinkt.«

Charlotte lacht aus vollem Hals.

»Also, ich freue mich riesig aufs neue Jahrtausend! Das Feuerwerk schaue ich mir unbedingt noch an, dann kann es ruhig losgehen.«

Losgehen? Was kann losgehen? Meint sie das Ende der Welt, oder hat sie gerade über ihren Tod gesprochen?

»Ich meinerseits will nicht unbedingt dabei sein, wenn die Welt untergeht.«

»Ach ja? Wo wärst du denn lieber?«

»Keine Ahnung, jedenfalls nicht mittendrin. Vielleicht auf einem anderen Planeten. In sicherer Entfernung am Ende der Milchstraße.«

Das war jetzt so was wie ein Witz, hoffe ich zumindest. Doch anstatt zu lachen mustert sie mich eingehend.

»Du gehst den Dingen gerne aus dem Weg, was?«, sagt sie, und es gibt mir einen Stich, als hätte sie mich bei einer Schandtat erwischt.

»Na ja, vielleicht schon, manchmal... aber eigentlich versuche ich gerade, mich dem ein oder anderen Ding zu stellen.«

Wir sind einmal um den kleinen Teich gelaufen, und sie scheint etwas außer Atem zu sein. Wir bleiben am Geländer stehen und schauen auf das glitzernde Wasser und die Enten, die ihre Hälse den letzten Sonnenstrahlen des Jahres entgegenstrecken. Charlotte holt ein Tütchen mit Brot aus der Jackentasche und beginnt, es an die Enten zu verfüttern.

»Erzähl mal…«, fordert sie mich auf, »was machst du so in deiner Freizeit, außer mit Zombies wie mir im Park umherzuirren?«

»Du bist doch kein Zombie…«

»Da hast du mich noch nicht ohne Schminke gesehen!«, grinst sie.

»Na ja, ich mache nicht viel, seitdem mein bester Freund weggezogen ist. Freitag bin ich mit meiner Familie in der Synagoge und Sonntag im Schachclub. Den Rest der Zeit lerne ich für die Uni.«

»Du bist also jüdisch?«

Ich bejahe und stelle mich auf eine lange Unterhaltung über Holocaust, Erbschuld, das junge Judentum in Deutschland und so weiter ein, weil es immer so kommt, wenn ich zufällig dieses Detail erwähne. Doch sie blinzelt mich nur an und nickt, und dann, ganz ohne Übergang: »Hast du denn keine Freundin?«

Die Frage erwischt mich kalt. Ich schüttle verlegen den Kopf.

»Sehe ich so aus, als hätte ich eine Freundin?«, sage ich und fahre mir über meine hohe Stirn mit dem lichter werdenden Haaransatz.

»Du siehst so aus, als würdest du nicht glauben, eine Freundin haben zu können«, sagt Charlotte. »Aber wenn du denkst, dass das da dein größtes Problem ist, kann ich dir gern meine Perücke leihen!«

»Nein, es wird schon gehen«, grinse ich verlegen.

»Umso besser. Ich hätte sie dir sowieso nicht gegeben. Ist

mein liebstes Stück! Aber ich kann sie dir gerne vermachen, wenn du magst!«

Was habe ich nur an mir, dass mir immer alle etwas vermachen wollen, erst Baba Soja mit ihrem schrecklichen Schmuck, und jetzt auch noch eine sterbende Fremde, die ich seit zehn Minuten kenne, und die mir vom Fleck weg ihre geliebte Urknallfrisur hinterlassen will. Der einzige Unterschied ist, dass diese Frau im Gegensatz zu Baba Soja wirklich bald sterben wird. Mir dreht sich der Magen um, diesmal endgültig. Der Teich kippt um und verschluckt die Enten, die Bäume, den Himmel, ich kralle mich am Geländer fest und atme tief, in den Brustkorb, in den Bauch, bevor das Gewässer auch mich verschlucken kann.

»Es wäre mir eine Ehre«, sage ich leise, um irgendetwas zu sagen, während sich in meinem Kopf die vier Elemente samt Enten in einem kosmischen Riesenrad immer schneller und schneller im Kreis drehen.

»Tut mir leid. Ich überfordere dich. Das passiert mir in letzter Zeit hin und wieder. Reden wir nicht mehr davon. Komm, bring mich noch bis zum Tor.«

Wir setzen uns wieder in Bewegung und steuern auf das Hospiz zu. Die Sonne scheint uns in die Augen, dass wir blinzeln müssen.

»Es gibt eine alte Sage«, schlägt Charlotte plötzlich einen Märchenerzähler-Ton an, »da heißt es, dass Gott die Sonne und die Erde als Geliebte erschuf. Am Tage gab die Sonne der Erde ihr Licht und ihre Wärme und die Erde empfing sie mit Freude, und beide waren unendlich glücklich. Doch als die Nacht kam, konnten die Sonnenstrahlen die Erde nicht mehr berühren, und die Geliebten beweinten ihre Trennung bitterlich. Also erschuf Gott den Mond und setzte ihn zwischen Erde und Sonne als Unterpfand ihrer Liebe. Die Sonne schickte ihm ihre Strahlen, und die Erde konnte sie am Himmel erkennen, und beide weinten nicht mehr, denn sie wussten, dass sie bald wieder zusammen sein würden.«

»Das ist eine schöne Geschichte. Ich habe sie noch nie gehört.«

»Wäre es nicht schön, wenn es etwas gäbe, was auch uns daran erinnert, dass wir in Wirklichkeit niemals getrennt sind?«

»Ich weiß nicht. Wie meinst du das?«

In diesem Moment schiebt sich eine trotzige Wolke vor die Sonne. Wir stehen da und schauen hoch und warten, doch sie weigert sich weiterzuziehen.

»Siehst du, nur weil diese Wolke jetzt da ist, ist die Sonne ja nicht verschwunden. Und was ist schon eine Wolke, nur ein flüchtiger Nebel des Vergessens, nicht wahr?«

Ich schaue in die Wolke und weiß nicht, was ich von ihr halten soll, von der Wolke und auch von Charlotte, die so redet wie niemand, den ich kenne, *ein flüchtiger Nebel des Vergessens,* die mich an niemanden erinnert, außer, und das ist etwas, das ich mir gar nicht erklären kann, weil wir uns doch heute zum ersten Mal begegnen, außer dass sie mich doch an jemanden erinnert, und zwar an sich selbst.

Wir sind am Tor angekommen, das das Hospizgrundstück vom Park trennt. »Danke für den Spaziergang!«, sagt sie und drückt meine Hand.

»Ich bin nächsten Mittwoch wieder da, also, wenn du möchtest, können wir gerne…«

»Ich würde mich freuen!«, nickt Charlotte und schiebt das Gittertor auf. Ich schaue ihr nach, wie sie sich mit langsamen Schritten entfernt, sie hat die Hände in die Ärmel der Jacke gesteckt und hält das Gesicht ohne Gram der Wolke entgegen, die ihr so eifersüchtig die letzten Sonnenstrahlen ihres Lebens stiehlt.

Vor dem Vorlesungssaal haben sich schon Grüppchen gebildet, in ein paar Minuten werden die Türen aufgehen. Ausnahmsweise bin ich froh, mit niemandem sprechen zu müssen. Ich weiche allen aus und gehe zum Kaffeeautomaten. Schnell werfe ich eine Mark ein und drücke auf den Knopf, die Maschine beginnt zu brummen und zu zischen, und es brummt und zischt auch in meinem Kopf und in meinem Magen und in meinen Eingeweiden, es ist, als würde mir brühend heißer Kaffee ins Herz laufen von all den Sachen, die diese Frau heute zu mir gesagt hat.

Verbrenn dir nur nicht die Zunge, ermahne ich mich, und ich muss an Mama denken und daran, dass ich nachher, wenn ich zu Hause bin, diese Zunge wieder zum Lügen benutzen muss. Da fällt mir die Tupperdose mit dem Gulasch ein, die ich den ganzen Tag im Rucksack mit mir herumgetragen habe. Wenn ich daran denke, wird mir ganz übel. Ich kann sie Mama so nicht zurückbringen. Sie wird mich ausfragen, warum ich nicht gegessen habe, wo und was ich gegessen habe. *Ich mache mir doch nicht am Herd den Rücken krumm, damit du den widerlichen Unifraß in dich hineinstopfst, kein Wunder, dass du so blass bist, wer seine eigene Mutter nicht wertschätzt, verdient keine gesunde Verdauung.* Und dann ist da noch Baba Soja, die mich ganz entsetzt anschaut, die lieber auf der Stelle tot umfallen würde als etwas wegzuschmeißen, *was noch gut ist*. Doch wie soll ich das Essen herunterbekommen, wenn in meinen Eingeweiden alle Geister, die mich jemals verfolgten, mit ihren Ketten rasseln? Ich habe keine

Wahl. Auf dem Weg zum Hörsaal leere ich den gesamten Inhalt in den Mülleimer neben dem Herrenklo. Und das ist noch das würdigste Ende, das ich dem Gulasch bereiten kann.

6

Der Geist meines Vaters

Der Spuk begann einige Wochen, nachdem wir aus der Evakuation zurückgekehrt waren. Ich hatte mich schon beinahe daran gewöhnt, jede Nacht einzunässen. Zwar schämte ich mich noch, doch ich versuchte nicht mehr, es zu verstecken. Mama kam sowieso immer hinter alle meine Geheimnisse. Also akzeptierte ich sie als meine Verbündete und ließ sie am Morgen die dicken Handtücher wechseln, die sie jeden Abend unter meinem Laken ausbreitete. Anders als Tante Rita, die mir das ruinierte Sofa bis heute nicht verziehen hat, machte Mama mir keine Vorwürfe. Jeden Morgen setzte sie mir mein Frühstück vor, und wenn sie mich abgelenkt glaubte, ging sie ins Zimmer, nahm Laken und Handtücher vom Bett und wischte mit einem nassen Lappen über die Plastiktischdecke, die die Matratze vor meinen nicht geweinten Tränen schützen sollte. Dann schlich sie ins Bad, um das Bettzeug in einem großen Bottich einzuweichen. Ich gewöhnte mich an den Bottich und auch an das Rascheln der Tischdecke unter den Handtüchern, jedes Mal, wenn ich mich nachts von der einen auf die andere Seite drehte. Woran ich mich nicht gewöhnen konnte, war der Gedanke, dass Vater nicht mehr nach Hause kommen würde. Ich spähte in die Schränke und Schubladen und stellte fest, dass alle seine Sachen verschwunden waren.

Was war mit ihnen geschehen? Hatte Mama sie einfach weggeschmissen, verschenkt oder etwa verkauft? Ich traute mich nicht zu fragen. Eines Tages, es muss Anfang September gewesen sein, denn die Schule hatte wieder angefangen, gingen Mama und Baba Soja auf den Markt und ließen mich allein zu Hause. Es herrschte noch immer eine brüllende Hitze, die sich vom Ende der Schulferien nicht einschüchtern ließ. Wenn ich aus dem Fenster sah, konnte ich sie vom Asphalt hochsteigen sehen. Ich hockte schwitzend über meinen Mathehausaufgaben, als die Zahlen plötzlich verschwammen. Mein Kopf drehte sich, in meinem Brustkorb schmerzte es, als würde mein Herz zu einem Matzeknödel zusammenschrumpfen. So sehr sehnte ich mich nach ihm. Ich kniff die Augen zusammen und versuchte, sein Bild heraufzubeschwören, sein Gesicht oder wenigstens einen Schnipsel davon, nur ein Auge oder einen Mundwinkel oder die lange Querfalte auf seiner Stirn. Doch es gelang mir nicht. Es war, als stünde er hinter dem verschmutzten Fenster einer verlassenen Hütte, die seit hundert Jahren niemand mehr betreten hat. Ich musste den Kopf auf das Matheheft legen, auch auf die Gefahr hin, die frische Tinte zu verschmieren. Alles drehte sich. Ich hatte Angst, in Ohnmacht zu fallen und versuchte, ganz flach zu atmen, ein und aus, ein und aus. Nur die Ruhe. Ich schwitzte und spürte, wie die Tinte sich auf meiner Haut mit den Schweißtröpfchen vermischte. Da war er plötzlich da, der Gedanke. Warum war ich nicht früher darauf gekommen? Mein Kopf wurde schlagartig wieder klar. Ich sprang auf und stürzte zum Schrank, riss eine Schublade nach der anderen auf, bis ich sie unter einem Haufen alter Stoffreste fand: die zwei Familienalben – ein altes braunes von Großmutter mit einem Haufen Schwarz-Weiß-Bildern und ein dickes rotes von uns…

von Mutter, Vater und mir, mit Bildern von ihrer Hochzeit, von mir als Baby, als Brombeeren essendes Kleinkind auf unserer Datsche, mit Vater im Vergnügungspark und im Sommerurlaub in Sotschi. Früher, vor Vaters Verschwinden, hatte Mama das Album gern herausgeholt, wenn wir Besuch bekamen, und es vorgeführt wie einen Familienschatz. Ich kannte die Bilder und die Geschichten dazu auswendig:

Es war so heiß, als wir geheiratet haben, mindestens vierzig Grad, ich dachte, ich ersticke in diesem Kleid, ich konnte kaum atmen, geschweige denn was essen, und der arme Sascha musste diesen schweren Wollanzug tragen, den haben wir ausleihen müssen, einen anderen haben wir nicht gefunden, er war durchgeschwitzt von Kopf bis Fuß. Und hier ist Rafik, da hat er gerade gelernt zu sitzen, er war so ein zartes Kind, so sensibel, und er wollte immer zu Sascha, Papa, Papa, auch als ich ihn noch gestillt habe. Da, siehst du, er hat sich nur mit Sascha ins Wasser getraut, es war ihm zu kalt, das habe ich auch gesagt, aber Sascha nahm ihn hoch und ging mit ihm rein, und er hat nicht geschrien. Ich aber schon, nu, wer hört schon auf mich…

Ich schleppte das Album zum Tisch, setzte mich gerade auf meinen Stuhl und atmete tief ein. Gleich würde er wieder da sein, ich würde ihn mir zurückholen, würde ihn mir aus den vielen Bildern wieder zusammenbasteln, meine ganz persönliche Vater-Collage. Andächtig schlug ich das Album auf. Das große Hochzeitsbild, Mama im Hochzeitskleid mit einem riesigen Blumenstrauß und einem noch größeren Glück in den Augen, Papa im Anzug, lächelnd, mit Schweißperlen auf der hohen Stirn. Ich hatte das Bild genau vor Augen, es war immer da gewesen, auf der ersten Seite. Doch jetzt fehlte es. Hastig blätterte ich die Seiten durch, Seite um Seite fehlten die Bilder, einige waren noch da, Bilder von mir, meinem nackten Hintern im Wasser, das Bild mit dem Clown, das Bild mit Mama und Baba Soja in der Datschenküche, doch er war von allen Seiten verschwunden. Ich blätterte das Album zum zweiten Mal durch, in der Hoffnung, etwas übersehen zu haben, ohne Erfolg. Mein siebenjähriger Kopf suchte nach einer Erklärung. Verschwanden die Bilder von Menschen, die spurlos verschwanden, etwa auch spurlos? Hatte die radioaktive Strahlung, die Vater getötet hat, sich auf die Bilder übertragen, sodass auch sie sich einfach in Luft aufgelöst hatten? Oder hatte Mama die Bilder weggenommen? Warum sollte sie das tun? Hatte sie die Fotos vielleicht in einem anderen Album gesammelt, das ich noch nicht kannte, einem Album nur für Vater? Wenn es so ein Album gab, musste ich es finden!

Ich stürzte zurück zum Schrank und wühlte alles um, ich kroch in die hintersten Ecken der Schubladen, und als ich nichts fand, begann ich, mich durch Mamas und Baba Sojas Kleiderberge zu graben, die ordentlich gefalteten Stapel von Blusen, Kleidern, Röcken und Hosen, auch durch die Stapel von Handtüchern und Bettlaken und Tischdecken, bis ich unter einem von Mamas alten Nachthemden endlich fündig wurde. Es war nicht das Album, das ich erwartet hatte, doch ich war schon so verzweifelt, dass ich beim Anblick des Fotos beinahe in Tränen ausgebrochen wäre. Es war das erste Bild aus dem roten Album, das Hochzeitsfoto meiner Eltern.

Für eine Vater-Collage würde es nicht reichen, aber es war immerhin ein Bild von ihm, eines, das ausreichen würde, um den Geist aus meinem Kopf zu vertreiben, zu dem mein Vater geworden war. So fanden Mama und Baba Soja mich vor, als sie mit ihren Einmachgläsern vom Markt wiederkamen: kerzengerade am Tisch sitzend, mit meinem ganzen Wesen in das Bild vertieft. Ich hob nicht einmal den Kopf, als ich sie durch die Tür kommen hörte.

Ich rechnete mit Ärger, doch Mama überraschte mich. Anstatt sich über das Durcheinander aufzuregen, ließ sie sich gedankenverloren ins Sofa sinken, während Baba Soja stumm begann, die Sachen zusammenzufalten und in den Schrank zurückzulegen. Zuletzt trat sie zum Tisch und nahm das rote Album, um es wieder unter den Stoffresten zu verstauen.

»Wo sind die anderen Bilder?«, fragte ich, doch ihr Rücken war wie eine Wand, an der meine Frage abprallte wie ein Gummiball.

Ich schaute zu Mama, die aber war so tief in Gedanken versunken, dass es aussah, als würde sie sich nie wieder vom Sofa erheben. Von ihr würde ich auch keine Antwort bekommen. Ich stand wortlos auf und steckte das Bild demonstrativ in meinen Ranzen. Sie sollten bloß nicht auf die Idee kommen, es mir wieder wegzunehmen. Vater war kein nebelhaftes Wesen mehr. Vor meinem geistigen Auge würde er von nun an so deutlich und so echt sein wie auf diesem Bild. Ich war mir sicher, dass der Spuk ein Ende hatte. Wie sehr ich mich irrte!

Der Vorfall mit dem Bild zog für mich kaum Konsequenzen nach sich, nur ließ man mich von diesem Tag an nicht mehr allein zu Hause. Vielleicht hatten Mama und Baba Soja Angst, es würde Schlimmeres passieren, schließlich war ich jetzt Halbwaise und demnach auch nur halb zurechnungsfähig. »Zum Glück haben die Noten nicht gelitten«, sagte Mama jedes Mal erleichtert, wenn sie am Abend meine Hefte durchging. Tagsüber war es meistens Baba Soja, die zu Hause blieb, um ein Auge auf mich zu werfen, während Mama sich irgendwo in der Stadt für georgische Pfirsiche oder anderes unverseuchtes Obst die Füße in den Bauch stand. Baba Soja, die schon in ihrer Jugend nicht die Schlankste gewesen war (aber was konnte sie denn dafür, dass ihr *Hintern hinten war und der Bauch vorne*), machte immer wieder ihr Rücken zu schaffen, und so legte sie sich nachmittags schon mal hin, um sich auszuruhen. Kurz darauf ließ ihr Schnarchen die Luft im Zimmer vibrieren. Mir war es so vertraut, dass es mich weder bei den Hausaufgaben noch beim Fernsehen störte. Ganz im Gegenteil, es beruhigte mich sogar ein wenig.

An jenem Tag schrieb ich, von ihrem rhythmischen Schnarchen begleitet, an einem Aufsatz, als das Telefon klingelte. Ich beeilte mich abzunehmen, denn sie war gerade eingeschlafen.

»Hallo«, flüsterte ich in den Hörer.

»Hallo…«, sagte die Stimme am anderen Ende.

Ich schwieg.

»Hallo. Ist da jemand?«

Diese Stimme, sie kam mir so bekannt vor. Ich spürte einen Stich an der Stelle, wo mein Herz zum Matzeknödel geworden war.

»Rafik? Bist du das? Hier ist Papa. Leg bitte nicht auf!«

Mir schien, als würde es ganz kalt werden im Raum, so kalt, wie es wird, wenn der Geist eines Toten geradewegs durch die Leitung marschiert, durch mein rechtes Ohr, durch meinen Schädel, mein Fleisch, meine Knochen, ganz durch mich hindurch. Genaugenommen war es die Stimme eines Toten, aber das machte keinen Unterschied. Ich zitterte am ganzen Körper, der Hörer glitt mir aus der Hand und knallte auf den Boden. Das Schnarchen im Hintergrund hörte schlagartig auf.

»Was ist los?«, schrie Baba Soja auf, doch es dauerte noch einige Sekunden, bis sie wieder bei sich war und ihr klar wurde, dass ich zitternd und tränenüberströmt dastand und den Hörer zu meinen Füßen anstarrte.

Sie beeilte sich, ihn aufzuheben.

»Wer ist da? Wer ist da?«, fragte sie immer wieder, doch sie schien keine Antwort zu bekommen, und legte wieder auf.

Ich zitterte und sprach kein Wort, bis Mama nach Hause kam. Ihrem Röntgenblick aber konnte ich nicht widerstehen, es brach aus mir heraus.

»Papa war am Telefon, aber Papa ist tot, es war sein Geist, er hat mich aus dem Jenseits angerufen«, stotterte ich.

»Was redest du denn da, es gibt kein Jenseits!«, schüttelte Mama den Kopf.

»Das Telefon hat nicht geklingelt! Ich hätte es gehört, wenn es geklingelt hätte! Ganz sicher, ich wäre aufgewacht!«, versicherte Baba Soja immer wieder. »Und als ich den Hörer genommen habe, war niemand dran, ich schwöre, da war niemand.«

Mama sah sie vorwurfsvoll an. Sie hätte das Auge, das sie auf mich werfen sollte, nicht zumachen dürfen.

»Beruhige dich, Rafik! Das hast du dir nur eingebildet. Es hat niemand angerufen. Oder es war falsch verbunden. Falsch verbunden, das wird es gewesen sein!«

»Aber er wusste, wie ich heiße!«, jammerte ich.

»Jeder Zweite heißt so wie du! Es gibt einen Haufen Rafiks hier in Kiew!«

Ich kannte nur zwei, die so hießen wie ich: mich und einen Jungen aus der sechsten Klasse, Rafik Lejkin, der mich aus ebendiesem Grund schikanierte. Hatte Rafik Lejkins Vater aus Versehen mich angerufen? Warum hatte er so geklungen wie mein Vater? Oder klangen alle Väter am Telefon gleich? War es vielleicht doch der Geist meines Vaters gewesen? Wollte er mir etwas mitteilen? Warum hatte ich nur den Hörer fallen lassen! »Leg nicht auf!«, hatte er gesagt, also war das, was er mir sagen wollte, wichtig, vielleicht lebenswichtig? Wollte er mich warnen? Vor etwas Schlimmem, das mir oder Mama oder Baba Soja zustoßen würde? Mussten Mama oder Baba Soja oder ich jetzt etwa auch sterben, weil ich ihn nicht angehört hatte?

Solche Gedanken quälten mich am Abend, als ich im Bett lag, und sie quälten mich auch am nächsten und übernächsten Abend, und selbst Baba Sojas wohlvertrautes Schnarchen half nicht, sie zu vertreiben.

7
Ein verfluchter Zauberwürfel

»Nein, nicht die. Die andere. Na, die mit den kleinen blauen Blumen. Die ich anhatte bei Bellas Geburtstag. Mit den großen Knöpfen die. Mach doch die Augen auf, Rafik. Neben dem Strickpullover mit Reißverschluss!« Mit dem Zeigefinger zeigt Baba Soja zur mittleren Schranktür, genau dorthin, wo ich seit einer gefühlten Ewigkeit nach ihrer Bluse krame. Dann widmet sie sich weiter ihrem Strumpf, der so mühsam und widerwillig ihre Wade hinaufklettert wie ein schwer beladener Packesel den Himalaja. »Seh ich nicht«, schnaufe ich und ziehe meinen Kopf aus der Tiefe ihres Kleiderschranks. »Wenn du mich zwingst, weiter in deinen Sachen zu wühlen, bleibe ich gleich im Schrank sitzen, und wir gehen nirgendwohin!«

»So wie früher, als du noch klein warst!«, lächelt Baba Soja nostalgisch. Sie meint es nicht einmal böse. Es ist zum Verzweifeln. Zum Glück klingelt es genau in diesem Moment an der Tür, und mir fällt wieder ein, wofür man Freunde braucht. Ich überlasse Baba Soja und ihre Blümchenbluse dem trüben Schicksal, ohne meine Hilfe zueinanderzufinden, und stürze zur Tür, um Aljoscha zu öffnen. Es war viel los bei ihm in der Uni, und so haben wir uns seit einigen Wochen nicht gesehen. Zumindest nehme ich das an, wenn er sich so lange nicht blicken lässt. Wir sind ja keine Mädchen, dass wir uns stundenlang am Telefon die Ohren vollsäuseln. Unsere Telefonate gehen in etwa so:

»Na, Mann, wie läuft's bei dir?«
»Gut.« (Bedeutungsschwere Pause.) »Gut.«
»Wann kommst du vorbei, Mann?«
»Diese Woche schaff ich's nicht. Vielleicht nächste.«
»Okay. Dann hau rein.«
»Hau selber rein.«
Dann legen wir auf.

Umso mehr freue ich mich, wenn er tatsächlich mal aufkreuzt. Ich öffne die Tür ein Stück und bleibe erwartungsvoll im Spalt stehen. Dabei weiß ich es doch eigentlich besser. Ich höre, wie der Aufzug sich im Erdgeschoss in Bewegung setzt. Dann zähle ich von zehn an rückwärts. Bei vier ertönt, wie erwartet, aus dem Wohnzimmer Mamas wütende Stimme:

»Rafik, spinnst du, mach die Tür zu, es zieht!«

Doch da springt der Aufzug schon auf, und Aljoscha kommt um die Ecke.

»Geh von der Tür weg, du holst dir noch den Tod!«, kreischt Mama.

»Ja, geh von der Tür weg, das bin ich doch nicht wert«, grinst Aljoscha mich an. Wir umarmen uns auf unsere Art, indem wir mit der rechten Schulter aneinanderstoßen, gefolgt von einem derben Handschlag (so haben es die coolen Jungs gemacht, als wir fünfzehn waren).

»Macht endlich die Tür zu!« Mama ist wie ein Blitz hinter mir aufgetaucht und zieht uns herein.

»Man begrüßt sich doch nicht auf der Schwelle, das gibt nur Streit!«, schimpft sie.

»Einen wunderschönen Sabbat Schalom, Tante Klara, ich

habe Sie auch sehr vermisst.« Aljoscha bückt sich zu Mama und lässt sich von ihr drücken. Als wir uns kennenlernten, waren wir einige wenige Wochen lang noch gleich groß, dann bekam Aljoscha plötzlich lange Beine und brachte sogar Urkunden vom Sportfest mit nach Hause. Bevor er nach Frankfurt umzog, spielte er Basketball im Verein. Er hat versucht, mich dazu zu überreden. »Vielleicht nächstes Jahr«, war meine Antwort. »Erst muss ich zum Zirkus und lernen, wie man auf Stelzen läuft.«

»Du siehst gut aus, Aljoschenka! So elegant! Ein ganzer Mann!«, säuselt Mama und streicht über den Ärmel seines schwarzen Mantels. »Mein Gott, Jungs, wann seid ihr bloß so groß geworden!« Das sagt sie jedes Mal, wenn sie uns zusammen sieht, seitdem wir aus der Schule raus sind. Aljoscha lässt sich von Mama den Mantel abnehmen. Er hat sich wirklich herausgeputzt. Hemd, Pullover mit V-Ausschnitt, dunkle Jeans, Lederschuhe.

Während Mama Aljoscha über sein Studium ausfragt und gleichzeitig versucht, ihm eine ihrer Hühnerfrikadellen anzudrehen (»Quälen Sie mich nicht, Tante Klara, ich habe selbst eine Mutter, die es sich zur Lebensaufgabe gemacht hat, mir eine Fettleber zu verpassen«), schlüpfe ich in meine Lieblings-Wrangler. Die, die so verwaschen aussieht, als sei sie schon die Lieblingsjeans meines Großvaters gewesen. Kurz erwäge ich ein weißes Hemd, doch der Gedanke an den gebügelten Kragen behagt mir nicht, also entscheide ich mich für einen schlichten blauen Pulli. Wenn ich Rebekka schon anstarre wie ein Stalker aus dem Bilderbuch, muss ich mich dabei nicht auch noch fühlen wie ein verklemmter vierzehnjähriger Pionier, der sein rotes Halstuch vergessen hat.

»Deine Mutter ist bestimmt eine hervorragende Köchin,

aber *solche* Frikadellen hast du noch nicht probiert!«, höre ich Mama im Wohnzimmer trällern. Ich weiß, dass sie Aljoschas Mutter keineswegs für eine hervorragende Köchin hält. Zumindest nicht, seit diese angefangen hat, an Weihnachten eine mit Äpfeln gestopfte Gans in den Ofen zu schieben. »Warum sollten wir denn nicht die Geburt eines kleinen jüdischen Jungen feiern!« Mit diesen Worten hat sie mich vor ein paar Jahren zum ersten Mal zu einem Weihnachtsessen eingeladen. Seitdem bin ich an Heiligabend immer bei Aljoscha und esse Weihnachtsgans mit russischem Schichtsalat. Die Alternative wäre ein Butterbrot mit Käse, weil Baba Soja jegliche festliche Stimmung verweigert und an diesem Tag nicht einmal kochen mag, dazu läuft im Hintergrund ein schlecht synchronisierter *Doktor Schiwago* im Ersten Russischen Kanal.

»Aber sie ist eben zur Hälfte russisch-orthodox. Warum sollte sie kein Weihnachten feiern!«, habe ich damals zu Mama gesagt. »Warum ist sie dann nicht zur Hälfte in ihrem russisch-orthodoxen Leningrad geblieben? Als Nächstes geht sie noch in die Kirche und bekreuzigt sich«, kommentierte Mama und klopfte sich dabei mit dem Zeigefinger auf die Schläfe. Sie hält Aljoschas Mutter für meschugge. Eigentlich hält sie jeden für meschugge, der nicht genauso denkt wie sie. Aljoscha weiß das, doch er begleitet uns trotzdem immer noch bei jeder Gelegenheit zum Gottesdienst, auch, wenn er es nur macht, um mir einen Gefallen zu tun und weil wir danach sowieso zusammen in die Stadt gehen.

Im Wohnzimmer erwische ich Aljoscha dabei, wie er ein Stück Frikadelle herunterwürgt. Er mag redegewandt sein, viel redegewandter als ich, aber es hat sich noch niemals jemand um Mamas Hühnerfrikadellen herumreden können.

»Ich bin gleich so weit! Fünf Minuten!«, hören wir Baba Soja aus dem Zimmer rufen. Ich werfe einen Blick auf die Uhr und ärgere mich, weil fünf Minuten in Wirklichkeit fünfzehn Minuten bedeutet und wir vor dem Gebet keine Zeit haben werden, ein bisschen herumzustehen, damit Rebekka den Raum betreten kann, damit ich ihr als Gruß zunicken kann, damit sie das total übersehen und in ihrer geballten Schönheit an mir vorbeischweben kann.

Ach Rebekka, wenn du nur wüsstest!

Entmutigt lasse ich mich neben Aljoscha aufs Sofa fallen.

»Ich muss dir was zeigen!« Er springt auf und stürzt zu seinem Mantel, der am Garderobenhaken hängt, kramt in den Taschen herum und kommt mit einem triumphierenden Gesichtsausdruck wieder, in seiner rechten Hand hält er, wie einen Siegerpokal, ein dunkelblaues Telefon. Ein *Handy*. Ich sehe ihn wie in Zeitlupe auf mich zukommen, ich will NEEEEEEEIIIIINNN schreien wie in diesen schlechten Actionfilmen, wenn eine Kugel sich aus der Waffe des Bösewichts löst und sich zielsicher in Richtung des Helden aufmacht. Ich unterdrücke den Impuls, mich mit vollem Körpereinsatz auf ihn zu stürzen, und dann ist es zu spät.

Das war's. Ich bin erledigt.

Vor meinem inneren Auge kann ich sehen, wie Mama in der Küche die Ohren spitzt.

Und schon halte ich es in der Hand, diese Ausgeburt der Hölle. Es wiegt so viel wie eine Fernbedienung, hat eine kleine Antenne und trägt den Namen Nokia.

»Was willst du damit?«

»Nägel in die Wand schlagen, was dachtest du denn!«, raunzt Aljoscha. Er ist etwas beleidigt über meinen fehlenden Enthusiasmus.

Schon ist Mama herbeigestürmt. Ohne zu fragen reißt sie mir das Ding aus der Hand.

»Oh, du hast jetzt auch so eins? Ich sage ja schon die ganze Zeit, dass Rafik auch eins braucht.« Dabei schaut sie mich ganz vorwurfsvoll an, als sei ich der einzige Mensch auf der Welt ohne Mobiltelefon.

»Ich brauche so ein Ding nicht!«, protestiere ich. »Du weißt doch sowieso immer, wo ich bin und was ich mache.«

Das hat bis vor Kurzem noch gestimmt. Jetzt verbuche ich es als Notlüge Nummer drei. Das Letzte, was ich gebrauchen kann, ist dieser Überwachungsapparat.

»Man muss ja nicht telefonieren!«, sagt Aljoscha. »Man kann auch eine SMS schreiben. Hier, sehen Sie, da auf den Tasten sind Buchstaben drauf.«

Aljoscha tippt auf dem Telefon herum, und dann erscheinen Buchstaben auf dem Bildschirm: H-a-l-l-o. Meine Mutter hat ihre Lesebrille aufgesetzt, und mein vermeintlich bester Freund erklärt ihr, wie oft man auf die 4 drücken muss, damit ein H herauskommt.

»Unglaublich!« Mama schüttelt ungläubig den Kopf »Wie weit die Technologie es doch gebracht hat!« Das sagt sie immer, wenn sie etwas Neues sieht. *Dieser Kartoffelschäler, wie schnell das geht! Und wie dünn die Schale ist! Wer hätte jemals gedacht, dass die Technologie es so weit bringt!* Ich stehe hinter ihr und werfe Aljoscha mein gesamtes Repertoire böser Blicke zu, untermauert mit Gesten wie »Ich köpfe dich! Ich erschieße dich! Ich erwürge dich mit meinen eigenen Händen! Hör auf damit!« Doch er grinst mich nur an und erklärt meiner Mutter weiter die Vorzüge seiner neuen Errungenschaft.

Wer hätte gedacht, dass Baba Sojas Blümchenbluse, in der

sie nun endlich in der Tür auftaucht, an diesem Tag noch so etwas wie eine Rettung für mich bedeuten würde.

Wir betreten den Gebetssaal auf den letzten Drücker und fangen uns einen vernichtenden Blick von Kantor Golan ein. Ich will in die dritte Reihe einbiegen, doch Aljoscha zieht mich weiter. Wir drängen uns in die hinterste Ecke, dorthin, wo der Kantor und die Frauen uns nicht im Blick haben. Das bedeutet: Er muss mir etwas erzählen, das nicht bis nach dem Gebet warten kann. Der Kantor kehrt uns seinen krummen Rücken zu. Im Saal wird es stiller. Golan wartet, bis auch die letzten Frauen das Getratsche eingestellt haben, dann atmet er tief ein, so tief, als wolle er das gesamte Jüdischsein der Welt in sich aufnehmen, und mit der Stimme eines 5000 Jahre alten Methusalem schlägt er uns ein geballtes »Lechu neranena laHaschem« um die Ohren. Haschem bedeutet »der Name« und meint den jüdischen Gott, weiß ich aus dem Reli-Unterricht. Den wahren Namen Gottes auszusprechen ist verboten, vorbeugend quasi, damit man ihn nicht versehentlich missbraucht. Warum nur, warum ahnt mein Volk in allem immer nur das Schlimmste? Anstelle seiner hebräischen Psalmen müsste der Kantor das Gedicht von Erich Kästner aus dem Deutschbuch singen: *Wird's besser? Wird's schlimmer? fragt man alljährlich. Seien wir ehrlich: Leben ist immer lebensgefährlich!* Das würden wenigstens alle verstehen, und Baba Soja würde einstimmen mit ihrem Lieblingsmantra »Gott behütet den Behüteten. Gott behütet den Behüteten...« (Was auch meint: den Nichtbehüteten lässt er früher oder später von einem Auto überfahren.) Das würde mal einen Gottesdienst geben, bei dem alle mitsingen!

Doch der Kantor hält stur an seiner jahrtausendealten Tradition fest und gibt weiter seinen hebräischen Bass zum Besten, den kaum einer im Saal versteht. So kehrt nach und nach wieder leises Gemurmel ein, das vom Frauenbalkon zu den Männern herunterschwappt wie bei einem römischen Brunnen. Ich blinzle Aljoscha an und sehe, ein Tropfen noch und es bricht aus ihm heraus. Doch nach der Sache von vorhin mache ich nur zu gern den Spielverderber.

»Was sollte das mit dem Handy, Mann? Du weißt doch, dass ich so ein Ding nicht haben will!«, zische ich ihm zu. »Meine Mutter würde mich noch auf dem Klo anrufen, um zu fragen, ob auch alles klappt.«

Aljoscha schluckt seine dringende Mitteilung herunter und zuckt mit den Schultern.

»Dann kauf dir eben keins.«

»Als ob *ich* das entscheide. Du kennst sie doch, die beiden.«

»Alter, du hast keine Ahnung, wie geil dieses Teil ist!«, sagt Aljoscha, als hätte er mir gar nicht zugehört. Und dann fischt er das Ding aus seiner Hosentasche und drückt auf den Tasten herum.

»Was machst du, tu das weg!«, protestiere ich.

Es scheint ihn kein Stück zu interessieren. Er hält mir das Telefon unter die Nase. *Nachrichten* steht da, und darunter: *Julia*. Klick, und ich lese:

Hey Chéri, das war schön gestern ;-) Sag Bescheid, wann wir auf Wiederholung drücken. Küsschen, ta petite Julie.

»Chéri, das bist dann du oder was?«, pruste ich los.

»Ruhe im Saal!«, dröhnt es vom Altar.

Wir reißen uns eine halbe Minute lang zusammen. Aljoschas Grinsen reicht von hier bis nach Jerusalem.

»Kann nichts dafür, sie studiert eben Romanistik«, flüstert er.

»Hast du was mit der oder was?«, frage ich, nicht ohne einen Anflug von Neid.

»Kann man so sagen.«

Ich blinzle ihn an. Einmal. Zweimal. Er zieht eine Augenbraue hoch und grinst noch breiter, als wolle er mir sagen, ja, genau das meine ich.

»Du laberst doch!«

Daraufhin drückt Aljoscha wieder auf dem Handy herum und legt mir den Beweis in die Hand.

»Tu das weg!«, japse ich, doch ich kann mir das Grinsen nicht verkneifen, und dann prusten wir beide los, Aljoscha hält sich die Hand vors Gesicht, ich verstecke mich im Ärmel meines Pullovers. Alle drehen sich nach uns um, der alte Boris zischt, wir sollen endlich aufhören, uns aufzuführen wie kleine Mädchen.

Zum Glück folgt Lecha Dodi, wir stehen auf und drehen uns um 180 Grad. Mit dem Gesicht zur Wand wird Aljoscha wieder wagemutig.

»Ich sag dir, es gibt nichts Besseres, um Weiber aufzureißen!«

»Ach, wen soll ich schon aufreißen ...«

»Ich wette, deine Rachel hat auch eines.«

Rachel ist unser Deckname für Rebekka, damit wir über sie reden können, ohne mich zu verraten.

»Fährst du noch auf sie ab?«

Ich zucke mit den Schultern.

»Natürlich tust du das!«

Ich weiß, dass Aljoscha nicht sonderlich viel von Rebekka hält, zumindest nicht nach der Sache mit dem Alkohol. Nicht wegen dem Alkohol, sondern weil sie mich ausgenutzt hat, um mich dann wie einen Idioten dastehen zu lassen.

»Und wenn schon.«

»Wir können sie ja nachher mal fragen, ob sie eines hat.«

»Ja klar, frag sie mal!«, zische ich. Was selbstverständlich heißt: Nur über meine Leiche, du Idiot!

»Jetzt aber Ruhe in der letzten Reihe oder raus!«, schimpft der Kantor, und wir erstarren kerzengerade, den Blick auf die Wand gerichtet, wie zwei reumütige Schuljungen, die man in die Ecke gestellt hat.

Im Speisesaal befürchte ich noch, Aljoscha könnte so verrückt sein, seine Drohung wahrzumachen und Rebekka anzuquatschen, doch zum Glück sitzt sie ganz vorne zwischen ihren Eltern, während wir am anderen Ende des Tisches von Mama und Baba Soja eingekesselt sind. Ich bin heilfroh, als sie schließlich aufsteht, ihren Großvater umarmt und als eine der Ersten zur Tür verschwindet. Wahrscheinlich ist sie mit Freunden in der Stadt verabredet, und wenn meine Berechnungen stimmen, ist sie schon seit einigen Monaten achtzehn und kann sich ihren Alkohol selbst kaufen. Was bedeutet, dass sie mich nicht mal mehr braucht, um mich für ihre niederen Zwecke auszunutzen.

Mein bester Freund lebt in Frankfurt und hat Geschlechtsverkehr mit einem Mädchen, das sich *Dschülie* nennt, während ich auf ewig hier festsitze und alleine sterben werde wie die Alten von Schwester Margot, die weder Eltern noch Kinder noch Ehegatten übrig haben.

Vielleicht sollte ich mir doch ein Handy anschaffen, denke ich und nippe an dem Traubensaft, der wie jedes Mal einfach nur scheußlich schmeckt.

Später am Abend sitzen wir in einer Bar in der Pontstraße. Ohne mich zu fragen, bestellt Aljoscha zwei Whisky-Cola. Ich öffne den Mund, um einen Einwand vorzubringen, doch er schaut mich nur schief an. *Werd erwachsen, Mann!*

Der Kellnerin scheint das zu genügen, denn sie nickt und dreht sich auf dem Absatz um, um die Drinks an der Bar zu ordern. Also schließe ich meinen Mund wieder, und dann höre ich mir an, wo und wie Aljoscha an diese Dschülie gekommen ist. (In der Mensa, sie saß da mit dem gleichen dunkelblauen Handy in der Hand, und er so: Eine Sache haben wir ja schon mal gemeinsam.) Ich kann nicht fassen, dass *das* funktioniert hat! Das sage ich ihm, doch er zuckt nur mit den Schultern und zieht hämisch die Augenbrauen hoch. Hat es ja anscheinend.

Die Kellnerin bringt die Getränke. Ich nippe an der Whisky-Cola und verziehe das Gesicht, dann höre ich mir noch an, wie viele Einladungen zum Kaffee es gebraucht hat, bis Dschülie mit in sein Zimmer im Wohnheim gekommen ist (nicht viele) und dass sie seitdem so was wie ein Paar sind, auch wenn sie die Art ihrer sozialen und emotionalen Beziehung offiziell noch nicht definiert haben (die Art ihrer physischen Beziehung schon).

»Wirklich, Rafik, du musst mal raus aus deinem Schneckenhaus! Vergiss Rebekka-Rachel. Die ist auch nichts Besonderes. Da draußen ist das pralle Leben, Mann! Du musst nur die Augen aufmachen!«

Ich mache die Augen auf, ganz weit, und lasse den Blick im Raum umherschweifen. Oh ja, das ist es, das pralle Leben! Überall Maschinenbaustudenten im Karohemd und Kerle mit langen Haaren, die ihre Zigaretten selbst drehen, falls das überhaupt Zigaretten sind. Die wenigen Frauen, die sich hier blicken lassen, sind so umschwärmt, dass sie mich nicht mal bemerken würden, wenn ich nackt auf den Tisch klettern und einen Stepptanz hinlegen würde. Männer regieren die Welt, heißt es immer, doch hier bei uns, wo das starke Geschlecht in der Überzahl ist, haben die Frauen die absolute, uneingeschränkte Macht! Wie hoch sind also die Chancen, dass eine von diesen Dschülies sich meiner erbarmt? Ich nehme einen großen Schluck Whisky-Cola und werfe Aljoscha einen Blick zu: *Mach dich nicht lustig, Bruder!*

Er weiß genau, was ich meine.

»Ja, du hast ja recht. Darum sag ich ja, du musst hier raus.«

Ich zucke mit den Schultern. Da bin ich machtlos. Das wissen wir beide.

»Also gut, lassen wir das! Erzähl mir lieber, was bei dir so abgeht!«

Ich habe mir schon den ganzen Abend lang den Kopf darüber zerbrochen, ob ich Aljoscha vom Hospiz erzählen soll. Er soll mich ja nicht für komplett verrückt halten. Andererseits: wenn ich nicht ihm davon erzähle, wem dann? Aljoscha weiß so ziemlich alles über mich, er weiß über meinen Vater Bescheid und wie schlimm es war, ihn zu verlieren. Er weiß von dem Telefonanruf aus dem Jenseits und vom Geist im weißen Ziegenfellmantel und dass ich manchmal selbst glaube, ich sei nicht ganz richtig. Ich habe ihm sogar von der Bettnässerei erzählt, da hatte sich das schon längst erledigt, aber es auszusprechen war trotzdem nicht leicht. Und er hat immer geschwiegen wie ein Grab, auf dem die Steine der Ewigkeit liegen. Es gibt also keinen Grund, und so erzähle ich. Darüber, wie ich diesen Bericht im Fernsehen gesehen habe über so eine Einrichtung, wo die Leute hingehen, *um zu sterben*. So Wörter kamen da vor wie *Sterbekultur*, und dass ich einfach nicht verstehe, was denn Sterben mit Kultur zu tun hat. »Denn ist Kultur nicht das, was der Mensch im vollen Bewusstsein erschafft, während so Sachen wie geboren werden und sterben einfach passieren, ohne dass wir gefragt werden? Und kann es überhaupt so was wie ›gute Umstände‹ geben? Ist es nicht in jedem Fall schrecklich? Geht es einem wirklich besser, nur weil es im Zimmer nach Potpourri riecht? Ich meine, wie kann es einem überhaupt gehen, wenn man weiß: bald bin ich tot. Wie soll man denn mit diesem Gedanken *leben*? Aber eigentlich leben wir ja alle mit diesem Gedanken, nur irgendwie schaffen wir es, ihn immer wieder zu verdrängen, dabei wissen wir doch, dass wir irgendwann *nicht mehr da* sind. Wie geht das überhaupt, nicht mehr da, und was, wenn wir doch in irgendeiner Form weiterexistieren – aber warum wissen wir dann nichts darüber? Was, wenn die Christen recht haben und es so was wie die Hölle gibt? Oder wenn sie unrecht haben und es keinen Himmel gibt und auch nichts darüber oder darunter, wenn es einfach nur vorbei ist? Und wie leben wir, du und ich, im Wissen, dass der Tag kommen wird, an dem die Menschen sterben, die wir lieben? Niemand ist jemals in Sicherheit, niemals, nirgendwo!«

Während ich rede, merke ich, wie mir der Alkohol zu Kopf steigt. Die Gedanken stolpern aus mir heraus. »Das alles geht einfach nicht in meinen Kopf, verstehst du. Ich drehe und wende es hin und her wie so einen verfluchten Zauberwürfel, doch ich bekomme es einfach nicht hin, nichts passt zusammen. Darum dachte ich, ich muss da hin. Ich muss es mir aus der Nähe ansehen. Ich habe das Gefühl, wenn ich die Sache mit dem Sterben nicht irgendwann verstehe, dann explodiere ich, oder, nein, ich implodiere, bis ich nur noch ein schwarzer Punkt bin, dass nicht einmal Funken von meinem Verstand übrig bleiben. Und gleichzeitig weiß ich, dass ich es nicht verstehen *kann*, das ist der Fluch der Sterblichkeit, unser aller Fluch...«

Aljoscha hört mir zu, er ist ein guter Freund. Doch mir entgeht nicht, dass sein Blick immer bedrückter wird. Er hat Verständnis für mich, das weiß ich. Aber er *versteht* es nicht. Er hat noch nie jemanden verloren. Ich hoffe, dass das noch lange so bleibt.

»Du hältst mich jetzt für völlig daneben...«

»Daneben ist ja nicht schlimm«, lächelt er. »Ich mach mir nur Sorgen um dich. So ein Hospiz ist einfach nicht der richtige Ort, um Frauen aufzureißen.«

»Wenn du dir Sorgen um mich machen willst, musst du dich hinten anstellen!«

Er lacht, dann winkt er der Kellnerin zu und bestellt noch mal dasselbe. Ich stochere mit dem Strohhalm im Drink herum und überlege, ob ich ihm von meiner Begegnung mit Charlotte erzählen soll. Ich lege schon die Worte zurecht, *da ist noch was, du wirst lachen, aber ich habe dort tatsächlich eine Frau kennengelernt, nein, nicht so wie du meinst, sie heißt Charlotte und wird bald sterben...*, doch dann ist es so, als würde ihr Name mir nicht über die Lippen gehen. Als würde ich ihn missbrauchen, wenn ich ihn ausspreche.

Also lasse ich das Thema zu den Eiswürfeln ins Glas fallen und lenke die Unterhaltung wieder auf die Uni und auf Dschülies weibliche Vorzüge, von denen sie selbstverständlich jede Menge besitzt.

Aljoscha legt mir eine Hand auf die Schulter.

»Wann kommst du mich endlich mal besuchen?«

»Nach der Klausurphase, versprochen!«

»Das ist ja im nächsten Jahrtausend!«, lacht er. »Was, wenn bis dahin die Welt untergeht?«

»Dann besuche ich dich eben im Jenseits!«, lalle ich. Ich sollte wirklich aufhören zu trinken.

Gegen elf stolpern wir aus der Bar und zur Bushaltestelle. Bin ich schon so betrunken, oder... oder ist sie das? Da vorne, vor der Apotheke, da steht sie, Rebekka. Ein Zufall? Das Schicksal? Ich erstarre.
»Was ist? Kommst du oder was?«
»Reb... Rach...«
»Wo? Die da? Das ist doch gar nicht deine Rachel.«
»Nein?«
»Nein!«
»Gott sei Dank...«, stammle ich und lasse mich von Aljoscha zur Haltestelle ziehen.

Im Bus werfe ich einen nervösen Blick auf die Uhr. Schon fast halb zwölf. Ich weiß, dass Mama zu Hause im Sessel auf mich wartet. Vielleicht schaut sie noch fern, vielleicht ist sie beim Lesen eingenickt. Ein bisschen tut sie mir leid.

Doch es gibt jemanden, der mir noch viel mehr leidtut. Und das bin ich selbst.

8

Ein Ort, an dem alles aus Ziegenfell ist

Es versteht sich von selbst, dass ich nach dem Vorfall mit der Geisterstimme panische Angst vor jedem Anruf hatte. Bei jedem Klingeln zuckte ich zusammen, und ich traute mich auch nicht mehr, den Hörer abzunehmen. Nicht, dass Mama und Baba Soja das zugelassen hätten. Sobald es klingelte, sprinteten sie von nun an zur Kommode, als würde es um eine olympische Goldmedaille gehen. Sie beschützten mich, so gut sie konnten, und ich war ihnen dankbar dafür.

Und doch schaffte es der Geist meines Vaters, mich wieder heimzusuchen.

Es geschah am 13. Februar 1987. Ich kann mich so genau an das Datum erinnern, weil es mein achter Geburtstag war. Zufällig war es auch ein Freitag, Freitag der Dreizehnte also, und außerdem herrschte, wie sich am Abend herausstellte, Vollmond. Auch wenn ich mir Mühe gebe, nicht abergläubisch zu sein, komme ich nicht umhin zu glauben, dass diese drei Faktoren das Erscheinen des Geistes begünstigt haben. Natürlich ahnte ich von alledem nichts, als ich an diesem Tag mit den anderen Jungs das Schulgebäude verließ. Mit unseren tonnenschweren Ranzen stapften wir durch den braunen Eismatsch, der in dieser Jahreszeit alle Gehsteige bedeckte, zur Bushaltestelle. Ich blieb zurück, denn ich hatte obendrein noch ein riesiges Kuchenblech dabei. Baba Soja hatte sich nicht davon abbringen lassen, mich mit dem jährlichen Geburtstagskuchen zur Schule zu schicken. Da nützte es gar nichts, ihr lang und breit zu erklären, dass das seit dem Kindergarten niemand mehr machte, denn Baba Soja lebte schon damals nur in der Vergangenheit. Ich stapfte also zur Haltestelle, bei jedem Schritt musste ich aufpassen, nicht hinzufallen. Ich hörte schon das spöttische Gelächter der anderen, falls ich ausrutschte und mich mit dem Hintern aufs Kuchenblech setzte, *blöder toter Schnee*, dachte ich in dem Augenblick, als er meinen Namen rief. Ich blieb stehen, sah mich verwundert um, da entdeckte ich ihn auf der anderen Seite der vierspurigen Straße, in einem weißen Ziegenfellmantel stand er da und winkte mir zu, trotz der Uschanka auf seinem Kopf erkannte ich ihn genau, er leuchtete heller als ein Stern, das sumpfige Grau der Straße konnte nicht auf ihn abfärben, weil er von einer anderen Welt war.

»Rafik!«, rief er immer wieder. »Rafik, warte! Geh nicht weg! Komm her, komm zu mir!« Ich stand wie angewurzelt da, eisige Kälte kletterte meine Beine empor, kroch unter die Hose, die Strumpfhose, unter alle Schichten von Unterwäsche, in die Mama mich am Morgen gesteckt hatte, kroch weiter, unter die Haut, durch mein junges Fleisch hindurch bis ins Knochenmark. Er war gekommen, um mich zu holen! Ich hatte ihn so schrecklich vermisst, an einem anderen Tag wäre ich vielleicht mit ihm gegangen. Doch es war mein Geburtstag, ich wollte nicht sterben.

»Ich will nicht«, schrie ich, von Panik ergriffen, »ich will nicht. Ich will nicht!«

Aus den Augenwinkeln sah ich den Bus, im nächsten Augenblick nahm er mir die Sicht, und als er vorbeifuhr, hoffte ich, der Geist wäre einfach verschwunden. Doch die weiß leuchtende Gestalt stand immer noch da und winkte mir zu und flehte mich an, ihr ins Jenseits zu folgen. Ich begriff: die einzige Möglichkeit, dem Tod zu entrinnen, war, den Bus zu erwischen. Der hielt mit quietschenden Reifen an der Haltestelle, meine Kameraden begannen einzusteigen. Ich setzte mich in Bewegung, ich rannte, rannte so schnell ich konnte, betete, ich möge nicht ausrutschen, denn wenn ich ausrutschte und fiel, würde er mich holen, da war ich mir sicher. Ich schaffte es gerade so, sprang in die Tür, als sie schon dabei war, sich unter dem Quietschen der ungeölten Scharniere zu schließen. Ich versuchte, mich an den anderen vorbei in den Schutz des überfüllten Busses zu zwängen, als es hinter mir schepperte. Eine schwere Hand griff meine Schulter und zog mich zurück.

»Nein!«, schrie ich, nach hinten taumelnd, »ich will nicht sterben!« Meine Schulkameraden brachen in Gelächter aus. Jemand rüttelte an mir, bis die Hand endlich losließ. »Anhalten!«, riefen zwei oder drei Leute gleichzeitig. »Machen Sie die Tür auf! Da ist was stecken geblieben!«.

Ich öffnete die Augen, doch ich begriff nur langsam, was passiert war. An der nächsten Ampel öffnete sich die Tür einen Spalt, und ich zog den Beutel mit dem verbeulten Kuchenblech heraus.

Die ganze Heimfahrt über umklammerte ich das Blech. Ich wusste nicht, was ich mehr fürchten sollte, den Geist meines Vaters oder den Moment, in dem ich Mama und Baba Soja erklären musste, was mit dem Blech geschehen war. Ich war gerade mal acht und konnte noch nicht lügen, ich war mir sicher, sie würden mich sofort durchschauen (bestimmt wussten sie schon jetzt, während ich noch im Bus saß, dass der

Geist meines Vaters mir erschienen war), und sie würden sich schreckliche Sorgen machen, und es würde eine Menge Ärger geben, obwohl es überhaupt nicht meine Schuld war, dass er mich heimsuchte. Ich kramte das Hochzeitsbild aus dem Ranzen und starrte es an. Vielleicht hatte ich mich geirrt, doch je länger ich das Bild betrachtete, desto sicherer war ich mir: Diesmal konnte es nicht der Vater von Rafik Lejkin gewesen sein, diesmal war es meiner!

Also rückte ich zu Hause gleich als Erstes mit der Sprache heraus. Mama war noch nicht da, was mir nur lieb war, so waren sie nicht zwei gegen einen.

»Bin ich verrückt?«, schluchzte ich. »Werden sie mich ins Irrenhaus stecken wie den Mann aus dem vierten Stock? Der hat auch immer Dinge gesehen, die nicht da waren!«

»Der hat getrunken wie ein Loch, Rafik, sogar das Parfüm seiner Frau hat er weggesoffen!«, beruhigte mich Baba Soja. »Du bist nicht verrückt, es ist nur deine Fantasie, die dir einen Streich spielt.«

Vielleicht stimmte das, vielleicht bildete ich mir alles nur ein! Ich hoffte so sehr, dass sie recht hatte…

»Es ist besser, wenn du niemandem davon erzählst!«, ermahnte mich Baba Soja.

»Auch nicht Mama?«

»Auch nicht Mama! Sie wird sich nur Sorgen machen.« Dann nahm Baba Soja das Kuchenblech und steckte es in eine Mülltüte, die sie sogleich zusammenband und vor die Tür stellte.

»Wir sagen ihr, du hättest das Blech an der Haltestelle vergessen. Ich kümmere mich darum«, versprach sie und schickte mich nach unten, wo ich unser Geheimnis in einem großen, stinkenden Müllcontainer versenkte.

Ich wollte Baba Soja so gerne glauben, dass alles nur Einbildung gewesen war. Doch es gelang mir einfach nicht. Nach dem Vorfall lebte ich in ständiger Todesangst. Ich fürchtete, er würde wiederkommen, um mich ins Jenseits zu entführen, und dass beim nächsten Mal kein Bus da sein würde, der mich rettet. Ich fragte mich, wie es war zu sterben. Ich stellte mir vor, dass es sehr wehtat, wie das eine Mal beim Zahnarzt, als die Spritze noch nicht gewirkt hatte und er trotzdem anfing zu bohren. Mama sagte immer, es gäbe kein Jenseits, doch ich fragte mich, ob es nicht doch eins gibt, eines, in dem alle Leute Mäntel aus Ziegenfell trugen, einen Ort, an dem alles aus Ziegenfell war, und ich fragte mich, wie es den Seelen der Toten dort erging. Es gab niemanden, mit dem ich darüber hätte sprechen können. Das war kein Thema, das in den Abendnachrichten kam, es gab kein solches Fach in der Schule, und zu Hause hätten sie sich nur wieder Sorgen gemacht. Die meisten Leute dachten dabei gleich an Gott, und von Gott hielt man sich zu jener Zeit lieber fern, denn jedes Kind wusste, dass das KGB ihn für nicht sonderlich vertrauenswürdig hielt. In der Sowjetunion war Gott so verdächtig wie ein westlicher Tourist, vielleicht war sein verborgenes Reich also wie der Westen: wunderschön und voller ungeahnter Freuden. Wollte Vater mich aus diesem Grund zu sich holen? Warum sonst kehrte er zurück, um seinen geliebten Sohn aus dem Leben zu reißen? Wahrscheinlich vermisste er mich noch mehr, als ich ihn vermisste, und wollte einfach, dass wir wieder zusammen waren. Manchmal bereute ich, seinem Ruf nicht gefolgt zu sein, doch dann ergriff mich wieder die Angst. Die Vorstellung, wie Mama und Baba Soja am meinem Grab stehen und sich die Seele aus dem Leib weinen, ließ mich erschaudern. Mal spähte ich nach Vaters Geist, mal betete ich, er möge mich in Ruhe lassen. So verging die Zeit, und langsam begann ich zu vergessen.

Das konnte er nicht zulassen. Und so kam er wieder.
Ich war gerade in die fünfte Klasse gekommen, ich war aufgeregt, weil die Klassen neu zusammengesetzt wurden und wir neue Lehrer bekamen und neue Klassenräume und überhaupt vieles neu gewesen war in letzter Zeit. Es gab neue Grenzen (oder, besser gesagt, war es neu, dass sie langsam verschwanden), viele Leute reisten in neue Länder (hauptsächlich nach Amerika) und brachten viele neue Sachen mit, nach denen sich alle verzehrten. Neu war auch, dass manche wegfuhren und gar nicht mehr wiederkamen, Klassenkameraden, die nicht nur die Klasse wechselten, sondern den Kontinent. Und alle redeten nur von der neuen Welt, die sich uns eröffnete, einer Welt voller ausländischer Kaugummis, Schokoriegel und Schallplatten. Die Zukunft brach plötzlich über uns herein, und wo Zukunft herrscht, ist kein Platz für den Tod. Erfüllt von diesem wunderbaren Gefühl betrat ich eines Nachmittags ein Kaufhaus, um Schulhefte zu besorgen. Ich kramte in einem Regal, und als ich wieder aufsah, erblickte ich ihn in einiger Entfernung. Ich sah nur sein Profil, doch ich wusste sofort, dass er es war. Dieses Mal würde ich herausfinden, was er von mir wollte! Er beachtete mich nicht, kehrte mir den Rücken zu und bewegte sich Richtung Ausgang. Ich stürzte hinterher, ich wusste nicht, ob ich nach ihm rufen sollte (können Geister es hören, wenn die Lebenden nach ihnen rufen?), ich umschiffte geschickt die Regale und stürzte zur Tür, durch die er gerade verschwunden war.

»He, Junge, das Heft!« Eine Verkäuferin war vor mir aufgetaucht. Verwirrt blieb ich stehen. »Wo willst du denn damit hin?«, schnauzte sie und griff nach meiner Hand. Ich starrte auf das Heft, als sähe ich es zum ersten Mal.

»Ich, mein Vater, er ist …«, stotterte ich, doch ich besann mich eines Besseren. »Mein Vater hat mich gesucht, er ist gerade raus. Aber ich habe Geld, ich kann das Heft bezahlen! Glauben Sie mir, das ist ein Missverständnis, ich zahle sofort …«

Ich hatte Glück, dass sie nicht die Polizei rief. Als ich das Kaufhaus endlich verließ, hatte er sich in Luft aufgelöst. Später verbuchte ich diesen Vorfall als kleine Erinnerung daran, dass er noch da war, dass sein Geist noch umherirrte, und dass er mich jederzeit heimsuchen konnte, auch, wenn ich es am wenigsten erwartete.

Tatsächlich tat er es dann nur noch ein einziges Mal. Zwei weitere Jahre waren verstrichen, und auch wir hatten beschlossen, ein neues Leben im Westen zu beginnen. Mama, Baba Soja und ich standen gerade Schlange beim Amt für Visen und Registrierung. Wir mussten internationale Reisepässe beantragen, um nach Deutschland ausreisen zu können. Seit einer gefühlten Ewigkeit warteten wir schon in dem halbdunklen Gang, als er wieder wie aus dem Nichts auftauchte. Plötzlich stand er da, nur wenige Meter von uns entfernt. Ich hatte mich schon fast daran gewöhnt, ihn zu sehen. Doch diesmal war er nicht allein. Eine blonde Frau in einem wehenden Sommerkleid war neben ihn getreten, sie war wunderschön, so schön, dass ich mir sicher war, sie müsse ein Engel sein. Was tut er hier?, fragte ich mich. Will er mich bis nach Deutschland verfolgen? Braucht ein sowjetischer Geist etwa auch ein Visum für den Westen? Diesmal hätte ich es getan, ich wäre zu ihm gegangen und hätte ihn gefragt, was es war, das er mir all die Jahre zu sagen versuchte. Ich war groß, fast erwachsen, ich hatte Angst, doch ich war bereit, meinen ganzen Mut zusammenzunehmen.... Aber ich war umringt von Mama und Baba Soja, zwei Felsmassiven, die sich vor mich geschoben hatten, jegliches Entkommen ausgeschlossen, und so hob ich nur die Hand und winkte ihm zu. Mir war bewusst, dass das komisch aussehen musste, außer mir konnte ihn niemand sehen. Der Geist meines Vaters stand einfach nur da, es schien mir, er wüsste nicht recht, was tun. Kurz öffnete er den Mund, doch es kam kein Ton heraus. Er hatte das Sprechen verlernt. Er hob die Hand, langsam, als würde er ein Gewicht heben. Er verlernt das Menschsein, dachte ich, als er mir zurückwinkte, wie in Zeitlupe, eine ganze Ewigkeit lang. Doch der Engel flüsterte ihm etwas ins Ohr, zog ihn am Ärmel, und er folgte ohne Widerworte, löste sich auf im Dämmerlicht des Flures.

»Wem winkst du?«, fragte Mama und spähte den Gang entlang, doch er war schon verschwunden.

»Niemandem«, sagte ich, und es stimmte. Ich winkte niemandem, er war nur ein Geist, und er war gekommen, um sich von mir zu verabschieden.

9
Vogelmist

Es regnet. Ich ziehe mir die Kapuze ins Gesicht und eile durch den Park. Er ist menschenleer, trotzdem schaue ich mich um, ob ich sie nicht doch auf einer Parkbank entdecke. Blödmann! Was hat eine todkranke Krebspatientin bei Regen auf einer Parkbank verloren! Im selben Moment wird mir klar, dass ich überhaupt nicht weiß, ob sie wirklich Krebs hat, und nicht etwas ganz anderes. Hatte Schwester Margot nicht erwähnt, dass die meisten wegen Krebs kommen? Lunge, Magen, Brust, Leber, Haut, Blut, nichts an unserem Körper ist vor ihm sicher. Was ist das nur für eine Welt, in der einfach gar nichts jemals sicher ist! Der Regen wird stärker, und ich lege einen Schritt zu. Ein paar Minuten noch, und meine Socken saugen sich mit kaltem Regenwasser voll. Da ist die Erkältung vorprogrammiert, schießt es mir durch den Kopf, und dann ärgere ich mich über den Gedanken, weil das Mamas Worte sind.

In der Hospizküche werde ich von einer doppelten Wärme empfangen: der des Backofens, den Tina gerade vorheizt, und der von Tinas Lächeln, als ich klitschnass vor ihr auftauche.

»Ach du meine Güte!«, schüttelt sie den Kopf und schiebt mich zurück in den Flur, »diese Matschschuhe kommen mir nicht ins Haus!« Sie holt aus einer Abstellkammer ein paar weiße Latschen und stellt sie vor mich hin. Meine Turnschuhe manövriert sie mit dem Fuß unter eine Heizung. Ich wasche mir die Hände und helfe ihr dann, den Lachs-Kartoffel-Auflauf in eine große Form zu schichten. Immer wieder spähe ich unauffällig über die Theke in den Speisesaal, in der Hoffnung, es möge etwas Rotes auftauchen. Dabei beginnt das Mittagessen erst in einer guten halben Stunde.

»Wartest du auf jemanden?«

Mist. Unauffällig ist wohl anders.

»Nein, nein. Ich habe nur ...«

Doch Tina wirf mir einen dieser Blicke zu, den Frauen einem zuwerfen, wenn sie sagen wollen: Mich führst du nicht an der Nase herum! Also nehme ich meinen ganzen Mut zusammen (viel ist das nicht) und sage: »Ich habe letzte Woche jemanden getroffen. Einen Gast, also, ich meine, einen weiblichen, eine Frau. Ich weiß nicht, vielleicht kennst du sie? Sie hat, ähm, so knallrote Haare.«

»Charlotte«, nickt Tina. Ihr Lächeln wirkt jetzt traurig. »Eine tolle Person. Du hast sie also schon kennengelernt?«

»Ich habe sie zufällig getroffen. Im Park. Sie ist sehr nett.«

Stille. Tina schiebt den Auflauf in den Ofen. Ich nutze die Gelegenheit und frage in ihren Rücken: »Weißt du eigentlich, was sie ... also, ähm ... warum sie hier ist?«

»Nierenkrebs«, sagt Tina in den Ofen hinein. Ich habe ja geahnt, dass es so etwas sein muss, doch das ausgesprochene Wort trifft mich wie ein Faustschlag. Ich wünschte, es würde im Ofen landen, um dort zu verbrennen.

»Hat man denn nicht zwei Nieren?«, wende ich ein, als hätte das sämtlichen behandelnden Ärzten entgehen können, während ich zufällig mal in Bio aufgepasst habe.

»Metastasen«, sagt Tina und blickt traurig dem Auflauf hinterher.

Mir wird klar: Das Wort *Metastasen* ist noch viel, viel schlimmer als das Wort *Krebs*.

»Schrecklich, wenn es so plötzlich kommt. Vor allem in dem Alter. Aber sie trägt es mit Fassung, weißt du. Das erlebt man nicht oft. Wenn man sie sich so anschaut, vergisst man, wie schlecht es um sie steht. Kümmert sich hier um die anderen wie eine Mutter Teresa. Das liegt am Charakter. Ist ja selbst Krankenschwester gewesen. War sogar mit dieser Ärzteorganisation unterwegs, na wie heißen die noch, mit diesen französischen Ärzten, in den schlimmen Ländern ist sie gewesen, in Jugoslawien nach dem Krieg, weißt du, und in Afrika. Das sind Zustände, das will sich unsereiner gar nicht vorstellen. Das können nur so Menschen, wie sie einer ist, da hab ich einen Heidenrespekt vor. Ein Jammer ist das, wenn so jemand so jung...« Und dann kommt sie näher und schaut mich verschwörerisch an und senkt die Stimme. »Und weißt du, manchmal glaub ich, sie ist nicht nur aus Bequemlichkeit hier bei uns, manchmal glaube ich fast, sie wollte nur hierher, um den anderen beizustehen, die in derselben Lage sind. Leute wie Charlotte, die müssen helfen bis zum Schluss, die können nicht anders. Das mein ich jetzt nicht böse, Gott behüte. Sie ist wie eine Freundin. Es ist ein Jammer, wirklich.«

Ich muss schlucken.

»Kommt sie denn manchmal... zum Essen?«

»Hin und wieder. Wenn sie mal Appetit hat. Oder eine Mission.«

»Eine Mission?«

»Na, du wirst schon sehen«, sagt Tina und geht sich die Hände waschen.

Kurz nach zwölf erscheint Schwester Margot und teilt uns mit, dass Frau Münch gerne das Tagesgericht aufs Zimmer gebracht bekommen würde.

»Münch, die ist neu, oder?«

»Seit vorgestern im Haus. Zimmer 12, wo vorher der Herr Lörmann gewohnt hat, der Herr hab ihn selig.«

Herr Lörmann, der mit der Vorliebe für Erdbeerkuchen, ist also irgendwann zwischen letztem Mittwoch und diesem Mittwoch verstorben. Es ist wohl besser, man gewöhnt sich hier nicht allzu sehr an Gesichter, schießt es mir durch den Kopf, und dann: Ist es das, was du über den Tod lernen sollst? Dass man sich am besten ein Herz aus Stein zulegt? Ich betrachte Schwester Margot und betrachte Tina und weiß, dass sie das Gegenteil von Stein sind. Nur welches Gegenteil, das weiß ich nicht.

Tina dekoriert einen Teller mit etwas Salat, lässt ein Stück Auflauf daraufgleiten und stellt ihn auf ein Tablett, mit Besteck, einem Glas und einer kleinen Flasche Mineralwasser.

»Wie im Grandhotel!«, sagt sie zu sich selbst und verschwindet mit dem Tablett durch die Tür.

Kaum ist sie weg, schwingt die Tür zum Speisesaal wieder auf, es erscheint ein Rollstuhl mit einer alten Dame, die von Kopf bis Fuß in dicke graue Wolldecken gewickelt ist, und dahinter, beinahe schwebend, die Frau mit dem größten Helferkomplex und den rötesten Haaren, die mir jemals untergekommen sind.

Als sie mich sieht, winkt sie mir zu, als stünde sie an der Reling eines Schiffes, das gerade von einer langen Reise in den heimischen Hafen zurückkehrt. Mit Mühe schiebt sie den Rollstuhl an einen Tisch. Ich eile zu ihr und ziehe den überflüssigen Stuhl zur Seite. Charlotte betrachtet das Brettchen, auf das Tina mit Kreide das Tagesgericht geschrieben hat.

»Die Annegret und ich, wir haben einen Riesenhunger! Was kannst du uns Leckeres empfehlen heute?«

»Lachs-Kartoffel-Auflauf«, sage ich. »Und es ist noch Tomatensuppe da von gestern.«

Charlotte reicht Annegret das Brettchen, Annegret nimmt es und starrt es an, doch weder der Auflauf noch die Suppe scheinen bei ihr irgendwelche Gefühle auszulösen.

»Ich weiß nicht«, sagt sie teilnahmslos, den Blick auf das Brett geheftet.

»Schau mal, meine Liebe«, sagt Charlotte und nimmt die Hand der alten Frau. »Vielleicht probierst du den Auflauf. Der schmeckt sicher sehr lecker. Unser Rafael hier hat den gemacht. Und er hat sich große Mühe gegeben, stimmt's!«, blinzelt sie mir zu. »Ja!«, sage ich. »Der schmeckt super. Ich kann auch erst mal ein kleines Stück bringen zum Probieren.« (Zumindest glaube ich, dass ich das kann. Tina hat sicher nichts dagegen.)

Annegret schweigt.

»Du wolltest doch was Leckeres essen, hast du vorhin gesagt. Vielleicht probierst du mal. Nur ein kleines Stück.«

»Joghurt mit Zimt«, brummt Annegret wie im Schlaf.

»Ich schaue nach!«, rufe ich und eile zum Kühlschrank. Dann schleppe ich vier verschiedene Joghurtsorten und ein Gläschen mit Zimtpulver zum Tisch.

»Kirsche, Erdbeere, Pfirsich oder Natur?«

»Kirsche«, sagt Annegret, doch es klingt, als würde sie überhaupt nicht Kirsche meinen. Charlotte öffnet den Joghurt, streut etwas Zimt drauf und beginnt, Annegret mit dem Löffel zu füttern. Annegret öffnet den Mund, der nur aus Falten besteht, ein Mund wie eine alte Ziehharmonika, auf der schon lange niemand mehr gespielt hat. Der volle Löffel verschwindet darin und kommt leer wieder hervor, Annegret schmatzt, schluckt wie unter Schmerzen und starrt ins Leere.

»Schmeckt es dir?«, fragt Charlotte leise. Keine Antwort.

Ich stehe daneben und sehe zu und weiß nicht, was ich noch sagen oder tun soll.

»Was kann ich dir denn bringen?«, bricht es endlich aus mir heraus, da ist der Joghurt schon fast aufgegessen.

»Bring uns doch einmal das Tagesgericht und einmal die Suppe«, bittet Charlotte.

In der Küche treffe ich auf Tina. Keine Ahnung, wie lang sie schon wieder da ist. Vielleicht dachte sie, es ist ganz gut, mich mal ins kalte Wasser zu werfen oder mich zumindest nicht gleich herauszuziehen, wenn ich schon bis zur Hüfte drinstehe.

»Auflauf und Suppe, jawohl!«, sagt sie und beginnt, die Teller vorzubereiten.

Ich weiß nicht, wie sie es hinbekommt, doch am Ende isst Annegret doch noch ein Stück vom Auflauf. Mir scheint sogar, dass sie hin und wieder kurz lächelt, aber sicher bin ich mir nicht. Vielleicht hat die Ziehharmonika nur zufällig einen hohen Ton von sich gegeben, um dann wieder müde in sich zusammenzusinken.

Beim Abräumen schiele ich zu Charlotte rüber. Annegret ist von einer Sekunde auf die andere im Rollstuhl eingenickt. Der Regen hat schon vor einer Stunde aufgehört, ans Fenster zu klopfen. Doch es ist kalt und sehr matschig. Wahrscheinlich will sie heute überhaupt nicht in den Park. Wir könnten auch einfach hier im Aufenthaltsraum sitzen. Dafür ist der doch da, oder nicht? Steht es mir überhaupt zu, nach einem Treffen zu fragen? Ob Tina und Schwester Margot das gut finden?

»Ich gehe nachher eine Runde im Park. Möchtest du mich begleiten?«, kommt sie mir zuvor.

»Bist du sicher? Bei dem Wetter? Meine Turnschuhe sind ganz durchnässt«, höre ich mich sagen. Was ist nur mit mir los?

»Ach, du bist doch nicht aus Zucker. Für deine Turnschuhe fällt uns schon was ein.«

»Also gut. Klar. Ich komme mit. Meine Schicht endet in einer Stunde«, stottere ich.

»Dann hol mich auf dem Zimmer ab. Nummer 8, im Erdgeschoss.«

Ich nicke. Tina ruft einen Pfleger, der Charlotte helfen soll, Annegret auf ihr Zimmer zu bringen. Ich räume die Spülmaschine ein und ärgere mich über mich selbst. Diese Frau schaut ihrem nahen Tod entgegen, ohne auch nur mit der Wimper zu zucken, und ich fürchte mich vor nassen Füßen. *Werd erwachsen, Mann!*, hallt Aljoschas Stimme in meinem Kopf wider. Als ich die Schale mit der Tomatensuppe in die Hand nehme, fällt mir auf, dass sie noch genauso voll ist wie vorhin, als ich sie an den Tisch brachte. Ich ziehe den Löffel heraus und spüle ihn ab. Dann nehme ich die rote Suppe in Augenschein. Vielleicht hat sie zwei oder drei Löffel gegessen. Vielleicht auch gar keinen. Schweren Herzens gieße ich die Suppe in die Spüle und nehme mir vor, beim nächsten Mal genau darauf zu achten, dass Charlotte auch lebt, was sie predigt.

Falls zwischen diesem Mittwoch und nächstem Mittwoch nicht etwas Schlimmes passiert.

Kurz nach zwei klopfe ich vorsichtig an die Tür mit der Nummer 8. Ich warte, dann klopfe ich noch einmal, fester.

»Hercin!«, höre ich sie rufen.

Ich betrete das Zimmer, das zu meiner Überraschung leer ist.

Oh nein, ich höre wieder Geister!, schießt es mir durch den Kopf.

»Ich komme gleich! Ein paar Minuten noch!«, ruft sie aus dem Bad. Das Bad. Natürlich.

»Mach's dir bequem.«

Ich ziehe die Tür hinter mir zu und lasse den Blick durchs Zimmer gleiten. Es ist ein Zimmer wie das, das Schwester Margot mir bei meinem ersten Besuch zeigte, geblümte Vorhänge passend zur Tagesdecke, ein Sessel mit einem kleinen Tisch in einer Ecke, neben dem Bett ein Ständer mit einem Tropf, ein Fernseher von der Decke. Typische Krankenhausromantik. Und dann ist da diese Kommode, die eigentlich gar nicht hier reingehört. Sie ist aus grün lackiertem Holz mit Verzierungen an den Türchen, die von Säulen umrahmt sind, sodass es aussieht, als seien das keine Türchen, sondern Tore zu einem Heiligtum. Ich kann nicht anders, als ein paar Schritte darauf zuzugehen und mir diesen Altar aus der Nähe anzusehen. Obendrauf stehen mehrere Vasen mit Blumen, in denen kleine Grußkarten stecken. Ich entdecke eine Schale aus Kristall, darin liegen viele Steine, keine besonders schönen, keine funkelnden Halbedelsteine, graue, braune, weiße Steine von der Straße oder vom Strand, die vielleicht hübsch sein würden, wenn man sie mit Wasser befeuchtet. Ich frage mich, warum man so etwas Herkömmliches in eine so schöne Schale legt, doch beim zweiten Hinsehen erkenne ich, dass einige der Steine eine bestimmte Form haben. Ich erkenne einen Fuß, oder ist es ein Pilz, vielleicht auch das Profil einer Dame mit Hut, einen Löffel, den Po einer sehr dicken Frau. Manche Steine haben mehrere Farben, und es sieht aus, als hätte die Natur mit voller Absicht etwas auf sie draufgemalt, eine Katze, einen Blumenstrauß, eine Kerze, eine Schildkröte. Neben der Schale stehen kleine Fläschchen mit Parfüm und Muscheln und kleine Holzfiguren von Tieren und rundlichen Frauen, Talismane und Erinnerungsstücke, zwischen ihnen hockt ein kleiner, dickbäuchiger Gott. Über der Kommode hängen Bilder und Postkarten an der Wand. Charlotte mit braunen schulterlangen Haaren, in einem Gartenstuhl, glücklich. Charlotte, die Haare zum Pferdeschwanz zurückgebunden, in Krankenschwesternbluse, mit einem Mädchen und einer alten Frau in grauem Kopftuch, nachlässig umgebunden, alle drei lächelnd, das Mädchen zahnlos, die Großmutter mit großen Goldzähnen im müden Gesicht. Dann Bilder ohne Charlotte, ein Gruppenfoto vor einem Zelt, die Kinder barfuß, jemand schrieb *Du fehlst* an den Rand. Ein älteres Ehepaar in dicken Mänteln, eingehakt und mit Glühwein, Weihnachtsmarktstimmung. Daneben eine Postkarte: ein rauschendes Meer mit Möwen, die sich über die üppigen, weiß schäumenden Wellen erheben, darunter: *Hilsen fra Danmark*. Ich verstehe kein Wort Dänisch und weiß nicht, was es bedeutet. Daneben eine Karte voller gelber und roter Blumen, aus Amsterdam. Schräg darüber, auf einem Hintergrund wie Pergamentpapier: *Ein Mensch bleibt weise, solange er die Weisheit sucht; sobald er sie gefunden zu haben wähnt, wird er ein Narr. – Aus dem Talmud*

Talmud? Sie ist doch nicht etwa Jüdin, oder? Ich suche im Zimmer nach weiteren Hinweisen. Ein Davidstern? Ein achtarmiger Kerzenständer? Doch ich werde nicht fündig. Mein

Blick fällt auf den Beistelltisch neben dem Bett. Neben einem kleinen Wasserkocher und einer Packung mit Teebeuteln liegen einige Bücher. *Die Bibel*, wahrscheinlich Eigentum des Hauses, darüber: *Reden des Buddha: Aus dem Pali-Kanon*, darüber ein Wörterbuch, Dänisch – Deutsch, und obendrauf ein Übungsbuch Dänisch – Stufe 3. Sie lernt Dänisch? In ihrem Zustand? Wofür? In diesem Moment höre ich den Schlüssel im Schloss der Badezimmertür. Ich richte schnell den Bücherstapel, mache zwei Schritte zur Seite und stecke die Hände in die Hosentaschen.

»Bin jetzt so weit. Danke fürs Warten!«

Ihre Perücke ist ordentlich gekämmt, und sie muss Make-up aufgelegt haben, denn man sieht die bläulichen Augenringe kaum, dafür leuchten ihre Augen, von schwarzer Tusche umrandet, umso mehr.

»Na los, komm, hilf mir in den Mantel.« Ich gehorche. Dann hole ich noch ihre Turnschuhe unterm Bett hervor.

»Hier, schau mal!« Sie zieht die Schublade des Nachtschränkchens auf und holt etwas aus blauem Plastik heraus. »Die hab ich uns organisiert.« Sie zieht sich eins der Dinger über die Hand, um es mir zu zeigen. Es sind solche Hygieneüberzieher, die Fernsehärzte im OP über den Schuhen tragen, damit die Szene so echt wie möglich wirkt.

»Nicht dein Ernst!«, schüttle ich den Kopf.

»Und ob das mein Ernst ist!« Sie lässt mir keine Wahl. Wir stülpen uns die blauen Plastiktüten mit Gummizug über die Schuhe. Es sieht so bescheuert aus, dass ich lachen muss.

»Sonderlich beliebt war ich ja noch nie, aber wenn mich einer aus der Uni so sieht …«

»Wer seine Gedanken darauf verschwendet, was die anderen denken, hat am Ende keine eigenen Gedanken mehr übrig...«, wirft sie mir an den Kopf. Dann hakt sie sich bei mir ein, als würde sie das schon ein Leben lang so machen, und wir schlurfen auf unseren blauen Galoschen den Gang hinunter und durch die Tür ins Freie.

Langsam bewegen wir uns den matschigen Weg entlang. Das Plastik an unseren Füßen raschelt lauter als das feuchte Laub, das wir berühren. Ich spüre das Gewicht ihres Arms in meinem und versuche, sie so gut wie möglich zu stützen, sie vor Stolpern und Hinfallen zu bewahren. Ich bin mir sicher, dass ihr Porzellankörper keinen Sturz übersteht.

»Mist!«

Ich war so sehr damit beschäftigt, den Weg vor ihren Füßen zu begutachten, dass ich selbst mitten in eine Pfütze getreten bin.

»Gut, dass wir die Überzieher haben«, lächle ich.

Doch sie starrt nur in die Schlammpfütze, und plötzlich werden ihre Augen ganz groß vor Freude, größer als jedes Fenster, aus dem ich je geblickt habe.

»Was ist denn da?«, wundere ich mich.

»Nichts, es ist nur... Ich habe mich nur gerade an etwas erinnert. Als ich klein war, hatte ich ein Leibgericht, das genauso aussah.«

»Du hast Schlamm gegessen?«

»Nein, natürlich nicht...«, lacht sie. »Es ist... eine lange Geschichte...« Charlotte sieht mich verschwörerisch an, dann greift sie meine Hand. »Ha!«, ruft sie und stapft mit beiden Füßen in die Pfütze. Platsch. Ein großer Matschfleck auf meinem Hosenbein.

»Wann hast du das das letzte Mal gemacht?«

»Nie, glaube ich.«

Das stimmt. Mama und Matsch haben nie ein besonders

harmonisches Verhältnis gehabt. Charlotte zieht mich weiter, wir schwanken wie zwei Betrunkene im Zickzack durch den Park, denn jedes Mal, wenn sie eine Pfütze sieht, müssen wir mitten hindurch, bis unsere Hosenbeine voller Schlamm sind. Und dann ist es mir auf einmal ganz egal, ich mache einfach mit und tue so, als würde es Spaß machen, und irgendwo zwischen Pfütze Nummer vier und Pfütze Nummer fünf macht es plötzlich wirklich Spaß.

Am kleinen Teich bleiben wir stehen.

»Oh Mann«, stöhne ich. »Meine Hose ist so voller Dreck, dass ich die Beine kaum hochbekomme.«

»Ja, es ist wunderbar! Die Erde zieht uns nach innen, nicht wahr? Wenn wir nur lange genug hier stehen bleiben würden, würden Wurzeln aus unseren Zehen wachsen, tief in den Boden rein, stell dir vor, wenn wir in der Lage wären, die Erde *anzunehmen*, wären wir nie wieder ohne Boden unter den Füßen.«

Sie schaut aufs Wasser, das noch nicht gefroren ist und vielleicht auch gar nicht gefrieren wird.

»Schade, dass die Enten schon weg sind. Sie müssen zum Wildbach geflogen sein. Vielleicht kommen sie ja noch mal wieder, wer weiß.«

Mein Blick folgt dem ihren hinaus aufs Wasser. Auf einmal werde ich übermütig.

»Darf ich dich etwas fragen?«

Sie nickt.

»Wieso bist du hier? Ich meine, hast du sonst niemanden? Eltern oder so?« Fast bereue ich die Frage wieder. Was, wenn sie wirklich niemanden hat? Was, wenn ich ihr zu nahe trete?

»Meine Eltern leben in Dänemark«, sagt sie. »Sie haben dort einen kleinen Hof, seit über zehn Jahren schon. Meine

Mutter kommt mich besuchen, sooft sie kann. Ich habe ihr gesagt, sie soll es bleiben lassen. Sie fährt siebenhundert Kilometer, und dann tut sie ein paar Tage lang so, als würde sie nicht rund um die Uhr weinen. Und jedes Mal versucht sie, mich dazu zu überreden, mitzukommen. Doch wenn ich mitkommen würde, müsste sie ja ständig stark sein für uns alle. Also bleibe ich lieber hier. Es zehrt auch so schon genug an ihr. Eigentlich wäre es mir lieber, sie bliebe ganz da und würde sich um meinen Vater kümmern. Er grämt sich sehr, weißt du. So ist das bei Männern wie meinem Vater, wenn sie nichts tun können. Er ist Schreiner von Beruf, hat im Haus eine kleine Werkstatt, wo er Möbel restauriert. Hast du die grüne Kommode in meinem Zimmer gesehen? Die haben wir vor Jahren zusammen auf einem Trödelmarkt entdeckt, die war ganz alt und kaputt. Er hat sie für mich geleimt und abgeschliffen und aufpoliert. Er kann wirklich alles reparieren, alte Radios, Schallplattenspieler, Uhren. Nur seine eigene Tochter nicht. Ich habe Angst, dass er noch daran zerbricht. Es wäre besser, wenn meine Mutter ihre Kräfte schont, um für ihn da zu sein, wenn ich nicht mehr da bin. Natürlich hört sie nicht auf mich.«

»Du denkst immer nur an die anderen, oder? Was bist du, eine Heilige oder so was?«

»Nicht, dass ich wüsste«, lächelt sie. »Oder kennst du jemanden, der mich heiligsprechen möchte?«

»Ich walte meines Amtes als Erzengel und spreche dich heilig, auf der Stelle!«, rufe ich und bekreuzige mich, weil ich keine Ahnung habe, wie die Christen jemanden heiligsprechen und es das Einzige ist, was mir einfällt. Sie lacht. Ich schaue sie an, und auf einmal bin ich so voll von diesem Gefühl, von dem man immer nur hofft, dass es mal über einen kommt, wenn all die glorreichen Dinge, die man sich immer erträumt hat, endlich eingetreten sind. Und noch im selben Augenblick wird mir klar, dass es auch die Art von Gefühl ist, dem man sehr, sehr lange hinterhertrauert, weil es, kaum dass es da ist, einen ohne Vorwarnung schon wieder verlässt. Das alles scheint sie mir Wort für Wort von den Augen abzulesen, denn sie wirft mir einen dieser Blicke zu, der sagen will: Na komm schon, Kleiner, hör auf, in Selbstmitleid zu zerfließen!

Wir setzen uns wieder in Bewegung, steuern auf eine neue Pfütze zu. Treten hinein. Platsch. Platsch. Ich halte inne.

»Hast du denn gar keine Angst davor?« Meine Stimme klingt beinahe empört.

»Wovor?«

»Vor dem Sterben.«

»Hast du denn Angst?«

»Wieso ich? Ich sterbe doch gar nicht.«

»Natürlich stirbst du. Irgendwann.«

Touché!, denke ich. »Klar hab ich Angst, große sogar.«

»Das solltest du nicht.«

»Wieso nicht? Ich meine, man weiß doch nicht, was dann ist, ob überhaupt noch irgendwas ist, ob man sich nicht einfach auflöst und nicht mehr existiert, oder etwas noch viel Schlimmeres passiert. Das ist, als würde man mit hundertachtzig Sachen auf ein schwarzes Loch zurasen oder unangeschnallt und mit verbundenen Augen Achterbahn fahren. Die Vergleiche sind bescheuert, ich weiß. Es gibt keinen Vergleich. Wie soll man da denn keine Angst haben!«

Sie schaut mich an und nickt. Einmal, zweimal. Ihr Gesicht ist ein großes, offenes Tor.

»Komm, suchen wir uns eine Bank. Ich muss verschnaufen.«

Wir steuern auf eine Bank unter einem großen Baum zu, das Holz ist ziemlich feucht, aber es geht schon, befindet Charlotte. Ich setze mich neben sie und starre auf das Laub unter meinen Füßen. Ich muss aussehen wie ein beleidigtes Kind, das nicht verstehen will, warum etwas gut oder schlecht ist. Ich spüre ihren Blick auf meiner Schläfe. Sie durchleuchtet mich.

»Ich möchte dir eine Geschichte erzählen«, sagt sie. »Du kannst selbst entscheiden, was du davon hältst. Du musst sie nicht glauben, nur weil ich sie erzähle, und du musst auch nichts dazu sagen. Einverstanden?« Ich raschle mit dem Plastiküberzieher im Laub herum, als würde ich es mir überlegen. Dabei überlege ich gar nicht.

»Es war einmal vor langer Zeit ein Mädchen. Eigentlich war sie gar kein Mädchen mehr, sondern eine junge Frau. Sie hatte einen Freund, die beiden lebten schon seit einigen Jahren sehr glücklich und zufrieden, sie wollten bald heiraten und eine Familie gründen. Im Sommer mieteten sie gern einen Wohnwagen und fuhren durch die Gegend, mal runter in den Süden, mal hoch nach Skandinavien. Einmal waren sie hoch oben in Norwegen unterwegs, mitten im Nirgendwo, als die junge Frau plötzlich furchtbare Bauchschmerzen bekam. Es war so eine Art Bauchschmerz, den Frauen an bestimmten Tagen bekommen, weißt du, nur wurde es immer schlimmer und schlimmer. Und plötzlich begann sie zu bluten. Die Schmerzen waren so schrecklich, dass sie davon ohnmächtig wurde. Ihr Freund bekam furchtbare Angst. Er schaffte es nicht, sie zu wecken. Verzweifelt raste er den holprigen Weg entlang, schnell zum nächsten Dorf, zum nächsten Arzt, zum nächsten Krankenhaus. Doch da waren nur Berge und Wiesen, in der Ferne ein paar schlafende Kühe, kein Krankenhaus weit und breit. Aus Verzweiflung hupte und hupte er immer wieder. Er steuerte einen Hof an, dann noch einen. Niemand konnte der jungen Frau helfen. Bis zur nächsten Stadt waren es noch viele Kilometer. Er krallte sich am Steuer fest wie an einem Rettungsring. Er weinte den ganzen Weg. Und die junge Frau, die bewusstlos auf dem Bett im Wohnwagen lag, saß neben ihm auf dem Beifahrersitz und dachte: Warum weinst du? Es geht mir doch gut! Und dann, ganz unverhofft, zog es sie nach oben, geradewegs durchs Autodach. Der Wohnwagen raste die Landstraße entlang, und sie schwebte darüber und sah sich in der Gegend um. Alles war noch viel schöner als vorher, alles strahlte in einem Licht, das gleichzeitig weiß war und voller Farben. Sogar das Hupgeräusch hatte ein eigenes, wunderbares Muster aus Wellen und Funken. Sie konnte sehen, dass das Dach des Wohnwagens voller Vogelmist war. Sie konnte durch den Vogelmist und durch das Dach hindurchsehen und sich selbst sehen, wie sie dalag, wie ihr Körper geschaukelt wurde von der Straße und wie es aus ihm herausblutete. Doch sie selbst war so leicht und so erfüllt von Liebe! Sie war noch nie so glücklich gewesen, nie so frei von Angst. Und dann war da eine Stimme, sie kam gleichzeitig aus ihr heraus und von überallher, und die Stimme sagte: Es gibt noch einiges zu tun da unten. Und die junge Frau sah, wie ihr Körper auf eine Trage gelegt wurde und wie Ärzte Nadeln in ihn stachen und wie sie ihren Bauch aufschnitten, um ihr Leben zu retten. Um sie herum wurde alles dunkel und still, und als sie wieder Licht sah, stellte sie fest, dass sie wieder in ihrem Körper aufgewacht war. Ihr war, als wäre sie stundenlang Trampolin gesprungen und hätte jetzt die Füße wieder auf festen Boden gesetzt. Die Schwerkraft war wie ein Gewicht, eines, das sich nicht nur auf den Körper legt, sondern auch auf den Geist, und ihr wurde klar, dass es diese Schwerkraft war, die die Menschen so träge macht, zu träge, um die Wunder zu erkennen, die um sie herum und auch in ihnen sind. Die junge Frau lag in ihrem Bett, mit dem Nachgeschmack von Schwerelosigkeit auf der Zunge, während die anderen Menschen ihr erzählten, was passiert war. Dass sie schwanger gewesen war, dass der Eileiter geplatzt war und dass man ihn hatte entfernen müssen. Dass sie fast gestorben wäre und dass sie keine Kinder mehr kriegen könnte. Doch die junge Frau wusste das alles bereits. Sie hatte es gesehen. Es machte nichts. Sie wusste, dass sie neue Aufgaben haben würde. Schöne, wichtige Aufgaben.«

»Darum bist du immer in die Kriegsgebiete!«, entfährt es mir.

Sie zieht die Augenbrauen hoch. Bravo, Rafik, du bist ein wahres Genie!

»Und *du* bist also beim Bundesnachrichtendienst?«

»KGB, wenn ich bitten darf!«

Sie lacht und fragt mich, ob ich denn aus Russland komme, weil sie da auch schon mal gewesen ist, mit der Transsibirischen Eisenbahn durchs ganze Land.

»Nicht ganz«, sage ich. »Ich komme aus Kiew.«

Und dann, weil ich wirklich nicht weiß, was ich auf so eine Geschichte erwidern soll, fange ich an zu erzählen. Von meiner Familie, von meiner Kindheit in der Ukraine. Ich erzähle und erzähle und merke kaum, wie wir aufstehen und zurück zum Hospiz gehen und uns vor dem Eingang der blauen Plastiküberzieher entledigen und wie ich sie auf ihr Zimmer bringe und sie uns Tee kocht und mir ein dampfendes Schälchen aus Ton reicht, das sie aus der grünen Kommode hervorgezaubert hat. Als ich daran nippe, weiß sie bereits alles über Vater und sein Verschwinden und den ganzen Rest. Der Tee ist noch heiß und zwickt mir in die Zunge. Da fällt es mir plötzlich ein, und mir wird bewusst, wie lange ich nicht mehr mit jemandem über Vater gesprochen habe. Ich öffne meinen Rucksack, ziehe den Reißverschluss des Innentäschchens auf und hole das Bild heraus, das Hochzeitsfoto meiner Eltern, das Einzige, was mir von ihm geblieben ist. Seit ich es an jenem heißen Spätsommertag in Mamas Schrank gefunden habe, trage ich es bei mir. Als es anfing, an den Kanten abzubrechen, habe ich es in eine durchsichtige Plastikhülle gelegt, die sich an einer Seite mit Klettverschluss zumachen lässt. Ich reiche Charlotte das Bild.

»Darf ich?«

Ich nicke.

Charlotte öffnet den Verschluss, zieht das Bild heraus und legt es vorsichtig in ihre Handfläche, als sei es ein wertvoller Edelstein oder eine Glasscherbe.

»Sie sehen so jung aus, deine Eltern!«

»Ja, das waren sie auch. Sie waren Anfang zwanzig, als sie geheiratet haben.«

»So alt wie du jetzt?«

Charlottes Bemerkung erwischt mich kalt. Sie hat recht. Meine Eltern waren kaum älter als ich, als sie eine Familie gründeten. Und obwohl ich weiß, dass die Uhren damals etwas anders tickten, macht es mir Angst. Wenn man ein Kind ist, erscheinen einem die Eltern immer so erwachsen. Mein Vater, der so groß war, dass er die Keksdose aus dem obersten Regal herunterholen konnte, ohne sich auf einen Stuhl zu stellen. Meine Mutter, die es schaffte, einen Knopf anzunähen, den ich längst verloren hätte. Und plötzlich wird mir klar, dass sie sich vielleicht gar nicht so fühlten, wie ich sie sah. Sie waren Anfang zwanzig, kaum älter als ich jetzt, und ich hole immer einen Stuhl, wenn ich etwas aus dem obersten Regal brauche, und ich habe noch nie im Leben einen Knopf angenäht.

»Was steht denn da am Rand?«, fragt Charlotte und zeigt auf die kursive Inschrift, die sich wie eine Schleife über den unteren rechten Bildrand zieht.

»Da steht: Klara und Alexander, Kiew, und dann noch das Datum.«

»Es ist ein sehr schönes Bild. Deine Mutter sieht hübsch aus.«

»Ihr war den ganzen Tag schwindelig und übel, erzählt sie immer. Und mein Vater hat ganz schön geschwitzt. Man kann es sehen, da, auf seiner Stirn.«

»Es ist gut, dass du dieses Bild hast. Es gibt Indianervölker, die glauben, dass ein Bild die Seele eines Menschen einfangen kann. Vielleicht stimmt es ja ein bisschen.«

»Ja, vielleicht«, sage ich und starre auf die Schale mit dem dampfenden Tee und habe auf einmal das Gefühl, dass ich es ihr erzählen muss. Dass sie jemand ist, dem man so etwas sagen kann.

»Vielleicht glaubst du es mir nicht, aber... er ist mir sogar als Geist erschienen, mehrmals. Ich glaube, er wollte mir etwas sagen. Ich weiß bis heute nicht, was es war.«

Dann trinke ich den Tee und warte auf eine Antwort von ihr, eine Meinung, ein Urteil, vielleicht sogar eine Erklärung, eine Absolution. Doch sie betrachtet nur weiter das Bild und sagt: »Ich verstehe.«

Darauf sagt sie nichts mehr, schiebt das Bild zurück in die Hülle und gibt sie mir wieder. Enttäuscht nehme ich sie entgegen, *ich verstehe*, das ist ja nicht wirklich aussagekräftig und in den meisten Fällen nicht einmal so gemeint.

Auf dem Weg zurück zur Uni (ich bin spät dran und muss mich beeilen und habe keine blauen Überzieher mehr, um durch die Pfützen zu laufen) grüble ich über Charlottes Geschichte nach. Ich habe mal in einem Magazin einen Artikel gelesen, der Titel war, glaube ich, *Einmal Jenseits und zurück*. Dort stand, dass Menschen mit Nahtoderfahrungen das Jenseits oft als einen wunderbaren Ort beschreiben. Sie tauchen in eine göttliche Liebe ein, sehen Engel und verstorbene Verwandte. Ich erinnere mich, wie ich diesen Abschnitt las und am liebsten jedes Wort geglaubt hätte. Wäre es nicht schön, wenn es genau so wäre, dachte ich mir. Ich würde Vater wiedersehen, eines Tages. Wir würden Seite an Seite die ewigen Jagdgründe entlangschlendern wie den Chreschtschatyk-Boulevard, als ich ein Kind war. Wir würden zusammen lachen und ein Eskimo-Eis kaufen und uns keinen Husten holen, weil man sich im Jenseits nicht erkälten kann. Doch dann war natürlich alles doch ganz anders. Weiter unten im Artikel erklärte so ein Prof. Dr. med., dass es sich um Halluzinationen handle, ausgelöst durch irgendwelche hochkomplizierten chemischen Prozesse im Gehirn und einen erhöhten Ausstoß von Endorphinen in dem Moment, in dem der Kreislauf zusammenbricht und das Herz aufhört zu schlagen. Die Erklärung klang so plausibel, wie Dinge eben klingen, wenn Wissenschaftler sie herausgefunden haben. Enttäuscht hatte ich das Heft zugeschlagen und es zu den anderen ins Regal geschoben, ein Stapel wachsender Fragezeichen.

Das ist es wohl, was Charlotte erlebt hat. Eine Halluzination, ausgelöst durch eine Supernova von Endorphinen. Kein Wunder, dass sie dachte, sie sei im Paradies. Kein Wunder, dass sie keine Angst hat, dorthin zurückzukehren. Sie weiß nicht, dass es nicht *echt* ist.

Ich vernehme ein Gurren, es kommt von oben, ich schaue hoch zum Baum und sehe, auf einem Ast sitzend, eine herkömmliche graue Stadttaube, die sich in den kalten Park verirrt hat. Und plötzlich ist da diese Frage so laut in meinem Kopf, dass ich mir nicht sicher bin, wo sie eigentlich herkommt: *Taube, sag mir, was zum Teufel haben Endorphine denn bitte schön mit Vogelmist zu tun?*

Die Taube gurrt mich höhnisch an. Sie muss von meinem Volke sein, wo Fragen stets nur mit Gegenfragen beantwortet werden.

»Und was...«, gurrt die Taube, »... was, wenn sie wirklich versteht?«

10

Weiße Kragen

So lebhaft ich mich an die letzten Monate in Kiew und an den Geist meines Vaters erinnern kann, so verschwommen ist in meiner Erinnerung die erste Zeit in Deutschland. Den ganzen Sommer 1991 lang versuchte Mama vergeblich, Flugtickets nach Deutschland zu organisieren. Doch sie fand einfach niemanden, den sie bestechen konnte. Zu jener Zeit waren alle schon mit allen möglichen westlichen Gütern bestochen, und wir hatten nur Baba Sojas Rubel, die sie zeit ihres Lebens in unsere Kopfkissen eingenäht hatte. Ein Haufen Scheine mit vielen kleinen Stichlöchern, die rasant an Wert verloren. Als der Herbst anbrach und unser Land immer weiter ins Chaos driftete, beschloss Mama, nicht länger zu warten. Es gelang ihr, Fahrscheine für einen Bus aufzutreiben, der uns über Polen und die Tschechoslowakei nach Deutschland bringen würde. Von der ganzen Busfahrt, die fast drei Tage dauerte, ist mir nur Baba Sojas Gestöhne in Erinnerung geblieben. Ihr Gestöhne am Tag, wenn es im Bus zu stickig wurde und der Busfahrer sich weigerte, die Fenster zu öffnen, weil die Alternative der beißende Düngergeruch von den umliegenden Feldern gewesen wäre. Baba Sojas Gestöhne in den Pausen, weil es auf der ganzen Strecke kein einziges funktionierendes Klo gab und man sich in die Büsche schlagen musste. Und natürlich Baba Sojas Gestöhne in der Nacht, das Schlimmste von allen, begleitet vom Gestöhne der anderen Großmütter in unserem Bus, eine Symphonie der Fatalität, als rollten wir geradewegs in unser Verderben.

In Wirklichkeit aber rollten wir nur dem ersten von drei deutschen Auffanglagern entgegen. Sie alle haben sich in meinem Kopf zu einem einzigen, großen Lager vermischt, mit Feldbetten und Gemeinschaftsduschen, Kindern aus allen Ecken der Sowjetunion, mit denen ich reden konnte, und Kindern aus Polen und Afghanistan, mit denen nur Zeichensprache möglich war, und natürlich mit den täglichen Einkäufen im deutschen Supermarkt, diesem Highlight unseres neuen Lebens. Mit einer Sammlung phänomenaler Kaugummipapiere und dem Geschmack eines Marsriegels im Mund zogen wir nach mehreren Monaten Lagerleben in eine Wohnung mit zwei Schlafzimmern in Aachen Ost. Zum ersten Mal in meinem Leben hatte ich ein eigenes Zimmer und musste Baba Sojas Geschnarche nur noch durch die Wand ertragen. Kurz nach unserem Umzug kam ein Brief vom Schulamt. Ich würde endlich wieder in die Schule gehen.

Die deutsche Schule war gar nicht so schwer, wie ich gedacht hatte. In Deutsch hatte ich noch Narrenfreiheit, und in Mathe glänzte ich wie der Morgenstern am rußschwarzen Firmament. Der Lehrer lobte mich in den Himmel, doch leider machte das die Sache mit der Freundessuche nicht unbedingt leichter. Ich konnte noch nicht richtig Deutsch, und ich merkte schnell, dass mit meinen Anziehsachen irgendwas nicht stimmte. Ich hatte mich schon gewundert, dass man in der deutschen Schule keine Uniformen trug. Jeder kam einfach, wie er wollte, in Jeans, mit ausgebeulten Jacken und bedruckten Pullis, bunten Mützen und Turnschuhen. Kein weißer Hemdkragen weit und breit. Außer meinem natürlich. Die Mädchen in der Klasse schien das nicht weiter zu stören, sie sahen sowieso durch mich hindurch. Die Jungs hingegen schenkten mir zu meinem Leidwesen hin und wieder Beachtung. Die meisten waren größer und stärker als ich, einige hatten sogar schon Haare unter den Achseln, wusste ich aus dem Schwimmunterricht. Nicht nur, dass ich der Ausländer mit dem weißen Kragen war, ich hatte auch niemanden, der mich verteidigt hätte, der mir beigebracht hätte, wie man sich prügelt, oder zumindest, wie man es vermeidet, verprügelt zu werden. Es blieb mir nichts anderes übrig, als mich in die hinterste Ecke des Klassenzimmers zu verziehen und zu hoffen, dass sie mich in Ruhe ließen. Und wenn sie es nicht taten, gab ich mir doch wenigstens Mühe, die Schläge mit Körperstellen abzufangen, die Mama und Baba Soja nicht zu Gesicht bekommen würden. Ein blaues Auge hätte ja schon gereicht, um Mama auf die Palme und Baba Soja ins nächste Krankenhaus zu bringen. Zu Hause weigerte ich mich, die gestärkten, gebügelten Hemden anzuziehen, die Mama mir jeden Morgen auf den Stuhl legte. Doch sie ließ nicht mit sich reden. Niemand sollte denken, wir seien keine ordentliche Familie. Ich gab es auf, schließlich war es auch für Mama keine einfache Zeit. Sie war unser Fels in der Brandung. Sie stellte unsere Wohnung mit allem möglichen Tand vom Trödelmarkt voll und lernte, auf dem Wochenmarkt mit den türkischen Verkäufern zu feilschen. Sie machte einen Deutschsprachkurs und versuchte, ihr Ingenieurdiplom anerkennen zu lassen. Kurz gesagt, sie tat alles, damit ich das bessere Leben bekam, wegen dem wir überhaupt erst nach Deutschland gekommen waren. Jeden Freitag schleppte sie mich zum Gottesdient in die Jüdische

Gemeinde, wo sie sich mit den anderen Immigranten austauschen konnte, während ich mich in einer Ecke des Speisesaals langweilte. Die Kinder, die sich dort tummelten, waren entweder zu jung oder keine Kinder mehr. Ich war mal wieder allein. Hätte ich gewusst, wie man richtig zum jüdischen Gott betet, auf Hebräisch und mit allem Drum und Dran, hätte ich um einen Freund gebetet. Doch ich konnte nur die Lippen bewegen und so tun, als würde ich in die Gesänge des Kantors mit einstimmen. Zu meiner großen Verwunderung schien das dem jüdischen Gott zu genügen.

Eines Tages schickte er ihn mir, per Sonderzustellung gleich in den Gebetsraum. Aljoscha. Ich saß auf meinem bevorzugten Stuhl in der letzten Reihe, als er mit seinem Vater den Raum betrat. Sie nahmen zwei Reihen vor mir Platz. Ich hatte das ganze Gebet lang Zeit, sie zu betrachten, ihre blassen Nacken, die aus gebügelten Hemdkragen hervorsahen, und die schwarzen Kringellocken, in denen sich die schwarzen Kippot fast gänzlich verloren. Als wir uns beim Lecha-Dodi-Gebet erhoben und uns umdrehten, muss auch er mich zum ersten Mal gesehen haben. Vielleicht hat auch er auf meinen blassen, vom Hemdkragen umrandeten Nacken geschaut und dasselbe gedacht wie ich: Gott sei Dank bin ich nicht der einzige gestärkte weiße Kragen in dieser großen, fremden Welt!

Ich würde gerne behaupten, wir seien von diesem Augenblick an unzertrennlich gewesen. In Wirklichkeit aber sahen wir uns am Anfang nur an den Freitagabenden. Aljoscha kam auf eine andere Schule als ich. Er hatte Verwandte, die schon seit den Siebzigerjahren in Deutschland lebten, sie waren Ärzte und hatten ein großes Haus mit Garten und einem Swimmingpool ganz für sich allein – in unseren Augen ein unermesslicher

Reichtum. Sie hatten Aljoschas Eltern empfohlen, ihn auf ein Gymnasium zu schicken. Mich hatte Mama einfach an der nächst gelegenen Schule angemeldet – so war es in Kiew ja auch gewesen, man ging auf die Schule, die der Wohnung am nächsten war. Zufällig war das bei mir eine Hauptschule. Als Aljoschas Eltern das hörten, schlugen sie die Hände über dem Kopf zusammen. Wer auf so eine Schule ging, wurde bestenfalls Müllmann, das müsse man doch wissen.

»Müllmann! Oh mein Gott, das überlebe ich nicht!«, jammerte Mama, als sie begriff, welch großen Fehler sie begangen hatte. »Wir haben das alles doch nicht auf uns genommen, damit du die Straßen kehrst! Gott im Himmel, was machen wir denn jetzt nur?« Diese Frage beantwortete sie sich selbst, indem sie beschloss, dass ich schleunigst aufs Gymnasium wechseln sollte. Doch das war nicht so einfach, ich brauchte Bestnoten in allen Fächern, auch in Deutsch und Englisch, wo ich mich noch immer schwertat.

»Dann bekommst du eben Nachhilfe!«, verkündete sie. »Du bist quasi ein Genie, du brauchst nur ein bisschen Unterstützung.«

»Nachhilfe? Bei wem denn?«

»Ich finde schon jemanden!«

»Aber das kostet Geld, und wir haben keins!«, gab ich zu bedenken.

»Mach dir keine Sorgen, ich kümmere mich darum!« Sie hatte entschieden, das Thema war beendet.

Es waren dann Aljoschas Verwandte, die einen Nachhilfelehrer ausfindig machten. Weil Aljoscha es genauso schwer hatte wie ich, würden wir die Stunden gemeinsam nehmen und die Kosten teilen. Trotzdem war die Nachhilfe ein teurer Luxus, und wir sollten zweimal in der Woche hin, sonst würde ich den Wechsel nicht schaffen und er nicht das Schuljahr.

Ich fragte mich, wie Mama das bezahlen wollte, wir lebten ja von der Sozialhilfe und sparten jetzt schon, wo wir konnten. Doch Mama hielt ihr Versprechen. Eines Tages schneite sie zu Hause rein und verkündete, sie habe jetzt Arbeit.

»Nichts Besonderes, aber es gibt fünf Mark die Stunde. Ein paar Stunden in der Woche, und deine Nachhilfe ist bezahlt.«

»Was denn für Arbeit?«, wollte ich wissen.

»In einem Supermarkt!«

»An der Kasse?«

»Fast.«

»Kannst du mir Kaugummis mitbringen?«

»Bestimmt…«

»Auch die teuren, die so große Blasen machen?«

»Mal sehen…«

»Bitte, Mama!«

»Also gut. Die roten?«

»Ja, die roten!«

Ich freute mich auf die Kaugummis und auf die Nachhilfe mit Aljoscha. Heute würde ich mir dafür am liebsten die Ellenbogen zerbeißen.

Natürlich arbeitete sie keineswegs »fast« an der Kasse, sondern als einfache Putzhilfe, auch wenn sie es später bis an die Kasse schaffte und sogar Schichtleiterin wurde. In den Ingenieurberuf hat sie niemals zurückgefunden, und das ist nur meine Schuld. Heute weiß ich: ich hätte auch auf die Nachhilfe verzichten und ein Jahr später wechseln können. Aber damals wollte ich so schnell wie möglich zu Aljoscha aufs Gymnasium, und sie hat sich für mein Glück geopfert.

»Ich bin putzen gegangen, damit du nicht die Straßen kehren musst!«, sagt sie manchmal, halb im Scherz, halb als Warnung, wenn mal wieder eine Klausur ansteht. Ich bin ihr Bestnoten schuldig, nicht nur wegen der Müllmann-Sache, sondern auch, weil Aljoscha und ich dank ihr richtige beste Freunde werden konnten.

11
Neunundneunzig Kopeken

Ich sprinte über den Campus zur Bushaltestelle. Wenn ich ihn erwische, den Bus, dann habe ich vielleicht Glück, dann komme ich vielleicht noch vor Mama nach Hause, dann läuft vielleicht noch Baba Sojas vierhundertneunundachtzigste Folge der *Wilden Rose*, dann habe ich noch Zeit, die Hose schnell auszuziehen und sie… ja, was eigentlich? Per Hand in der Badewanne einzuweichen? Tief im Mülleimer zu vergraben, unter den leeren Kefirbechern und den Kartoffelschalen, in der Hoffnung, dass sie es nicht mitbekommen? Spätestens am nächsten Waschtag wird Mama fragen: »Wo ist sie eigentlich, deine Hose, die du mehr liebst als mich?«

Ich habe mir die Jeans zum Geburtstag gewünscht, eine Wrangler im Used-Look, doch sie wollte mir unbedingt eine Levi's andrehen, *weil die in Amerika alle nur Levi's tragen, im Gegensatz zu dir wissen die, was eine vernünftige Jeans ist, wie kann eine Levi's schlechter sein als diese Wrangler, wenn ein Jid sie erfunden hat.* Doch ich wollte eben keine Levi's, sie saß nicht richtig und zwickte im Schritt. Davon wollte Mama natürlich nichts wissen. Doch war es mein Geburtstag und mein Geschenk, also sagte ich mitten im Kaufhof und so laut ich konnte:

»Wenn du gewollt hättest, dass die Levi's mir passt, hättest du mich beschneiden lassen sollen.«

Natürlich sagte ich es auf Russisch, doch Mama lief im selben Augenblick rot an. Was, wenn uns doch jemand verstand! Es war ihr so peinlich, dass sie mir die Wrangler aus der Hand riss und mit hochrotem Kopf zur Kasse marschierte, und wenn es nicht mein Geburtstag gewesen wäre, hätte sie wohl bis zum Jüngsten Gericht kein Wort mehr mit mir gewechselt.

Ich kann die Hose also nicht verschwinden lassen, und ich kann sie wohl auch nicht mehr heimlich per Hand waschen, weil der Bus, der meine letzte Hoffnung war, mir in letzter Sekunde vor der Nase weggefahren ist. Ich lasse mich im Haltestellenhäuschen auf den Sitz fallen und betrachte die nächsten zwanzig Minuten lang meine Hosenbeine, die ganz schwer und steif geworden sind vom getrockneten Matsch. Ich stecke bis zum Hals im Schlamassel, auch wenn es in Wirklichkeit nur bis zu den Knien ist.

Als ich endlich den Schlüssel im Schloss umdrehe und vorsichtig die Tür aufschiebe, hängt Mamas Mantel schon ordentlich an seinem Platz in der Flurgarderobe. Aus der Küche dringt ihr vorabendliches Geplapper. Mir ist auf dem Heimweg nicht eine vernünftige Ausrede eingefallen. Ich schlüpfe so leise wie möglich in den Flur, lege meinen Rucksack ab, streife im Zeitraffer Schuhe und Jacke von mir und versuche, mich in mein Zimmer zu schleichen. Dort werde ich in Windeseile in eine Jogginghose schlüpfen und die Wrangler erst mal ganz hinten im Schrank verstecken, lautet der erste Teil meines neuen Plans. Den zweiten und dritten Teil überlege ich mir später.

»Rafik, da bist du ja endlich!«

Wie ein Kugelblitz taucht sie vor mir auf, meine allwissende

Mutter, als hätte sie gespürt, dass ich gerade heute was zu verbergen habe. Doch da ist etwas Komisches in ihrem Gesicht… dieses bescheuerte, mädchenhafte Grinsen.

»Wir haben auf dich gewaaaartet«, trällert sie. »Haben uns schon Sorg… oj, um Himmels willen, was ist das? Wie ist das passiert? Hast du dich geprügelt? Lüg mich bloß nicht an, sag die Wahrheit!«

Ich stehe wie angewurzelt da. Was sage ich bloß? Vielleicht sage ich einfach gar nichts? Oder, noch besser, ich sage die Wahrheit. Und mit Wahrheit meine ich natürlich das, was sie hören will.

»Mama, es geht mir gut, es ist nichts. Ich habe nicht mal einen blauen Fleck. Wirklich, du musst dir keine Sorgen machen!«

»Ojojojoj, was ist passiert?« Jetzt stürmt auch Baba Soja herbei, bückt sich und betatscht mein rechtes Hosenbein.

»Pfui, der Dreck!«

»Verprügelt wurde er.«

»Armer Junge!«

»Die teure Hose, das geht nie mehr raus!«

»Doch, doch. Ich mach das. Zieh sie aus!«

»Wer war das?«

»Er sagt's nicht. Wie immer.«

»Ist die Nase noch ganz? Hast du blaue Flecken?«

»Hat er nicht, sagt er. Er lügt.«

»Na los, zieh sie aus.«

»Der ganze Dreck in der Wohnung!«

»Wir gehen zum Direktor.«

»Zum Direktor der Universität?«, frage ich vorsichtig.

»Mir egal, dann eben zu dem. Jetzt wird der Junge wieder verprügelt wie in der siebten Klasse.«

»Wer sagt denn, dass ich verprügelt wurde«, wende ich ein. »Vielleicht war es ja auch umgekehrt...«

»Was für ein umgekehrt, er ist ja ganz verwirrt!«, meint Baba Soja, und dann zerren die beiden wie wild an meiner Hose herum. Ich weiß nicht, was schlimmer ist: dass sie sich keine Sekunde lang vorstellen können, ich könnte aus einer Schlägerei als Gewinner hervorgehen, oder dass mir diese zwei Furien ungefragt die Jeans vom Leib reißen und meine spärlich behaarten Beine nach blauen Flecken absuchen.

»Da, da, ich seh einen, gleich am Schienenbein! Armer Rafik!«

Wäre da nicht die Genugtuung der Lüge, ich würde innerlich kochen, ich würde mich wehren (vergeblich), aus Rache beim Essen einen Streit anzetteln und den Rest des Abends allein und hungrig in meinem Zimmer verbringen. Doch heute ist alles anders. Ihre Hysterie lässt mich kalt. Es amüsiert mich sogar, den beiden dabei zuzusehen, wie sie in heller Aufregung durch die Wohnung huschen, den Bottich mit Seife und heißem Wasser befüllen, die Köpfe schütteln, die Hose rubbeln, wie sie fluchen und mein Schicksal beweinen, das Schicksal der Hose beweinen, einander beschimpfen, Gott beschimpfen und ihm danken, dass wenigstens die Nase noch dran ist, auch wenn die teure Hose wohl nie mehr so sein wird wie früher.

Ich sitze in Boxershorts am Küchentisch und trinke schwarzen Tee und muss über die beiden lächeln, ja, ich lache richtig in mich hinein, wie über einen Witz, den nur ich allein verstanden habe. Wenn die nur wüssten, wie viel Spaß ich heute im Park hatte, wenn die nur wüssten, was ich so treibe, die Hose wäre das Letzte, worüber sie sich aufregen würden!

»Raaafik«, trällert es aus dem Wohnzimmer. »Koooomm doch mal heeeher.«

Der Ton gefällt mir gar nicht.

»Ja, ja, ich weiß, du hast es geschafft, sie ist wieder wie neu!«

»Jetzt komm mal heeher, sag ich! Du wirst es nicht bereuhhen...«

Und ob.

»Klara, jetzt hat er nicht mal eine Hose an. Sag ihm, er soll sich was anziehen, das macht ja die ganze Stimmung zunichte. Und kalte Füße hat er auch schon.«

»Schon gut, schon gut, es geht auch so!«, meint Mama und grinst debil.

»Was geht auch so?«

»Nun ja, jetzt ist's halt so, wir wussten ja nicht, dass du gerade heute so geschunden heimkommst, aber was soll's, dann ist's auch so was wie ein Trost für dich. Wir dachten uns, Baba und ich, wo doch Aljoscha eins hat, sollst du auch eines haben!«

Und mit diesen Worten überreicht sie mir ein Geschenk, eigens von ihr eingepackt in das grüne Geschenkpapier, das seit meinem vorletzten Geburtstag oben auf dem Schrank verstaubt.

Ich ahne es, ich ahne Böses... und ich habe recht.

Ein mobiles Telefon.

Eins zu eins dasselbe Modell wie bei Aljoscha.

Herzlichen Glückwunsch!

»Wir dachten, du sollst auch eines haben. Jetzt kannst du Aljoscha so eine SMS schreiben.«

»Hmmmm...«

»Freust du dich denn nicht?«

»Doch, doch, ich freue mich.«

Ich freue mich nicht. Na ja, okay, vielleicht freue ich mich ein bisschen. Das Telefon sieht schon ganz schick aus, muss ich zugeben, jetzt, wo es mir gehört. Wer weiß, vielleicht passiert ja ein Wunder, und ich bekomme Rebekkas Telefonnummer heraus und dann, ja dann könnte ich ihr eine SMS schreiben, ich könnte es tun, wahrscheinlich würde ich vorher an einem Herzinfarkt sterben, aber ich könnte es zumindest versuchen, und wer weiß, falls ich dann noch nicht tot bin, würde sie vielleicht sogar antworten, ganz egal was, aber sie würde es tun, und dann würde auf dem kleinen Bildschirm ihr Name aufleuchten, Rebekka die Zauberhafte, und ihr Name und ihre Worte würden immer in meiner Tasche sein. Rebekka-die-nicht-mehr-so-Unerreichbare.

»Du kannst auch zu Hause anrufen, wenn mal was passiert. Wie heute...«, reißt Mama mich aus meinen Gedanken.

»Ja Mama, das mache ich un-be-dingt.«

»Aber nicht bei jeder Kleinigkeit, das ist ja so teuer, neunundneunzig Kopeken die Minute!«, protestiert Baba Soja.

»Pfennig«, sage ich, doch ich weiß, es ist vergebens. Baba Soja wird bis an ihr Lebensende das Geld in Rubel und Kopeken zählen. Manchmal habe ich das Gefühl, ein Großteil von ihr ist einfach niemals hier angekommen. Vielleicht ist er auch schon viel früher verloren gegangen, während des Krieges, auf der tausend Kilometer langen Flucht, zu Fuß gen Ural. Und manchmal ist mir, als sei ich dazu verdammt, in ihre Fußstapfen zu treten, als stolperte ich einen steinigen Weg rückwärts, auf der Suche nach etwas Verlorenem, Verstaubtem am Straßenrand, während das Leben ganz woanders stattfindet, das pralle Leben, wie Aljoscha sagt. Doch ich weiß einfach nicht, wie man dort hingelangt, und es gibt niemanden, der mich führt, der mit einer Laterne vorangeht, der mir die Hand gibt und mir sagt: Wir sind da!

»Kopeken, Pfennige, ist doch dasselbe«, winkt Baba Soja ab. Ich aber weiß, dass es nicht dasselbe ist.

Am Abend liege ich im Bett und tippe auf dem Handy herum. Ich schreibe Aljoscha eine SMS, die erste meines Lebens:

Und sie haben es mir doch angedreht. Das ist alles deine schuld, mann, das hast du mir eingebrockt! P.S. Ich bins rafik.

Es dauert eine geschlagene Dreiviertelstunde, bis er mir antwortet: *Willkommen in der neuzeit, alter. P.S. Kann jetzt nicht reden, süße ist da.*

Und ich:

Kommst du freitag?

Und er, nach weiteren fünfzehn Minuten:

Sorry, klausuren. Vllcht nä. Woche. N8 bruder

Ich grüble lange darüber nach, was das N und die Acht bedeuten, bis mir endlich aufgeht, dass er mir eine gute Nacht gewünscht hat.

Dir auch, bruder schreibe ich, und denke, oh mann, wofür soll das Ding gut sein, wenn man eine geschlagene Stunde braucht, um fünf Sätze auszutauschen.

Ich stehe auf, lege das Ding an den vorgesehenen Platz im Karton, neben das Ladekabel und die Anleitung, weil ich nicht weiß, wo ich es sonst hinlegen soll, schalte die Schreibtischlampe aus und schlüpfe wieder ins Bett. Ich müsste schon längst schlafen, morgen früh in der Vorlesung komme ich nicht mit, wenn ich müde bin. Und dann ärgere ich mich noch viel mehr, dass ich mich, volljährig in fast allen Ländern dieser Welt, darüber ärgere, um Viertel nach elf noch wach zu sein. Aljoscha schrecken die anstehenden Klausuren ja auch nicht davor ab, sich die halbe Nacht von Dschülie zeigen zu lassen, was sie bei ihren Studienfahrten ins Land der Liebe außer Vokabeln noch so gelernt hat. Und Freitag wird er wieder nicht aufkreuzen, und ohne ihn ist es so gut wie unmöglich, an Rebekkas Handynummer zu kommen. (Auch mit ihm ist es unmöglich, aber wir könnten uns wenigstens gemeinsam ausmalen, wie man es anstellen *könnte*, jeder seiner Vorschläge würde von mir mit einem Veto belegt werden, aber wir hätten den ganzen Gottesdienst was zu reden, und ich wäre ihm dankbar für seine theoretische Mühe.)

Meine Augen gewöhnen sich langsam an die Dunkelheit, und ich erkenne wieder die Umrisse meines Zimmers, in dem ich wohne, seit ich vierzehn bin. Die Jugendzimmermöbel waren schon abgenutzt, als wir sie herschafften, das Bett, in dem ich liege, jungfräulich wie am ersten Tag, der wacklige Schreibtisch mit dem Reclam-Heft unter dem hinteren linken Bein, der Schrank, von dem ich erst letztes Jahr die Aufkleber mit den wilden Tieren – Löwen, Panther und Hyänen – abgekratzt habe, daneben mein Bücherregal mit noch mehr Reclam-Heften und dem Schulatlas und den Uniwälzern und dem Zauberwürfel und den Nintendo-Spielen und der alten Nintendo (mein Heiligtum) und im untersten Regal die Magazine mit den Tschernobyl-Titeln: *Tschernobyl – was wirklich geschah, Tschernobyl –der unsichtbare Tod, Tschernobyl – 10 Jahre danach*. Sie sind aus einer Zeit, als ich versucht habe, zu verstehen, *wie es kommen konnte, dass Vater gestorben ist, wie er gestorben ist, wer dafür verantwortlich war, dass er gestorben ist, was hätte passieren müssen oder nicht hätte passieren dürfen*, damit er nicht gestorben wäre. Doch es half nichts, die Schuldigen waren tot, die Feuer gelöscht, die Journalisten, die Spezialisten, sie wussten alles, konnten alles erklären, Strahlungen messen, Bevölkerungen warnen, doch meinen Vater wieder lebendig machen konnten sie nicht. Darum gibt es noch einen weiteren Stapel mit Magazinen in dem Regal, gefüllt mit Artikeln über den Tod: *Herztod, Hirntod, Schein-*

tod, Nahtod, Zehn Arten, auf die niemand sterben sollte (Verbrennen ist Nummer 6), *Das geschieht mit unserem Körper, wenn wir sterben* (die Natur holt ihn sich zurück, aus dem Nichts kommen wir und ins Nichts gehen wir, wir sind nichts, wir sind ein gefundenes Fressen fürs Erdreich, ein Dünger, dem ein schadenfroher Gott für einen kurzen Augenblick die Gabe des Bewusstseins schenkte).

Obwohl die Fenster meines Zimmers zu sind, denn das sind sie immer, streift ein kalter Luftzug meine Stirn, und in der Halbdunkelheit taucht sie vor mir auf, ihr Gesicht mit den feinen Zügen, ihre zerbrechliche Hand, die schmalen Finger, die roten Haare, die als Einziges nicht vergehen werden, wenn sie vergeht. Und aus der Tiefe meiner durchgelegenen Matratze kriecht ein Grauen hervor, ergreift meine Zehen und Haarwurzeln und gräbt sich tief unter die Haut. Ich kenne es, es hat mich schon einmal besucht, damals hauste es in Tante Ritas Sofa, und es kam über mich in der Nacht, als jene zwei Worte zum ersten Mal in mir zu hallen begannen: nie wieder, nie wieder, nie wieder…

Und jetzt hallt es erneut: *Was, wenn sie nächsten Mittwoch nicht mehr da ist, nie wieder, nie wieder, nie nie nie…*

Noch sieben Tage bis nächsten Mittwoch, sieben Tage mit dieser Frage, wie soll ich jemals einschlafen ohne die Gewissheit, dass sie noch lebt? Ich starre an die Decke, ihr Gesicht, die Augen, die hohen Wangen, alles bekommt Risse, wird zerspringen, zerspringt, fällt in Scherben. Nur ihre Hand bleibt, wie im Nebel – nur ein Finger, eine Fingerkuppe.

Ich fahre hoch, ziehe den Karton vom Schreibtisch, reiße ihn auf, fummle das Telefon heraus und starre auf das leuchtende Display. Morgen früh, gleich nach der Vorlesung, werde ich bei Schwester Margot anrufen, ich werde sie bitten, dass sie oder Tina oder irgendjemand sonst mir Bescheid gibt, falls es Charlotte plötzlich schlechter geht. Falls ihr passiert, was sowieso passieren wird. Doch es darf noch nicht jetzt passieren, nicht bevor das Jahrtausend zu Ende ist, nicht vor nächstem Mittwoch, und wenn doch, dann muss ich es wissen. Damit ich mich von ihr verabschieden kann. Unter meinen schmächtigen Rippen ist kein Platz für einen weiteren Geist.

Auf Zehenspitzen gehe ich zur Tür und öffne sie leise. Im Wohnzimmer brennt noch Licht, manchmal ist Mama so sehr in ein Kreuzworträtsel oder einen Liebesroman vertieft, dass sie bis spät aufbleibt oder im Sessel einschläft und erst mitten in der Nacht ins Schlafzimmer schlurft.

»Rafik, warum schläfst du denn noch nicht? Es ist schon nach elf!«

»Ich geh ja gleich. Ich wollte dir nur... weil, mir ist eingefallen, ich habe noch nicht wirklich Danke gesagt...«, flüstere ich und winke mit dem Handy zu ihr herüber.

»Ach«, winkt Mama verlegen ab, »das ist doch nicht der Rede wert!«

Doch es bedeutet ihr die Welt, das weiß ich.

»Alles was wir tun, tun wir nur für dich.«

Ja, das tun sie. Sie meinen es wirklich gut. Wenn sie mich damit nur nicht so in den Wahnsinn treiben würden! Nichts ist umsonst auf dieser Welt, weder mein neues Handy noch sonst irgendwas. Nicht einmal Mamas bedingungslose Liebe.

12

Ein gewöhnliches Nudelsieb

Es kam kein Anruf aus dem Hospiz. Tagelang habe ich stündlich das Display geprüft. Jetzt, auf den letzten Metern, will ich das Glück nicht herausfordern und lege einen Schritt zu, dann noch einen und noch einen, quer durch den Park bis zum Zaun, am liebsten würde ich drüberspringen wie ein flüchtiger Bankräuber in einer schlechten Polizeiserie. Drinnen nehme ich zwei Stufen gleichzeitig. Am Treppenabsatz renne ich beinahe Tina über den Haufen.

»Na, wohin so eilig?«

»Dir zu Hilfe natürlich«, grinse ich.

»Gut, dann kannst du gleich wieder umdrehen.«

Sie drückt mir einen Einkaufszettel und eine Geldbörse in die Hand.

»Die Frau Schröder hat Geburtstag, und am Nachmittag mach ich Kuchen, weil die hat ja niemanden mehr, steht alles auf dem Zettel, und die Kerzen nicht vergessen, wenn du zur Straße rausgehst und dann rechts, ist da ein Aldi, die haben alles, was ich brauche! Die Quittung legst du einfach in die Börse. Bis gleich!«

Auf dem Weg studiere ich schon mal die Einkaufsliste, und dann nehme ich aus Versehen das andere rechts und laufe verwirrt um den Block, bis endlich Aldi vor mir auftaucht. Als ich eine gute Dreiviertelstunde später mit vollen Einkaufstüten vor Tina stehe, hat sie den Eintopf schon vom Herd genommen und füllt zwei Teller auf.

»Na, machst du mir wieder den Kellner?«

»Na klar. Soll ich das noch einräumen?«

»Ich mach das schon. Da sind zwei Damen, die sich riesig freuen werden, wenn sie dich sehen.«

»Oh, da bist du ja!«, ruft Charlotte, als sie mich, die zwei Teller balancierend, hinter der Theke erspäht. Sie ist wieder mit der alten Dame gekommen, Annegret, oder wie Tina sagt: mit ihrer Mission. Heute hat Charlotte ihre roten Haare zu einem dicken Zopf geflochten, sie ist fröhlich und – ich weiß nicht, warum ich plötzlich diesen Eindruck habe – sie sieht jünger aus als beim letzten Mal.

Jetzt bin ich es, der sich riesig freut.

Vorsichtig stelle ich die Teller mit dem Eintopf auf den Tisch. Als ich mich zu Charlotte drehe, zieht sie mich an sich und umarmt mich wie einen alten Freund. Zum ersten Mal nehme ich ihren Geruch wahr, sie riecht nach Krankenhausseife und Räucherstäbchen und frisch aufgetragenem Puder.

»Rate mal, wer heute Geburtstag hat!«, sagt sie verschwörerisch und blinzelt in Annegrets Richtung.

»Herzlichen Glückwunsch!«, verkünde ich und verbeuge mich so tief, als sei Annegret von hohem Adel.

Ein verlegenes Lächeln huscht über Annegrets mürrisches Gesicht.

»Es ist sogar ein runder Geburtstag!«

»Wie?«, wundert sich Annegret. »Zwoundachzig ist doch nicht rund!«

»Na wenn man die acht und die zwei zusammenzählt, gibt das zehn, und da ist's doch wieder rund! Zehn, das ist wirklich ein schönes Alter. Kannst du dich noch an deinen zehnten Geburtstag erinnern, Annegret?«

Annegret antwortet nicht. Man könnte glauben, sie hätte die Frage überhört, doch dann beginnt sie, langsam den Kopf zu schütteln, ihr Kopf ist wie eine kleine Glocke, die ganz leise bimmelt, dann lauter und lauter, bis Annegret das Getöse nicht mehr aushält und zu erzählen beginnt.

»An dem Tag, da war ich krank und bin nicht zur Schule gegangen, und ich war traurig, weil ich wollte, dass meine Freundinnen mir gratulieren, ich wollte ein bisschen im Mittelpunkt sein, und auch meine Geschwister waren in der Schule, und da lag ich nun allein mit Fieber im Bett, was habe ich bitterlich geweint! Da kam meine Mutter zu mir und sagte, sei nicht so traurig, Gretchen, dafür musst du heut auch keine Hausaufgaben machen, und holte dann etwas aus dem Schrank, und sie sagte, eigentlich wollten wir es dir erst heut Abend geben, wenn der Papa wieder daheim ist, aber ich gebe es dir jetzt schon, damit du nicht so traurig bist. Und sie gab mir ein Geschenk, es war so eine schöne, wirklich wunderschöne Dose, und wenn man sie öffnete, drehte sich eine Ballerina vor einem kleinen Spiegel, und es spielte diese Melodie, *Für Elise* von Beethoven, innen war alles aus rotem Samt, und es gab ein Fach, wo man seine Schätze verstecken konnte. Ich habe den ganzen Tag im Bett gelegen und der Ballerina beim Tanzen zugesehen, und meine Mutter machte mir kalte Wickel und kämmte mich, und immer summte sie die Melodie mit, sie konnte so schön singen, meine Mutter, und streichelte mich hier, und hier…«

Annegret fährt sich mit den Fingern über Stirn und Wange.

Zwei kleine Tränen rinnen die tiefen, senkrechten Falten entlang. Auch Charlottes Augen beginnen zu glänzen.

»Das war der schönste Geburtstag, den ich jemals hatte, nur ich und meine Mutter und diese Melodie.« Annegrets Stimme klingt, als würde sie über eine sehr alte, wackelige Holzbrücke gehen. »Ich habe schon so lange nicht mehr an meine Mutter gedacht.«

»Ich bin mir sicher, dass sie auf dich wartet!«, sagt Charlotte. »Und dass sie die Erste sein wird, die kommt, wenn es so weit ist.«

Und dann lehnt Charlotte sich nach vorne und streichelt Annegret über Stirn und Wange, mit so viel Liebe und Zuneigung, wie Annegrets Mutter es vor vielen, vielen Jahren getan haben muss, und Annegret sagt: »Nein, das glaube ich nicht«, doch sie lächelt dabei so breit, dass die Tränen für immer in den Falten versinken.

Charlotte wirft mir einen Blick zu, sie scheint zu sehen, ja, sie sieht, dass ich versuche, ein Mann zu sein, und dass jedes weitere Wort meinen Versuch zunichtemachen wird.

»Ach, wir haben ja den Eintopf ganz vergessen! Lass uns essen, es wird ja kalt!«

»Ich habe auch schon Riesenhunger«, sagt Annegret, »das duftet köstlich!« In ihrer Stimme liegt ein Enthusiasmus, der ohne Charlotte wohl für immer in dem Geheimfach der alten Spieluhr verborgen geblieben wäre.

»Guten Appetit!«, wünsche ich, verbeuge mich erneut und trotte zurück zu Tina, die hinter dem Tresen sauber macht.

Ich sehe sofort, dass auch sie Tränen in den Augen hat.

»Weißt du, Charlotte, die ist… schon was Besonderes«, sagt sie, während wir die Spülmaschine einräumen. »Ich habe noch nie gehört, dass sie sich beklagt hätte. Nicht ein Mal.

Und Schmerzmittel will sie auch nicht haben. Dabei... Herrgott, man will nicht dran denken. Aber eins sag ich dir, die hat so eine Gabe. Die sieht den Leuten nicht nur an, was da ist. Sie sieht auch, was fehlt, wonach der Mensch sich am meisten sehnt. Es ist, als könnte man sich nicht vor ihr verstecken. Verstehst du, was ich mein...«

Ich nicke. Dabei bin ich mir überhaupt nicht sicher, ob ich verstehe. Ich nehme nur wahr, dass in mir eine Frage hochschießt wie ein mit Wucht geworfener Flummi: Was ist es wohl, das Charlotte in mir sieht?

Ich helfe Tina, den Müll rauszutragen, und biege dann in den Gang, an dessen Ende sich Charlottes Zimmer befindet. Ich klopfe dreimal vorsichtig an die Tür.

»Herein«, ruft sie. Ich betrete ihr Zimmer wie einen Tempel. Wenn es im Türrahmen etwas gegeben hätte, das man hätte küssen oder vor dem man sich hätte verbeugen können, ich hätte es getan.

Charlotte empfängt mich mit dem Wasserkocher in der Hand.

»Ich mache noch schnell einen Tee, bevor wir losgehen. Mir wird so schnell kalt in letzter Zeit. Möchtest du auch einen?«

»Gern!«, nicke ich. »Mir wird auch schnell kalt. Das muss eine Verschwörung sein!«

»Es gibt kein besseres Mittel gegen Verschwörungen als heißen Pfefferminztee!«, lächelt sie und reicht mir die dampfende Tonschale. Ihre Hand zittert ein wenig, und als sie nach ihrer Schale greift, schwappt der Tee über auf das Übungsheft Dänisch 2, das auf ihrem Nachttisch liegt.

Ich beeile mich, meine Tasse abzustellen, fummle ein Taschentuch aus der Hosentasche und wische das Heft trocken. Ich schüttle es aus und blättere es dann unauffällig durch, es ist wirklich ein Übungsbuch, die ersten Seiten sind schon beschrieben. Ich muss sie einfach fragen.

»Du lernst Dänisch?«

»Ja, das wollte ich schon tun, seit meine Eltern den Hof in Dänemark gekauft haben. Doch ich kam einfach nicht dazu. Jetzt habe ich ja Zeit«, sagt sie, als sei es eine Selbstverständlichkeit, in den letzten Wochen seines Lebens mal schnell noch eine neue Sprache zu lernen.

»Aber ... wofür?«, platzt es aus mir heraus.

Sie sieht mich an, nimmt vorsichtig ihren Tee in beide Hände, setzt sich aufs Bett und atmet den Dampf ein.

»Du meinst, es bringt nichts, weil ich bald sterbe.«

»Ich meine, also, na ja. Ja, wahrscheinlich meine ich das.«

»Ich glaube, dass es immer von Nutzen ist, etwas Neues zu lernen. Außerdem macht es Spaß. Etwas, das man mit Freude tut, ist niemals umsonst.«

»Denkst du, dass sie im Jenseits Dänisch sprechen?«

Sie lacht.

»Wer weiß? Vielleicht auch Altägyptisch oder Hebräisch oder Latein.«

»Ja, Latein muss es sein, ist ja eine *tote* Sprache.« Der Witz war wirklich nicht besonders gut. Wir lachen trotzdem.

»Kannst du denn Hebräisch?«, fragt mich Charlotte. Ich schüttle den Kopf. »Nur ein paar Tischgebete. Ich weiß noch nicht mal so richtig, was sie bedeuten. Es gibt eines für Brot und eines für Wein. Und bestimmt gibt es noch mehr. Eigentlich sollte ich es wissen, ich war sieben Jahre lang im Reli-Unterricht.«

»Wie spannend! Jede Religion hat so viel Weisheit, wenn man ihr mit Weisheit begegnet. Was sagt denn das Judentum über das Jenseits?«

Ich muss nachgrübeln, und mir wird klar, dass ich auch das nicht wirklich weiß.

»Himmel und Hölle gibt es bei uns nicht, dafür glauben wir ans Jüngste Gericht, das auf jeden Fall, ich glaube, wir warten die ganze Zeit nur darauf, und das Leben ist quasi so was wie eine Untersuchungshaft.«

»Na, das Warten hat doch bald ein Ende, nur noch ein paar Wochen, dann ist das Jahrtausend zu Ende«, witzelt Charlotte.

Ich muss zugeben, dass ich gar nicht mehr so sehr an den Weltuntergang glaube. So ein Weltuntergang würde sich doch um einiges geschickter an die Menschheit heranschleichen. Und wenn die Mayas wirklich so weise und allwissend waren, wie alle behaupten, wären sie bestimmt nicht so unvernünftig gewesen, ihr Wissen in die Welt hinauszuschreien, damit alles in Panik ausbricht. Sie hätten es geheim gehalten, damit die Menschheit ihre letzten Tage sorglos zubringen kann. Zumindest hoffe ich das sehr, denn Charlotte freut sich wie ein Kind auf das große Feuerwerk, und es wäre wirklich unfair, wenn die Welt am Ende doch beschließen würde, mittendrin unterzugehen.

»Es ist komisch«, sage ich »Wir haben nicht ein einziges Mal übers Jenseits gesprochen. Ich sollte der Sache mal auf den Grund gehen.«

»Ja, und dann musst du mir unbedingt davon berichten. Vielleicht kann ich's ja gebrauchen, wer weiß …«

»Habe ich dich nicht vor Kurzem erst heiliggesprochen? Somit bist du ja so was wie ein V.I.P. da oben.«

»Oh ja, V.I.P., das ist gut!«, lacht sie und gießt uns beiden Tee nach.

»Aber genug von mir. Erzähl mal, wie war denn deine Woche? Was hast du unternommen?«, fragt sie im Plauderton.

»Ach, es ist wirklich nicht der Rede wert!«, winke ich ab. »Freitag war ich gar nicht beim Gottesdienst, weil meine Mutter so erkältet war, und meine Oma wollte nicht mit mir gehen, weil sie meint... na ja, ist auch egal.«

Charlotte mustert mich. »Es gibt jetzt hier eine neue Regel«, sagt sie in strengem Ton. »Sie lautet: jeder angefangene Satz wird zu Ende gesprochen.«

Ich ärgere mich fast. Wo hat diese Frau gelernt, so gut zwischen den Zeilen zu lesen?

»Na ja, da ist dieses Mädchen...«

Charlotte zieht die Augenbrauen hoch und grinst. Ich werde rot.

»Jedenfalls, meine Baba und meine Mutter, die mögen sie nicht, sie sagen, dass sie keine richtige Jüdin ist, dabei ist sie die Enkelin des Kantors, nur ihre Mutter ist eben deutsch, aber sie wird übertreten, und dann wird sie doch jüdisch sein, das ist ein bisschen kompliziert bei uns... siehst du, nicht der Rede wert.«

»Für mich jedenfalls klingt es so, als sei es dir persönlich ziemlich egal, wie jüdisch sie ist oder nicht ist.«

»Ja, ist es auch. Sie ist nämlich sehr hübsch und eigentlich auch sehr nett.«

»Das habe ich mir fast gedacht. Bist du denn schon mal mit ihr ausgegangen?«

»Ja, hundertmal. In meinen Träumen.«

»Das ist doch schon mal ein guter Anfang. Wenn du lernst,

richtig zu träumen, wirst du gar nicht merken, wie schnell der Traum Wirklichkeit wird.«

»Ich habe aber überhaupt keine Ahnung, wie man richtig träumt. Bei mir werden, wenn überhaupt, immer nur die Albträume wahr«, sage ich, und dann zeige ich ihr das Handy, das ich gar nicht haben wollte und jetzt doch habe.

»Oh, so eins hab ich auch!« Sie zieht die Schublade des Nachtschränkchens auf und holt ein Nokia heraus, das Vorgängermodell mit größerer Antenne.

Sie bestaunt meins, und dann schlägt sie vor, dass wir unsere Nummern austauschen.

»Wir können uns ja hin und wieder mal eine SMS schreiben.«

»Klar, können wir.«

Ob sie weiß, worum ich Schwester Margot gebeten habe?

Ich stecke das Handy weg und nippe am Tee und erzähle ihr von meinem glorreichen Wochenende, dem samstäglichen Großeinkauf mit Mama und dem Schachclub am Sonntag.

»Ich spiele immer gegen den alten Boris, der hat so unglaublich dicke Augenbrauen, dass sich darin eine ganze Vogelfamilie einnisten könnte. Sie wären auch längst zusammengewachsen, wäre da nicht diese unglaublich tiefe Stirnfalte, immer runzelt der alte Boris die Stirn, wenn er über einen Zug nachdenkt, wenn er merkt, dass er verliert, und auch, wenn er merkt, dass er gewinnt. Er hat nur diesen einen Gesichtsausdruck, und wie all die anderen lebt er nur in der Vergangenheit, er sagt immer: *Im alten Leben, da war ich dies und das, da war ich Offizier im Krieg, da war ich Fabrikdirektor, im alten Leben war ich noch am Leben…* Und alle sind sie nur wegen den Kindern hergekommen, alles nur für die Kinder, und meine Baba, die ist nur noch am Leben, weil es sonst niemanden gibt, der die Teigtaschen so gut hinbekommt und weil ich noch keine Braut habe, der sie ihren grässlichen Schmuck vermachen kann.«

Charlotte hört mir aufmerksam zu, lächelt hin und wieder und nickt dabei.

»Es ist schon komisch, manche Menschen leben nur in der Vergangenheit, und andere vergessen einfach, sich an die guten Dinge zu erinnern.«

»Du meinst wohl Annegret...«

»Ich denke, das passiert uns allen hin und wieder. Die Frage ist nur, ob wir zulassen, dass es uns ständig passiert.«

»Ich glaube nicht, dass man das entscheiden kann«, sage ich.

Charlotte sieht mich verwundert an.

»Sag mal, sind die denn wirklich alle so, die Alten in eurer Gemeinde?«

Ich muss nachdenken.

»Na ja, es gibt auch welche, die sich nicht aufgegeben haben. Tante Sara zum Beispiel organisiert ständig irgendwelche Reisen für den Kaffeeclub. Und Tante Mila, mit der ich früher Mathe gepaukt hab für den LK, die strahlte immer übers ganze Gesicht, wenn sie einem die Tür öffnete, und dann erklärte sie Funktionen, als hinge der Weltfrieden davon ab.«

»Von all diesen Menschen, die in derselben Situation sind, gibt es also doch welche, die es schaffen, glücklicher zu sein als andere.«

»Ich schätze schon.«

»Und warum, glaubst du, ist das so?«

»Ich weiß nicht. Vielleicht liegt's am Charakter.«

Charlotte nickt, dann klettert sie vom Bett runter. Sie

nimmt einen der Steine aus der großen Kristallschale, die auf der grünen Kommode steht, und gibt ihn mir. Er ist fast rund und grünlich, und wenn man sich etwas Mühe gibt, erkennt man die Umrisse einer Schildkröte. Genau an der richtigen Stelle ist die Oberfläche rau und porös und erinnert an das Muster eines Panzers.

»Weißt du, warum ich diese Steine so mag?«

»Weil sie aussehen wie Gegenstände oder Tiere?«

»Das auch. Aber vor allem, weil sie mich an etwas erinnern.«

»An die Dinge, die sie abbilden?«

»Nicht ganz. Ich liebe sie so sehr, weil sie mich daran erinnern, dass eine Sache nicht immer nur das ist, was sie vorgibt zu sein. Du siehst die Schildkröte nur, wenn du sie sehen willst. Wenn du den Stein umdrehst, erkennst du vielleicht etwas ganz anderes. Vielleicht siehst du den Stein ganz praktisch und nutzt ihn als Briefbeschwerer. Oder er fällt dir überhaupt nicht auf, und du lässt ihn am Straßenrand liegen. So ist es auch mit den Dingen des Lebens. Sie sind nicht einfach nur da. Wir können sie in die Hand nehmen und drehen und wenden und an den Stellen innehalten, die uns am meisten gefallen. Wir müssen es nur wollen. Manche Menschen trauen sich nicht, zu wollen. Sie sehen einen Stein und sagen: Das ist die Wirklichkeit, und sie ist mir im Weg. Und dann rühren sie sich nicht mehr von der Stelle.«

»Du meinst, das Leben ist Einstellungssache.«

»Vielleicht nicht das Leben. Das Glück aber auf jeden Fall!«

Ich muss lächeln, weil sie recht hat, natürlich hat sie recht, es hört sich so einfach an, nimm den Stein, dreh ihn, wende ihn, wirf ihn in die Luft und sei glücklich. Doch was, wenn der Stein nicht in die Handfläche passt? Was, wenn es ein

Felsbrocken ist und wir ihn nicht bewegen können mit all unserer Kraft?

»Ich schenke ihn dir!«, sagt Charlotte.

»Aber es ist doch eine Sammlung, das kann ich doch nicht annehmen.«

»Du kannst es aber auch nicht ablehnen«, lächelt sie.

Ich halte den Stein noch lange fest, lasse meine Finger drüberfahren, reibe ihn, wiege ihn und lasse ihn von einer Handfläche in die andere gleiten, bis er sich anfühlt wie etwas, das wirklich mir gehört.

Als wir losgehen, stecke ich den Stein tief in meinen Rucksack.

Draußen ist es windig und ziemlich ungemütlich. Charlotte hakt sich ein, und ich ziehe sie etwas näher an mich, weil ich Angst habe, sie könnte einfach davonfliegen wie Dorothy im *Zauberer von Oz*. Doch bei ihr wäre es genau umgekehrt, der Sturm würde sie an einen verzauberten Ort tragen, und dieser Ort wäre ihr wahres Zuhause. Vielleicht ist es auch gar kein Ort, sondern ein Zustand, jener, den sie erlebte, als sie beinahe gestorben wäre.

Wir kommen zum kleinen Teich, und Charlotte hält Ausschau.

»Oh, sieh mal, sie sind wieder da!«

Wir eilen zum Geländer. Charlotte holt eine Tüte mit trockenem Brot aus der Tasche und beginnt, Krümel ins Wasser zu werfen.

Erst bleiben die Enten unbeeindruckt, doch dann kommt eine zaghaft ans Ufer geschwommen, ihr folgt eine zweite und dritte, und bald sind es zehn oder zwölf, die uns ansehen und auf den nächsten Krümel warten.

»Wie schön, dass sie wiedergekommen sind!«

Bei Charlotte ist immer verkehrte Welt. Sie füttert die Enten und ist dankbar dafür, dass sie fressen.

Ich schaue Charlotte an, dann die Enten, dann wieder Charlotte, und ich begreife, dass ich es einfach wissen muss, dass ich nicht gehen kann, ohne es zu erfahren.

»Kann ich dich was fragen?«

»Immer!«

»Tina hat heute etwas gesagt... über dich. Ich weiß nicht genau, wie sie es meinte, sie meinte... du hättest eine Gabe... du würdest den Leuten Dinge ansehen, die nicht da sind... oder so ähnlich...«

»Das hat sie gesagt?«, lacht Charlotte »Sie übertreibt ein wenig.«

»Also, ich glaube schon, dass da was Wahres dran ist. Und ich frage mich die ganze Zeit, ich frage mich... was siehst du... in mir?«

Charlotte wirft das letzte Brotkrümelchen ins Wasser, dann dreht sie sich zu mir um, ich kann ihren Atem sehen, er steigt auf wie Rauch zu den Göttern.

»Tina hat unrecht«, sagt sie. »Das ist keine besondere Gabe. Jeder kann sehen, was ich sehe. Ich beweise es dir. Schließ die Augen.«

Ich gehorche.

»Stell dir ein Nudelsieb vor.«

»Ein Nudelsieb?«, frage ich verwundert.

»Ja, ein gewöhnliches Nudelsieb.«

Ich kneife die Augen fest zusammen und lasse vor meinem inneren Auge das Bild entstehen. Was meint sie bloß?

»Was siehst du?«

»Ich sehe... ein rundes Sieb, zwei Henkel, ein Muster,

oder eher … ein Raster, ein Geflecht, aus Metall … oder Plastik …«

»Was noch? Du hast das Wesentliche übersehen.«

Ich denke nach, so gut ich kann.

»Ich weiß nicht. Mehr ist da nicht.«

»Löcher. Ohne die Löcher hat das Sieb keinen Sinn. So ist es auch bei uns Menschen. Ohne das, was uns fehlt, wären wir wie ein Sieb ohne Löcher. Wir könnten unsere wichtigste Aufgabe nicht erfüllen. Was uns am meisten fehlt, ist gleichzeitig unser größtes Geschenk.«

»Das verstehe ich nicht. Wie kann etwas, das wir nicht haben, ein Geschenk sein?«

»Ganz einfach. Nimm das Sieb und halte es hoch, in die Sonne. Was siehst du?«

»Ich sehe … Sonnenlicht.«

»Licht. Genau das ist es, was ich sehe.«

Auf dem Rückweg durch den Park geht mir auf, dass die Vorlesung schon begonnen hat. Ich könnte versuchen, mich hineinzuschleichen, aber eigentlich habe ich überhaupt keine Lust. Also lasse ich sie sausen und gehe in die Cafeteria. Ich bestelle einen großen schwarzen Kaffee und setze mich in die hinterste Ecke. Ich weiß nicht warum, doch mir ist nach Weinen zumute. Das Leben ist ein gewöhnliches Nudelsieb, sagt Charlotte, und die Löcher darin sind das Wesentliche, sie sind das, was unser Wesen ausmacht. Ich begreife schon, was das für Charlotte bedeutet: der Vorfall im Wohnwagen hat ihr Leben umgekrempelt, sie konnte keine Kinder mehr bekommen, keine Familie gründen. Doch sie hat das Beste daraus gemacht, sie ist um die Welt gereist und war für Menschen da, die am meisten Hilfe, Fürsorge und Liebe brauchten. Irgendwie hat sie es geschafft, ihr Schicksal anzunehmen. An Stellen, wo andere nur Dunkelheit gesehen hätten, hat sie Licht in ihr Leben gelassen. Doch ich bin anders. Vater fehlt mir so sehr. Mir fehlt alles, was wir einander hätten geben können, mir fehlt jedes Wort, das wir nicht miteinander sprachen, und mir fehlt der Mensch, der ich geworden wäre, wenn er noch leben würde.

Ich weiß nicht, was daran ein Geschenk sein soll.

13

Goldene Füße

Ich liege im Bett, starre auf meine nackten Füße und frage mich, wozu sie gut sind. »Um sich eine Erkältung einzufangen«, hallt Mamas Stimme in meinem Kopf. Ich halte mir die Ohren zu, bis die Stimme verschwindet, schließe die Augen und stelle mir vor, wie meine Füße sich in Bewegung setzen, ein Fuß vor den anderen, ohne Zögern, ohne Angst. Und der Weg beginnt zu leuchten, der Weg selbst ist das Licht, das mich führt, und dann leuchten auch meine Füße, gelb wie die Sonne. Ich denke an all die Orte, zu denen sie mich tragen könnten, Rebekkas Wimpern sind so ein Ort, und Aljoschas Luftmatratze in Frankfurt ist so ein Ort, und Charlotte ist ein einziger leuchtender Ort…

Aljoscha und ich kamen zwar nicht in eine Klasse, aber wir hatten die Pausen und einen Großteil des Schulweges, oft auch den ganzen Schulweg, wenn er mit zu mir kam oder ich zu ihm. Wir gingen weiter zur Nachhilfe und am Mittwoch zum jüdischen Religionsunterricht in der Gemeinde, der von niemand geringerem abgehalten wurde als von Kantor Golan. Am liebsten ging ich mit zu Aljoscha. Dort gab es keine nörgelnde Baba Soja, nur eine stets mit Hausarbeit beschäftigte Mutter, die uns von ganzem Herzen in Frieden ließ. Und dann gab es noch seinen Vater. Oft ertappte ich mich dabei, wie ich ihn aus den Augenwinkeln beobachtete: den Tee trinkenden Vater in der Küche, den schwer konzentrierten, Backgammon spielenden Vater, wenn der Nachbar zu Besuch kam, den im Bad ein undichtes Rohr reparierenden Vater. Und es gab in dieser Wohnung sehr viele undichte Rohre, weshalb wir ihn fast wöchentlich sagen hörten:

»Rafik, gib mir mal die Zange da! Ja, genau. Und du, halt hier fest, Aljoscha! Das haben wir gleich! Seht ihr, Jungs, nur einmal festziehen, und... fertig! Gut, dass Papa goldene Hände hat!«

Ich sah ihm zu und stellte mir vor, wie das Ganze bei uns ausgesehen hätte: Mama, Baba Soja und ich stehen hilflos vor dem undichten Rohr und geben uns gegenseitig die Schuld dafür, dass es tropft. Wir diskutieren lange herum, wer den Wasserhahn aufgedreht hat und zu welchem Zweck, und überhaupt, wer braucht schon fließend Wasser im Bad! Am Ende bin natürlich ich der Schuldige, aber ich habe keine Ahnung, wie man so etwas repariert, also nehme ich einen Eimer und stelle ihn drunter und lasse das Wasser hineintropfen bis in alle Ewigkeit.

Aljoschas Vater aber hatte goldene Hände, er konnte einfach alles reparieren, sogar einen Herd oder ein Auto. Doch da war noch mehr. Er hatte auch goldene Füße, die immer dann zum Einsatz kamen, wenn er mit uns im Hof Fußball spielte. Es gab für mich nichts Schöneres, als den Ball hin und her zu schubsen, von Aljoscha zu mir zum Vater zu Aljoscha zu mir und immer so weiter, oder abwechselnd aufs Tor zu schießen, das nur ein Stück dreckige Wand zwischen zwei Stöcken war. Dort, im schmuddeligen Hof des Sozialbaus, hatte ich den allermeisten Spaß, dort setzte ich mich hinweg über Mamas Gebot: *Fußball ist kein Sport für einen ordentlichen jüdischen Jungen.* Aljoscha war ein ordentlicher jüdischer Junge, und sein Vater war ein ordentlicher jüdischer Junge, trotzdem spielten wir gemeinsam Fußball, und manchmal, wenn er rief: »Gut gemacht, Rafik, und jetzt von links!«, fühlte es sich an, als sei er auch ein bisschen mein Vater.

An manchen Tagen wäre ich am liebsten gar nicht erst nach Hause gegangen. Tatsächlich fragte Aljoscha mich immer wieder, ob ich nicht bei ihm übernachten wolle, wir könnten auf einer Luftmatratze in der Küche schlafen und uns heimlich die *Bravo* ansehen. Die *Bravo*! Für uns war das Heftchen die größte Attraktion überhaupt, noch vor Schokoriegeln und westlicher Unterhaltungselektronik. Da zeigten Mädchen und Jungs, die kaum älter waren als wir, der ganzen Welt unverblümt Teile ihres Körpers, die in meiner Heimat offiziell gar nicht existiert hätten! Mich packte die blanke Panik, wenn ich mit dem Heftchen in der Hand zur Kasse ging. Ich war mir sicher, dass die Kassiererin meine niederen Absichten durchschaute, so wie Mama immer alles durchschaute, was ich auch nur leise in mich hineindachte. Zu jener Zeit hatte sich Mama das Konzept von Taschengeld noch nicht erschlossen. Doch zum Glück war ich es, der in unserer Familie für die Rückgabe der Pfandflaschen zuständig war. Das Kleingeld konnte ich behalten. Ich sparte es, bis es für eine *Bravo* reichte. So stand unser familiärer Sprudelwasserkonsum in direkter Korrelation mit nackten Mädchenbrüsten.

»Du musst mehr trinken, Baba Soja, das ist gut für den Kreislauf!«, mahnte ich und schenkte ihr zum dritten Mal nach.

»Du willst mich wohl ertränken!«, motzte Baba Soja. Doch

sie trank es am Ende doch aus. Baba Soja konnte nie etwas Essbares wegwerfen, nicht mal ein Glas Wasser. Daran war der Krieg schuld. Nur Kartoffelschalen und Regenwasser hatten sie gehabt, monatelang, jahrelang. Es war nicht nett von mir, das auszunutzen. Doch die neueste *Bravo* lag schon seit Tagen im Regal, und für irgendwas muss der Krieg doch gut gewesen sein!

Wir bewahrten die Hefte bei Aljoscha auf, und wenn seine Eltern mal nicht da waren, holten wir sie hervor und studierten die wilden, nackten Mädchen.

»Kommst du nachher mit zu mir?«, flüsterte Aljoscha mir am Freitagabend zu, während wir im Speisesaal der Synagoge in die Schabbatkerzen starrten. »Wir könnten die neue Ausgabe mit der alten vergleichen und Punkte vergeben!«

Ich wollte Ja sagen, ich wollte es wirklich. Doch es ging nicht. Denn es gab eine Sache, die niemand außer Mama und Baba Soja über mich wusste. Wie, bitte schön, hätte ich Aljoscha am Morgen den nassen Fleck auf der Matratze erklären sollen?

»Geht nicht. Ich kann die zwei nicht allein lassen«, log ich. »Sie fürchten sich nachts so ganz ohne Mann im Haus!«

Ich hoffte, er würde mir das noch eine Weile abkaufen.

Doch dann kam Aljoschas vierzehnter Geburtstag. Aljoschas reiche Verwandte hatten angeboten, seine Geburtstagsparty in ihrem Garten abzuhalten. Es würde Schaschlik geben und Musik aus dem tragbaren Radio, wir dürften den Pool benutzen und würden anschließend in Zelten unter freiem Himmel übernachten, Aljoscha, ich und noch zwei Jungs aus der Gemeinde. Diesmal war ich angeschmiert, ich konnte Aljoscha nicht an seinem Geburtstag im Stich lassen. Und ehrlich gesagt wollte ich es auch nicht. Ich würde einfach gar nicht schlafen oder mich vor dem Zelt auf den Rasen legen, überlegte ich und packte ein paar frische Unterhosen und eine Shorts zum Wechseln in den Rucksack. Dann zog ich das Coolste an, was ich besaß: ein weißes T-Shirt mit dem verwaschenen Aufdruck von Michael Jacksons *Dangerous*-Albumcover, das ich mir von Mama auf dem Trödelmarkt erbettelt hatte. Darauf zu sehen war das Tor zu einem verwunschenen Vergnügungspark, über dem Michaels überirdisches Augenpaar schwebte und jeden Ankömmling mit dem Blick eines allmächtigen, richtenden Gottes empfing. *Dangerous* – das hieß *gefährlich*, wusste ich aus dem Englischunterricht. Und während ich mit der Straßenbahn zur Party fuhr, versuchte ich, ein bisschen so zu schauen wie mein T-Shirt – allwissend und furchtlos.

Als ich ankam, wurde im Garten bereits fleißig gegrillt. Es war das größte Haus, das ich je betreten hatte. Allein das Wohnzimmer war so groß wie ein Basketballfeld, im Garten hätte ohne Weiteres ein Zeppelin landen können. Aljoscha kam mir entgegen, er war nur mit einer Badehose bekleidet, seine nassen Locken klebten ihm am Kopf.

»Du hast doch Badesachen mit?«, rief er.

»Drunter!«, antwortete ich.

»Na los!« Er zog mich zum Swimmingpool. Zu meiner großen Verwirrung war der Pool nicht leer. Darin schwammen zwei Mädchen herum, richtige Mädchen in knappen Bikinis, mit richtigen Brüsten, die ich mir dank der *Bravo* sehr bildlich vorstellen konnte.

»Das ist Nina, meine Cousine«, stellte Aljoscha die Brünette vor.

»Zweiten Grades!«, fügte Nina mit einem hämischen Lächeln hinzu, wobei hinter ihren vollen, sinnlichen Lippen eine Zahnspange zum Vorschein kam.

»Sie denkt, dass sie cool ist, nur weil sie schon sechzehn ist«, sagte Aljoscha grinsend.

»Und das ist Sandra.«

»Hallo!«, sagte Sandra und tauchte sogleich ab. Ich konnte ihren makellosen Rücken im klaren Wasser erkennen.

Ich war sprachlos. Am liebsten hätte ich mich in mein T-Shirt verkrochen. Sollte doch Michael Jackson diese zwei Schönheiten anschauen und rot werden und sich schämen! Doch keine Chance. Aljoscha zwang mich, mich bis auf die Badehose auszuziehen und in den Pool zu springen.

Ich weiß nicht, wie ich an jenem Tag in dem drei mal fünf Meter großen Schwimmbecken nicht ertrunken bin. Ich konnte kaum atmen, mich kaum über Wasser halten, so sehr war ich von diesen glucksenden, tauchenden Nixen berauscht. Ich versteckte mich hinter Aljoscha, der sich durch die halb nackten Mädchen scheinbar nicht aus der Ruhe bringen ließ. Im Gegenteil. Er und seine Cousine lieferten sich einen knallharten Schlagabtausch:

»Aljoscha, geh mal zu Seite, du schwimmst mir in der Sonne!«

»Pass auf, dass du nicht gehst unter mit die Metall im Mund!«

»Lern du erst mal richtig Deutsch!«

»Sprache kann man lernen, Intelligenz nicht!«

Und so weiter.

Die Mädchen kicherten immerfort. Ich hielt mich am Beckenrand fest und versuchte, meine Erektion zu verbergen. Mir fiel ein, was Kantor Golan einmal im Religionsunterricht gesagt hatte: »Vor der Bar Mitzwa gehen deine Sünden auf das Konto deines Vaters!« Doch ich hatte keinen Vater, auf den ich die Sünde in meiner Hose hätte abwälzen können, und so blieb mir nichts anderes übrig, als mich an den Schwimmbeckenrand zu drücken und den lieben Gott anzuflehen, er möge mir verzeihen und dafür sorgen, dass niemand etwas merkte. Zu meiner großen Verwunderung ging der Wunsch sogleich in Erfüllung, denn die Mädchen wurden von Aljoschas Tante zum Tischdecken abkommandiert.

Es war eindeutig: Gott tat die Sache mit meinem Vater leid, und er versuchte verzweifelt, es wiedergutzumachen!

Den Rest des Tages verbrachten wir mit Essen, Badminton und Fußball. Die Mädchen verzogen sich nach oben, wir Jungs waren ihnen wohl nicht interessant genug. Aljoscha packte seine Geschenke aus. Die Jungs hatten ihm einen neuen, glänzenden Fußball mitgebracht, den wir bereits eingeweiht hatten. Von mir bekam er einen schwarzen Lamy-Füller, für den ich lange hatte sparen müssen. Dann kam das große Geschenk an die Reihe. Sein Vater überreichte es ihm feierlich.

»Von uns allen!«

»Whoooaaaa…. Ein Nintendo!!!!«, rief er freudig. »Ein Nintendo! Mit Super Mario! Danke! Danke! Danke!«

Wir stürzten uns auf die Konsole. Alle träumten wir schon lange davon, doch sie war einfach unerschwinglich. Und jetzt besaß Aljoscha eine! In uns vermischte sich Vorfreude mit blankem Neid.

Die nächste Stunde brachten wir damit zu, das Gerät an den Fernseher im Wohnzimmer anzuschließen. Den Rest des Nachmittags stritten wir uns, wer wie lange spielen durfte (bis man ein Level durchhatte? Bis man ein Leben verlor? Bis

Game Over?). Doch als es dämmerte, wurden wir von Aljoschas Tante zurück in den Garten gescheucht. Hinter dem Swimmingpool waren schon zwei Zelte aufgebaut. Wir schlugen die Schlafsäcke auf, probierten unsere Taschenlampen aus und krochen dann alle gemeinsam in das größere, um uns über Super Mario zu unterhalten. Die Sonne war schon untergegangen, als wir es plätschern hörten. Wir steckten unsere Köpfe heraus und sahen, dass die beiden Mädchen in den Pool gehüpft waren.

Sie ignorierten uns demonstrativ, sahen nicht ein einziges Mal zu uns herüber, obwohl wir die Taschenlampen zückten und die Köpfe weit aus dem Zelt streckten. Sie planschten, tauchten und umarmten sich, flüsterten einander ins Ohr und kicherten dabei unentwegt. Doch dann hörte das Kichern plötzlich auf. Ich konnte nicht glauben, was geschah. Das war besser als alles, was ich jemals in der *Bravo* gesehen hatte. Die Jungs begannen zu heulen wie Wölfe. Aljoscha krümmte sich vor Lachen. Ich versuchte ein »UUUHHH«, doch es gelang mir nicht. Etwas passierte mit mir, ich kippte nach vorne, landete mit dem Gesicht im Gras. Ich atmete ein, alles drehte sich, das Gras roch frisch gemäht, und ich war heilfroh, die extra Unterhose eingepackt zu haben. Oben im Haus ging ein Licht an. Die Mädchen begannen wieder zu kichern, dann stiegen sie aus dem Pool und verschwanden im Haus. Ich blieb liegen, atmete das Gras, wagte es nicht, ihnen nachzuschauen.

Zumindest hatte nach der Swimmingpool-Episode die Sache mit der Bettnässerei ein Ende. Natürlich war ich an jenem Abend trotz all meiner Bemühungen doch noch eingeschlafen. Als ich am Morgen erwachte, war der Schlafsack trocken.

Kurz darauf verschwanden der Bottich aus unserem Badezimmer und das Rascheln der Plastiktischdecke aus meinen unruhigen Träumen. Zu Mamas großem Ärgernis verschwand auch ich immer öfter, um bei Aljoscha zu übernachten. Der Fluch war gebrochen, ich war frei und so gut wie ein Mann, dachte ich zumindest. »Wieso übernachtet ihr nicht mal bei uns?«, zeterte Mama, wenn ich mal wieder meinen Rucksack packte, um mich zu Aljoscha zu verziehen.

»Nintendo!«, war seit Wochen meine dreisilbige Antwort. Es waren Sommerferien, und ich machte mich zu Hause so rar, wie ich konnte. Aljoscha und ich hatten die Versetzung in die 9. Klasse geschafft und uns mal wieder gewundert, dass es in Deutschland keine faustdicken Hausaufgaben für die großen Ferien gab. Wir konnten sechs Wochen lang Mario spielen, mit unseren klapprigen Fahrrädern die Stadt unsicher machen und so viel Mineralwasser trinken, dass es beim Pinkeln noch weitersprudelte. An einem Tag mitten in den Ferien – wir wollten gerade einen Ausflug zum See machen, in der Hoffnung, dort bikinitragende Mädchen vorzufinden – verkündete Baba Soja, ich solle doch bitte warten, bis Mama wieder da sei. Sie hätte mir was Wichtiges zu sagen. Ich würde es nicht bereuen, zwinkerte sie mir zu und setzte ein leicht debiles Lächeln auf. Ich konnte mir keinen Reim darauf machen, gehorchte aber und gab Aljoscha Bescheid, dass ich mich verspätete. Eine geschlagene Dreiviertelstunde später hörte ich Mamas Schlüssel in der Tür.

»Raaaaafiiiikkkk«, trällerte sie aus dem Flur. Baba Soja grinste mich an. Ich sprang vom Sofa auf, da stand Mama schon vor mir, mit beiden Armen einen großen Karton umschlingend.

»Sie hatten keine Geschenkverpackung«, sagte sie. »Aber

für dich zählt, glaube ich, viel mehr, was drin ist!« Und sie überreichte mir den Karton, auf dem in großen roten Buchstaben *Super Nintendo* stand.

»Mit Mario!«, sagte sie stolz, als sie merkte, dass ich völlig sprachlos war.

»Von Baba Soja und mir! Weil dein Zeugnis so gut war und weil wir dich lieb haben!«

Ich konnte es nicht fassen! Sie hatten mir einen Nintendo gekauft. Aber wie? Und von welchem Geld?

»Du sollst es genauso gut haben wie Aljoscha!«, sagte Mama zufrieden, nachdem ich ihr und Baba Soja zehnmal abwechselnd um den Hals gefallen war.

»Und jetzt könnt ihr auch mal hier spielen!«

Ich überhörte es, ich war schon längst dabei, sämtliche Kabel der Konsole in unseren Fernseher zu stecken.

Mamas teuflischer Plan, mich stets in der Nähe zu behalten, erwies sich nach Ende der Schulferien als hinfällig. Das neue Schuljahr begann mit vielen Hausaufgaben und Verpflichtungen, der wöchentlichen Nachhilfe in Deutsch und Englisch, einer zusätzlichen Fremdsprache in der Schule und dem Reli-Unterricht in der Gemeinde. Zu meinem großen Leidwesen spielte Aljoscha jetzt auch noch jeden Sonntag mit seinem Vater in einem kleinen Hobbyverein Hallenfußball. Jegliches Flehen und Bitten um Eintritt in den Verein wurde von Mama eiskalt abgeschmettert mit den Worten: *Fußball ist kein Sport für einen ordentlichen jüdischen Jungen.*

Den aljoschalosen Sonntagvormittag vertrieb ich mir von nun an in der Gemeinde, wo ich mit den Senioren Schach spielte, denn Schach war sehr wohl ein Sport für einen ordentlichen jüdischen Jungen, fand Mama.

Zudem vermieste Kantor Golan mir auch noch die *Bravo*, indem er an einem verhängnisvollen Mittwochnachmittag zu bedenken gab: »Wenn du stehst vor Wahl zwischen Gut und Böse, dann musst du denken an den Tag deines Todes und daran, wer über dich richten wird!«

Von da an dachte ich beim Anblick der nackten Mädchen immer gleich an meinen Tod, der unweigerlich eines Tages eintreten würde, und automatisch dachte ich an Vater und seinen Tod und fragte mich, ob er jemals zwischen Gut und Böse hatte entscheiden müssen und woran er dabei wohl gedacht hat.

Mein Guthaben bei Gott schien aus irgendeinem Grund erschöpft zu sein. Also verkroch ich mich zu Hause und spielte Super Mario. Ich spielte so lange, bis ich richtig gut darin war. Einmal schaffte ich es, ganze siebenundzwanzig Leben zu sammeln. Ich manövrierte Mario vorbei an Feinden und Kanonenkugeln, über riesige Abgründe und verheerende Feuerbälle, ich war vorsichtig, ich verlor kein einziges Leben und sammelte alles ein, was ich konnte, die Münzen, für die es pro hundert Stück ein Leben gab, und auch alle versteckten grünen Pilze, die je ein Leben einbrachten. Doch es war paradox: Je mehr Leben ich hatte, desto vorsichtiger wurde ich, desto mehr hing ich an der Zahl, die oben links auf dem Bildschirm erstrahlte. Ich spielte so langsam, wie ich konnte, bloß keinen Fehler machen, ich gewann, doch ich hatte keinen Spaß mehr. Und dann musste ich wieder an Vater denken, der nur ein Leben gehabt hat, der zur falschen Zeit am falschen Ort gewesen ist und den das Feuer verschluckt hat, einfach so, ohne Vorwarnung, ohne neuen Versuch, ohne Reset. Wie kann es sein, dass Mario siebenundzwanzig Leben hat und wir nur eines?, fragte ich mich. Ein falscher Schritt, eine falsche Bewegung, und es ist einfach vorbei, Game Over, der Bildschirm wird schwarz, man wartet und wartet, um das Spiel von vorne zu beginnen, doch es passiert einfach nichts.

Man braucht wirklich goldene Füße, um halbwegs ungeschoren durch dieses Leben zu kommen, dachte ich, und im nächsten Augenblick stürzte mein Mario von der Klippe. Einmal. Zweimal. Dreimal. Siebenundzwanzig Mal.

14

Mein Attrappenleben

»Fahr vorsichtig und nicht zu schnell auf der Autobahn und achte auf die Straßenschilder, du kennst dich dort nicht aus. Und hetz nicht, wenn du zu spät kommst, ist es nicht so schlimm, Rita kann auch ein paar Minuten warten, und vergiss nicht, du musst zum Gate C, es steht alles auf dem Zettel! Wo ist denn der Zettel? Du hast ihn? Gut! Also, fahr langsam und beeil dich nicht, es soll regnen, und ruf an, wenn was ist. Ruf sofort an und scheu keine Kosten, und fahr vorsichtig! Hast du verstanden?«

»Ja, Mama, ich habe verstanden«, sage ich zum siebzehnten Mal.

Doch Mama ist Opfer eines weit verbreiteten Aberglaubens, der besagt:

Wenn eine Mutter vergisst, »Fahr vorsichtig« zu sagen, wird der Sohn fatalerweise in einen schrecklichen Autounfall mit Todesfolge verwickelt.

»Fahr vorsichtig!«, sagt sie noch einmal, nachdem sie endlich ausgestiegen ist.

»Du kommst zu spät zur Arbeit!«, rufe ich durch die Scheibe.

Daraufhin kehrt sie mir den Rücken zu, marschiert Richtung Supermarkteingang und lässt mich endlich mit meinem

Ärger allein. Ich drehe den Schlüssel im Zündschloss um und atme tief durch. Der alte Opel krächzt und stöhnt wie Baba Soja beim Treppensteigen. Heimlich nenne ich ihn *Koschej der Unsterbliche*, wie der böse Zauberer aus dem russischen Kindermärchen, der fast unbesiegbar ist, weil er seine Seele außerhalb des Körpers aufbewahrt. Es ist ein Wunder, dass die alte Koschej-Kiste überhaupt noch anspringt. Ihre Seele ist bestimmt überall, nur nicht in dem ächzenden Motor, der dieses Knochengerippe von Auto nur sehr, sehr widerwillig in Bewegung setzt. Es ist ein grauer Tag, der Himmel ist grau, und die Leute sind grau, und meine Laune ist noch grauer als der Tag und der Himmel und die Leute zusammen. Ich setze den Blinker und biege nach rechts ab, vorbei am Industriegebiet und Richtung Autobahnausfahrt. Es ist ja nicht so, als hätte ich Tante Rita nicht gern. Sie und Mama und Baba Soja sind aus demselben Teig gebacken, ich bin also an sie gewöhnt, auch wenn sie uns nur alle zwei oder drei Jahre besuchen kommt. An jedem anderen Tag hätte ich sie gerne vom Flughafen abgeholt. Doch heute ist Mittwoch, und Mittwoch ist für mich heilig, heiliger noch als jeder andere hohe Feiertag meiner und jeder anderen Weltreligion.

Tagelang habe ich versucht, Mama meine missliche Lage klarzumachen, auch wenn ich mal wieder nicht drum herum kam, sie von vorne bis hinten anzulügen:

»Wenn ich die Lerngruppe schwänze, schmeißen sie mich raus, und dann falle ich durch die Prüfung.«

»Du bist noch nie durch eine Prüfung gefallen, Rafik.«

»Aber meine Freunde sind dann enttäuscht von mir. So eine Lerngruppe bedeutet auch Verantwortung.«

»Wenn es echte Freunde sind, werden sie Verständnis haben. Schieb es auf deine hart arbeitende Mutter.«

»Aber der Stoff, der am Mittwoch drankommt, ist wirklich wichtig.«

»Soll Tante Rita denn zu Fuß von Köln hierherlaufen mit dem Koffer und den Geschenken, die sie dir mitgebracht hat? Ist es das, was du vorschlägst?«

»Kannst du nicht doch deine Schicht tauschen?«

»Wenn ich das könnte, würde ich dich dann allein auf der Autobahn fahren lassen?«

»Aber wenn der Flug Verspätung hat, verpasse ich auch noch die Vorlesung.«

»Der Flug hat keine Verspätung und damit basta.«

Ich hatte keine Chance. Also blieb mir nichts anderes übrig, als Schwester Margot anzurufen und mich tausendmal für mein Fehlen zu entschuldigen.

Ich nutzte die Gelegenheit, um mich nach Charlotte zu erkundigen.

»Du kennst sie ja, sie ist sehr stark«, sagte Schwester Margot. »Mach dir keine Sorgen, du kommst ja nächste Woche, nicht wahr?«

»Es tut mir wirklich leid«, brabbelte ich und fühlte mich elend.

Den Rest des Nachmittags verbrachte ich damit, eine SMS an Charlotte zu tippen. Wie sich herausstellte, war das eine Präzisionsarbeit, die eine Unmenge an Zeit und Konzentration in Anspruch nahm.

Hallo liebe Charlotte, ich habe leider schlechte Nachrichten: Es tut mir wirklich unendlich leid, aber ich kann nächsten Mittwoch nicht mit dir im Park spaziere

Hallo liebe Charlotte, es tut mir wirklich unendlich leid, aber

ich kann nächsten Mittwoch nicht mit dir spazieren gehen, weil ich meine Tante aus Israel vom Fl
Liebe Charlotte, leider kann ich nächsten Mittwoch nicht mit dir spazieren gehen, weil ich meine Tante aus Israel vom Flughafen abholen muss. Ich hoffe sehr, da
Liebe Charlotte, leider kann ich am Mittwoch nicht kommen, weil ich meine Tante vom Flughafen abholen muss. Ich hoffe, es geht dir gut. Bis sehr bald, dein Rafa

Liebe Charlotte, leider kann ich am Mittwoch nicht kommen, weil ich meine Tante vom Flughafen abholen muss. Ich hoffe, dir geht's gut. Bis sehr bald, dein Rafik

Später, in der Vorlesung, vibrierte das Handy in meiner Hosentasche. Ich zog es verstohlen hervor und las Charlottes Antwort unter dem Tisch:

Mein lieber Rafael (Rafik ist auch hübsch, aber Rafael mag ich lieber), du wirst mir sehr fehlen, aber Pflicht ist Pflicht. Bis nächste Woche, Charlotte

Mein Herz pocht noch immer sehr laut, wenn ich an ihre Worte denke. Noch nie hat ein Mädchen zu mir gesagt, ich würde ihm fehlen. Und auch wenn Charlotte gar kein Mädchen ist, ist sie doch weder Mama noch Baba Soja, und ich fehle ihr, und sie fehlt mir auch, und das bedeutet doch etwas, auch wenn ich nicht weiß, was genau.

Das Auto vor mir bremst ab, und ich bremse auch ab und fühle mich hilflos, weil ich zum Flughafen muss und nicht bei Charlotte sein kann. Vor mir ist Stau, hinter mir ist Stau, das Stop-and-go treibt mich in den Wahnsinn, und plötzlich kommt es mir so vor, als wäre mein ganzes Leben ein einziger großer Verkehrsstau, alles ist so zähflüssig und jeder Fortschritt ein Kampf, und es fühlt sich an, als würde ich niemals ankommen, oder ich komme doch an, nur ist es dann schon viel zu spät.

Tante Ritas Flieger ist schon gelandet, und sie steht auch schon mit den zwei Koffern und den drei Plastiktüten aus dem Duty-free-Shop, dem alten Karakulpelz auf den Schultern und einer besorgten Miene vor dem Gate. Ich stürze auf sie zu und rufe noch aus sicherer Entfernung:
»Entschuldige, ich stand im Stau!!!«
Tante Rita schlägt die Hände über der Brust zusammen und fällt mir erleichtert um den Hals: »Da bist du endlich, mein Junge, ich dachte schon, ihr habt mich ganz vergessen, ich kann ja kein Wort Deutsch, was hätt ich denn tun sollen, aber nun gut, jetzt bist du ja da!«
Ich lasse mich drücken.
»Wie schön, wie schön, du bist so groß geworden, mein Junge, ich habe Matzemehl mitgebracht für Knödel, die isst du doch so gern! Oder magst du etwa keine Knödel mehr?«
»Doch, doch, ich mag Knödel, natürlich!«
»Das ist gut, da bin ich ja erleichtert, ich musste ja den zweiten Koffer nehmen für das Matzemehl, du hättest mir das Herz gebrochen.«
»Das würde mir nie einfallen, Tante!«, sage ich und schleppe den Koffer mit dem Matzemehl durch den halben Flughafen zum Auto.

Auf der Rückfahrt löchert Tante Rita mich mit Fragen. *Wie läuft es in der Uni? Was wirst du denn mal werden? Verdient man da auch gut? Und, hast du eine Freundin? Warum bist du so wortkarg? Na los, sag deiner alten Tante die Wahrheit, ich werde schweigen wie ein Grab!*

»Oh ja, das wirst du ganz sicher!«, brumme ich, und es klingt so zynisch, wie es gemeint ist. Tante Rita schnauft und schaut beleidigt zum Fenster raus. Dabei wünschte ich fast, ich könnte ihr die Wahrheit sagen: dass es *mir* das Herz bricht, weil es niemanden auf der Welt gibt, den der Zustand *meines* Herzens kümmert, oder, dass es doch jemanden gibt, sie aber sehr bald sterben wird. Auch, dass ich mich fürchte, so entsetzlich fürchte davor, dass mein Herz irgendwann einem Matzeknödel gleicht, den man in die Brühe zu werfen vergaß: ein Herz, das niemals aufgeht.

»Entschuldige, Tante. Ich habe es nicht böse gemeint. Ich bin heute mit dem falschen Fuß aufgestanden.«

»Das passiert schon mal. Das macht nichts, Rafik«, sagt Tante Rita, lächelt nachsichtig und tätschelt mir das Knie, als sei ich noch immer sieben Jahre alt.

Zu Hause richtet Tante Rita sich in meinem Zimmer ein, während ich meine Bettwäsche schnell in den Bettkasten des Schlafsofas stopfe. Baba Soja steht schon in der Küche und setzt Wasser für die Knödel auf.

»Tante, kann ich reinkommen? Ich muss nur noch kurz meinen Rucksack...«

Tante Rita steht vor meinem Regal und blickt missmutig drein.

»Rafik, hast du immer noch diese ganzen Magazine? Tschernobyl hier, Tschernobyl da.«

»Ich ... ich kam noch nicht dazu, sie wegzuwerfen.«

»Das passiert.« Tante Rita nickt und zwirbelt dabei die Lippen zu einem Altweiberknoten, so habe ich sie die Lippen schon lange nicht mehr zwirbeln sehen.

»Ich habe jetzt keine Zeit, ich muss in die Uni. Ich kümmere mich später darum!«

»Geh nur, mein Junge. Es sind ja deine Magazine. Ich habe mich nur gewundert.«

Den Rest der Woche verbringen wir damit, Knödel zu essen und mein Handy zu preisen.

»SMS?«

»Ja, SMS.«

»Warum heißt das so?«

»Ich weiß nicht.«

»Bei uns heißt es anders.«

»Wie denn?«

„Woher soll ich das wissen. Aber auf jeden Fall anders. Bei uns kosten die Dinger ein Vermögen.«

»Rafik studiert doch jetzt ...«

»Ich sage doch nur. Es ist wirklich teuer.«

„Er hat noch kein einziges Mal angerufen.«

»Wofür braucht er es dann?«

„Für SMS.«

»SMS, das verstehe ich nicht. Warum heißt das so?«

So geht es die ganze Zeit, bis Tante Rita es nicht aushält und mir auch schon mal mein Hanukkah-Geschenk aushändigt. Es ist ein blauer Pullover mit V-Ausschnitt, in den der Kragen eines Hemdes eingenäht ist. Ein Pullover mit einer Hemdattrappe, denke ich, und mir fällt Charlottes Schildkrötenstein ein. Ich muss lächeln, weil mein Leben sich mit Dingen füllt, die nicht das sind, was sie auf den ersten Blick zu sein scheinen, und dann ist da plötzlich dieser Gedanke: was, wenn mein ganzes Leben nichts anderes ist als eine Attrappe, etwas, das nach einem Leben aussieht, aber nur auf den ersten Blick. Und was würde passieren, wenn ich einen Schritt darauf zugehen würde und noch einen Schritt, wenn ich es aus allernächster Nähe betrachten oder drum herumgehen würde, was würde geschehen, wenn ich mein Leben umstülpen würde, welche Innenseite käme dann zum Vorschein?

»Na, gefällt er dir auch?«

»Ja, danke, Tante.«

»Ziehst du ihn zu Hanukkah in die Synagoge an?«

»Ja, warum nicht«, verspreche ich notgedrungen. Ich streife den Pullover über, werfe einen Blick in den Spiegel und finde, dass er, zumindest auf den ersten Blick, gar nicht so schlecht aussieht.

15

Das Wunder von Hanukkah

In der Synagoge ist alles wie immer, mit dem kleinen Unterschied, dass wir Hanukkah feiern. Mama, Baba Soja und Tante Rita sind oben auf dem Balkon, tuscheln mit ihren Sitznachbarinnen und spähen missmutig zu mir herunter. Ich trage den Attrappenpulli und bin ganz allein, Aljoscha ist in Frankfurt bei Dschülie, und Rebekka hat mich wie gewohnt keines Blickes gewürdigt. Vielleicht hat sie mich auch gar nicht gesehen, sie ging gerade nach oben, als ich reinkam. Doch es hat sich angefühlt, als würde sie mich ignorieren, und das ist noch schlimmer, als wenn sie mich tatsächlich vorsätzlich übersehen hätte. Der Saal ist proppenvoll, weil heute weniger gebetet und mehr gegessen wird. Hanukkah ist das Fest der Wunder, und wie jedes Jahr erzählt Kantor Golan die Geschichte von dem entweihten Tempel und dem ewigen Licht und dem letzten Fläschchen des geweihten Öls.

»Und das ist Wunder, Wunder von Hanukkah: das ewige Licht, es konnte brennen nur einen Tag, aber es brannte acht, ganze acht Tage brannte es, es weigerte sich zu erlöschen, solange man weihte das neue Öl, es ist geblieben ewig, und so zünden wir jedes Jahr zu diese Zeit an die Kerzen, damit unser Volk ewig ist und Haschem uns Wunder schickt, Amen.«

Die Geschichte ist jedes Jahr dieselbe, sie ist noch ewiger als das ewige Licht, und wie durch ein Wunder schafft Golan es immer wieder, sie in nur einem Atemzug zu erzählen.

Dann tritt der Kantor an den Altar und singt das Maos T'sur und noch ein anderes Hanukkah-Lied, der Saal ist ganz still, und selbst Baba Soja stellt das Getuschel ein, weil alle wissen, dass es gleich vorbei ist und dass drüben schon die gedeckten Tische mit den Berlinern und Reibekuchen und dem kosheren Wein warten. Nur die Kinder sind etwas aufgeregt, weil sie wissen, dass es gleich Süßigkeiten gibt und Geschenke und dann noch mehr Süßigkeiten.

Golan lässt die letzte Strophe ausklingen, verbeugt sich dreimal Richtung Jerusalem und dreht sich zu uns um.

»Kommt, meine Freunde, lasst uns gemeinsam feiern!«

Und alle schießen von ihren Plätzen hoch, und fröhliches Gemurmel steigt auf bis zur Decke der Synagoge und folgt uns aus dem Gebetsraum hinaus bis in den Speisesaal.

Mama platziert mich strategisch neben Tante Rita und gegenüber von sich selbst, so hat sie mich im Auge, während ich – sollte es noch eine Ansprache geben – für Tante Rita übersetzen kann. Ich ärgere mich abgrundtief, dass ich mit dem Rücken zum Saal und somit mit dem Rücken zu Rebekka sitze. Vielleicht gehört auch das zu Mamas teuflischem Sitzplan. Warum können diese Weibsbilder nicht ein einziges Mal auf meiner Seite sein!

Golan steht schon an seinem Ehrentisch, er hat alle Kinder zu sich gerufen und lässt sie die Gebete für Brot, Wein und Süßes sprechen. Dann bekommen alle einen Berliner, und die Kinder bekommen Cola, weil heute ein großes Fest ist. Golan leert sein Weinglas in einem Zug, dann holt er einen Hanukkah-Kreisel aus der Tasche und eine Tüte mit Bohnen aus der anderen, und die Kinder quietschen vor Freude und spielen das Sewiwon-Spiel. Aljoscha und ich haben es auch schon an Golans Tisch gespielt, kurz nachdem wir uns hier kennenlernten. Der Kreisel hat vier Seiten mit vier hebräischen Buchstaben, die für einen Satz stehen: *Ein großes Wunder ist hier geschehen.*

Die Kinder spielen um die Bohnen und können sie dann gegen Bonbons eintauschen, und auch die, die ausscheiden, bekommen ein Bonbon zum Trost. Das Spiel ist simpel, doch es macht Riesenspaß. Manchmal wünschte ich, ich wäre noch immer ein Kind und dürfte zu Golan an den Ehrentisch. Und ich wünschte, Charlotte wäre hier, ich glaube, es würde ihr gefallen, wie die Kinder mit den zuckerigen Händen den Kreisel drehen und »Gewonnen!« rufen und wie sie die Bohnen auf dem Tisch hin und her schieben und wie sie dabei lachen und sich freuen über das Rascheln der Bonbonpapiere zwischen den klebrigen Kinderfingern.

Ich verdrücke meinen Berliner, wische die Zuckerreste aus den Mundwinkeln und stehe von meinem Platz auf. Ich steuere auf den Ehrentisch zu und schiele dabei rüber zu Rebekka, die angestrengt den Belehrungen einer Tante lauscht und an ihrem Traubensaft nippt.

»Kantor«, sage ich. »Guten Abend!«

»Chanukkah sameach, mein Junge. Schön, dass du bist gekommen!«

Ich habe noch nie verstanden, warum Golan so ein gebrochenes Deutsch spricht. Als sei er im Schtetl groß geworden, wo er doch in Wirklichkeit in Deutschland geboren und aufgewachsen ist und erst nach dem Krieg nach Israel und später nach Holland ging. Vielleicht weigert er sich einfach nur, richtig Deutsch zu sprechen, so wie er sich weigert, von dieser Welt zu gehen. Aus Dickköpfigkeit und dem Schicksal zum Trotz.

Der Kantor klopft mir auf die Schulter und drückt meinen Arm mit mehr Kraft, als man ihm zutrauen würde. Er hatte mich vom ersten Tag an gern, das weiß ich.

»Kantor, ich habe eine Bitte. Es gibt ein paar Dinge, über die ich mit Ihnen sprechen will.«

»Du willst sprechen mit mir?«

»Ich habe ein paar Fragen…«

»Fragen ist gut. Fragen immer gut.«

»Wann hätten Sie denn Zeit…?«

»Wann du willst. Wenn du willst, heute.«

»Heute?«

»Wir warten, bis sie haben alle gegessen, dann wir gehen in mein Büro.«

»Ich will Sie nicht beim Feiern stö…«

»Wer hat Fragen, der braucht Antwort. Gleich, mein Junge, wir gehen gleich, und du kannst stellen alle Fragen, die dir sind auf dem Herzen.«

»Danke, Kantor!«

»Willst du den Dreidel drehen? Hier«, lächelt er und zieht dabei die weißen Augenbrauen etwas höher in die knochige, runzlige Stirn.

»Nein, nein, dafür bin ich schon zu alt!«, winke ich ab.

»Wenn ich nicht bin zu alt, wo bist du dann zu alt!«, lacht der Kantor und dreht den Kreisel und zählt die Bohnen und verteilt Bonbons an die Kinder.

»Also gut«, sage ich. »Dann bis nachher.«

Ich drehe mich um und will gerade zu meinem Tisch zurück, da sehe ich, wie Rebekka in Zeitlupe aufsteht und in

Zeitlupe auf mich zukommt und sich in Zeitlupe zwischen mich und ihren Großvater stellt.

»Ich spiele gern Sewiwon mit dir, Opa!«, sagt sie und klimpert mit ihren langen Wimpern.

Mit einem breiten Grinsen dreht Rebekka den Kreisel, gewinnt zwei Bohnen und tauscht sie gegen zwei Bonbons, und ich weiß nicht, was ich tun soll, weiß weder ein noch aus, will gehen, bin festgewachsen, komme nicht los. Da dreht sie sich zu mir und hält mir ein Bonbon hin.

»Danke!«, stammle ich und nehme das Bonbon und schiebe es mir vor Aufregung gleich in den Mund.

Sie strahlt mich aus ihren himmelblauen Augen an.

»Ach, Rafik, bevor ich's vergesse, ich habe noch was für dich!« Und sie zieht aus der hinteren Hosentasche ihrer Jeans einen Zettel heraus und reicht ihn mir. Ich starre auf das Blatt, es ist ein Flyer, auf dem steht in großen 3D-Buchstaben: DIE PARTY DES JAHRTAUSENDS, und drunter das Datum, der 31.12., und auf der Rückseite eine Adresse und eine Handynummer.

Das Bonbon in meinem Mund hindert mich daran zu sprechen. Ich schiebe es mit der Zunge in die rechte Wange und versuche, nicht darüber nachzudenken, wie bescheuert das aussehen muss.

»Eine Silberster... ähmm, ich meine, eine Silvesterparty?«, frage ich mit trockenen, klebrigen Lippen.

»Nein, das ist doch keine Silvesterparty!«, grinst sie und schielt zu Golan rüber. »Das ist meine Giur-Party! Sie ist nur rein zufällig an Silvester.«

»Ahaa...«

»Du kannst auch Aljoscha mitbringen. Schreib mir eine SMS, ob ihr kommt!«

Ich spüre, wie zuckriger Sabber sich in meinem Mundwinkel sammelt. Ich muss wenigstens einen einzigen Satz herausbringen, ohne mich zu versprechen, denke ich und versuche, das Bonbon klein zu beißen, doch es ist so zäh, dass es mir nur an den Zähnen kleben bleibt.

»Aljoscha hat jetzt eine Freundin, ich weiß nicht, ob er kann.« Ich spüre, dass ich husten muss, doch ich weigere mich. Der Husten soll gefälligst warten, hat er denn gar kein Mitleid mit mir?

»Dann soll er sie auch mitbringen! Es wird bestimmt lustig. Es ist mir wichtig, dass meine jüdischen Freunde kommen, weil es ja eine Giur-Party ist!«, sagt sie so laut, dass Golan es trotz der dichten Haarbüschel in seinen Ohren hören kann.

Jetzt gehöre ich also offiziell zu ihren jüdischen Freunden.

»Okay«, bringe ich heraus, huste und schiebe das blöde Bonbon von meiner rechten in meine linke Wange. Ich muss so bescheuert aussehen!

»Schön!«, sagt Rebekka, dreht sich auf dem Absatz um und kehrt in Zeitlupe auf ihren Platz zurück.

Ich bin wie versteinert, ich kann nicht fassen, was gerade passiert ist. Und der Kreisel auf dem Tisch dreht sich, dreht sich, und EIN GROSSES und IST HIER und WUNDER und GESCHEHEN.

»Ich bleibe noch etwas länger«, erkläre ich Mama, als unsere Karawane sich in Richtung Garderobe aufmacht.

»Was heißt das, du bleibst länger?«

»Ich muss noch was mit dem Kantor besprechen.«

»Was gibt es denn zu besprechen?! Ist etwas passiert?«

»Nein, Mama, es ist alles gut. Ich komme bald nach Hause. Versprochen.«

»Du wirst doch nicht etwa religiös!«, ruft Tante Rita aus. »Wie der Sohn meiner Nachbarin, den haben sie auf eine orthodoxe Schule geschickt, weil sie es nicht besser wussten, und jetzt lässt er sich die Pejes wachsen und sie darf an Schabbes den Fernseher nicht mehr anmachen, die Arme.«

»Ich verspreche, ich lasse mir keine Pejes wachsen, Tante Rita!«

»Gut, denn am Samstag läuft jetzt eine Doppelfolge der *Wilden Rose* im Ersten Kanal, das würde deine Baba nicht überleben.«

»Bestimmt läuft auch jetzt gerade eine Folge der *Wilden Rose*!«, sage ich. »Beeilt euch, dass ihr nach Hause kommt, sonst verpasst ihr noch was!«, und ich schiebe sie aus der Tür und lasse sie zufallen und danke Haschem, dass sie zubleibt.

Der Kantor ist nicht mehr im Speisesaal, als ich zurückkomme. Ich finde ihn in seinem Büro am Ende des Flurs. Die Tür ist angelehnt, Golan sitzt schon am Schreibtisch, wühlt in Papieren und wartet in Wirklichkeit nur auf mich.

»Komm, komm rein, mein Junge! Setz dich, hier.«

Ich gehorche.

»Also, sag mir, was ist es, was so dich beschäftigt?«

»Es ist, ich habe nachgedacht und... mir ist aufgefallen, Kantor... all die Jahre, die ich bei Ihnen im Religionsunterricht war, fast sieben Jahre waren das...«

»Und du warst immer sehr gute Schüler, mein Junge.«

»Ja, bestimmt, aber, also mir fiel auf, dass wir niemals über den Tod gesprochen haben oder darüber, was danach passiert.«

Der Kantor sieht mich an, ohne zu blinzeln, es sieht aus, als würden seine Augenbrauen wie ein Dornenbusch in die tiefen Falten um seine Nasenwurzel hineinwachsen.

Ich werde verlegen. Vielleicht hätte ich ihn heute nicht mit so etwas belästigen sollen.

Er scheint nachzudenken. Vielleicht sucht er auch nur nach den richtigen Worten, um sich grammatikalisch so falsch wie möglich auszudrücken.

»Warum glaubst du, das ist so wichtig, mein Junge?«

»Na ja, ich dachte, ich habe mich eben gefragt...«, beginne ich zu stottern. Doch dann wird mir klar, dass ich mich aus irgendeinem Grund ertappt fühle und nach einer Ausrede suche. Doch ich bin kein Schuljunge mehr, ich habe nichts angestellt. Also beschließe ich, so ehrlich zu sein, wie ich kann.

»Sie wissen doch, dass mein Vater gestorben ist, als ich noch klein war. Ich denke oft an ihn. Ich möchte verstehen, was mit ihm geschehen ist.«

»Aber warum du möchtest es wissen?«

»Wie jetzt, warum... wie meinen Sie das?«

»So wie ich sage. Es ist nur eine Frage, mein Junge. Ich versuche zu verstehen, was du denkst.«

»Ich will es wissen, weil, weil... weil ich ihn vermisse und weil ich mich frage, ob er einfach weg ist oder ob er... ich weiß gar nicht, wie ich das formulieren soll...«

»Tu es einfach. Formuliere es...«

»Als ich ein Kind war, habe ich manchmal gedacht, dass ich ihn sehen kann. Ich habe ihn gesehen, verstehen Sie, aber er war schon tot. Vielleicht war ich nur ein bisschen verrückt, Kantor... ich war ja nur ein Kind und habe ihn so sehr vermisst... aber was, wenn er wirklich da war? Glauben Sie das, Kantor? Hätte er da gewesen sein können? Denn wenn ja, dann muss es irgendwo einen Ort geben, von dem er gekommen ist, oder etwa nicht? Das ist meine Frage: Was ist das für ein Ort? Wo ist er? Wie ist es dort?«

»Das sind schon drei Fragen«, lächelt der Kantor. »Vielleicht musst du dir eine davon aussuchen.«

»Aber ...«, setze ich zu meiner Verteidigung an, doch Golan unterbricht mich.

»Es gibt eine Sache, die du musst verstehen, mein Junge. Merk sie dir gut, ich habe das gelernt von unserem Rebbe, als ich ein Kind war: Es gibt auch ein Leben vor dem Tod! Das ist wichtig. Vielleicht das Wichtigste, was ich dir heute kann sagen.«

Ich muss lächeln.

»Ja, sicher. Aber irgendwann ist es eben vorbei. Und ich habe mich gefragt, was danach ist. Es muss doch etwas geben, woran Sie glauben, Kantor?«

»Ich sage dir, was glaube ich: Ich glaube an meinen Gott, ich glaube, dass er möchte, dass wir führen ein gutes Leben, dass wir einhalten seine Mizwot und ihn ehren, und ... und dass wir uns beschäftigen mit dem Leben und nicht mit dem Tod, damit der Tod nicht kommt auf die Idee, sich mit uns zu beschäftigen.«

»Also gut, von mir aus. Was aber ist dann der Sinn des Lebens?«

»Das ist eine schwierige Frage. Vielleicht ist der Sinn des Lebens, nach dem Sinn des Lebens zu fragen?«

»Das tue ich ja.«

»Aber warum tust du es? Das ist vielleicht eine Frage, die noch wichtiger ist als die Frage selbst.«

Ich bin verwirrt. Das ist nicht das Gespräch, das ich erwartet hatte. Ich mache einen neuen Versuch.

»Was ist denn mit Ihnen, Kantor? Warum leben Sie?«

Golan sieht mich wieder an, ohne zu zwinkern, seine Stirn ist ein einziges Runzeln, und ich kann sehen, wie seine Gedanken langsam zur halb offenen Tür schweben, wie sie den Raum verlassen, die Synagoge, das Hanukkahfest, wie sie aus dem Jahrzehnt entschwinden, und Golan, der mir bewegungslos gegenübersitzt, ist plötzlich an einem anderen Ort, und an seinem Blick sehe ich, dass es ein Ort fern von allen Wundern ist.

»Ich lebe, weil ich nicht habe die Wahl.«

Golans Stimme klingt, als würde er nicht zu mir sprechen, sondern zur Ewigkeit. Er sieht mich an mit seinen durchdringenden, klaren dunkelblauen Augen, und seine Hand, die immer ein wenig zittert, erhebt sich vom Tisch und streckt sich nach mir aus, als wollte er mir wieder auf die Schulter klopfen. Doch er klopft mir nicht auf die Schulter, sein Arm bleibt in der Schwebe, während er mit der anderen Hand den weißen Ärmel seines Hemdes ein Stück nach oben zieht.

»Kennst du das hier?«

Ein sibirisches Frösteln überkommt mich. Ich kenne die Tätowierung an seinem Unterarm. Manchmal, wenn er den Arm ausstreckt, um das Weinglas zu nehmen, oder wenn er jemandem die Hand schüttelt, kann man sie sehen. Doch er hat sie noch nie jemandem *gezeigt* oder jemals darüber gesprochen.

»Ich erzähle dir eine Geschichte von diesem Ort, wo das herkommt. Du weißt, ist es ein schlimmer Ort. Niemand möchte da hin, glaub mir, niemand. Ich hatte keine Wahl, ich war dort, und Jakob, mein Bruder, er war auch dort, so war es eben. Es war schrecklich, dieser Ort, immer es war schrecklich, doch am schrecklichsten es war im Winter. Kalt war es und wir hatten nur ein Hemd und keine Schuhe und wir haben geschuftet im Schnee. In der Nacht wir hatten so schrecklich Hunger, wir zitterten und zitterten. Und in einer Nacht, ich dachte, gleich muss ich sterben, gleich sterbe ich, gleich bin ich tot. Und ich sagte: Jakob, komm zu mir. Ich habe Angst. Wir können uns ein bisschen wärmen. Und Jakob stand auf von seinem Bett, es waren so schmale Betten, aber wir waren noch schmaler als die Betten, und er kam und legte sich neben mich, und wir umarmten uns wie die Kinder, und wir zitterten nicht mehr. Wir haben geweint und ich sagte: Ich liebe dich, Jakob, und er sagte: Ich liebe dich. Es ist besser, wir sterben zusammen. Und ich sagte: Ja, es ist besser. Und wir wussten, es ist verboten zu verlassen sein Bett, doch wir wollten einfach nicht alleine sterben, verstehst du. Zum ersten Mal seit Jahren wir schliefen tief ein, so tief, dass man kann etwas träumen, das gut ist. Und am Morgen, als wir noch waren in Traum, kam der Aufseher und er schrie: Aufstehen! Aufstehen! Und er schrie Jakob an: ›Warum bist du nicht in deinem Bett?‹ Und Jakob sagte: Es war so kalt, ich dachte, ich muss sterben. Und der Aufseher sagte: Du musst auch sterben. Und er schleifte Jakob vor die Tür in den Schnee und schoss ihm in seinen Kopf. Mir schoss er nicht in meinen Kopf und wir sind nicht gestorben zusammen, wie wir es wollten. Verstehst du also, wenn ich sage, ich habe keine Wahl? Ich muss leben und ich muss lieben mein Leben und meine Kinder und Enkelkinder und meine Frau, und auch Jakob liebe ich, und all das tue ich für ihn und nicht für mich. Weil ich weiß, dass er kann mich sehen, er ist bei Haschem, bei meiner ersten Frau Ruth, bei meiner Tochter, sie sprechen zu mir und sie fragen: Bist du glücklich? Immer fragen sie das. Und ich kann sie nicht anlügen, kann sie einfach nicht anlügen, also lebe ich so, dass ich glücklich bin, in jedem Augenblick, und ich sage: Ja, ich bin glücklich für uns alle.«

Der Kantor zieht den weißen Ärmel wieder über die Tätowierung und wischt sich damit die Tränen aus den Augenwinkeln.

Ich schlucke einen riesigen Lehmkloß herunter, der Kloß fällt in meinen Magen, ich kneife die Augen zusammen vor Schwere.

»Ich weiß, wie es ist, jemanden zu verlieren«, sage ich sehr leise. »Erst mein Vater, und jetzt ist da noch jemand, der sterben wird, eine Freundin, die mir sehr viel bedeutet. Wie soll man so ein Leben ertragen, Kantor? Warum hat Gott eine Welt voller Tod gemacht? Warum können die Menschen, die wir lieben, nicht einfach für immer bei uns sein?«

Der Kantor aber schüttelt den Kopf, und mein Innerstes zieht sich so fest um den Lehmkloß zusammen, dass es schmerzt.

»Für wen willst du, dass sie leben? Für sich oder für dich? Du bist egoistisch, Rafael. Du musst aufhören, nur an dich zu denken. Jeder hat sein Schicksal, das nur Gott kennt. Woher weißt du, was ist das Beste für die Menschen? Nichts ist nur schwarz oder weiß, nicht einmal der Tod. Es gab eine Zeit, da habe ich ihm gedankt, dass er meine Frau und mein Kind hat zu sich genommen so schnell. Damit sie nicht müssen sehen, was ich habe gesehen. Die Seele aber hört nicht auf zu sein. Das ist, was ich glaube. Es gibt Leute, die sagen: diese Totenwache, das ganze Begräbnis-Hin-und-Her, Shiwa sitzen, Beten, das ist alles für die Hinterbliebenen, damit sie können ein bisschen traurig sein und irgendwann nicht mehr traurig sein. Doch das ist nicht die ganze Wahrheit. Wenn jemand ist gestorben, ist alles, was wir tun, für seine Seele. Die Seele ist noch da, sie ist raus aus dem Körper und weiß nicht, dass sie ist tot. Und sie hat Angst, weil sie nicht versteht, was ist passiert, warum kann ich sehen meinen Körper, der Körper ist tot, aber was mache ich hier? Darum wir lassen den Toten nicht allein bis zur Beerdigung, darum wir verhängen alle Spiegel, damit die Seele nicht hineinschaut und sich erschreckt, weil sie hat kein Spiegelbild mehr. Darum ist es wichtig, dass wir für die Seele beten, damit sie kann gehen zu Gott. Darum muss deine Frage sein: Was kann ich tun für die Seele meines Vaters, für die Seele meines Freundes? Und nicht: Warum können sie nicht einfach leben für mich?«

»Sie glauben also, dass es wirklich passiert sein könnte? Dass ich meinen Vater wirklich gesehen habe, seinen Geist, seine Seele, oder wie Sie es auch nennen, dass ich nicht verrückt bin und dass er irgendwo weiterlebt, dass es ihn noch gibt, auch wenn es ihn nicht mehr gibt...«

Mein Herz rast bei der Vorstellung, all das könnte wirklich geschehen sein, doch der Kantor sieht mich unbeeindruckt an.

»Vielleicht ja, vielleicht nein«, sagt er schulterzuckend. »Ich glaube, was ich glaube. Was du glaubst, musst du entscheiden allein. Ich aber sage dir noch einmal, mein Junge, vergiss nicht: Es gibt ein Leben vor dem Tod! Doch du musst es auch LEBEN, verstehst du. Ihr jungen Menschen, manchmal geht ihr so undankbar mit euerm Leben um, schmeißt das Leben weg wie so ein schmutziges Taschentuch, einfach so, Alkohol, Drogen, es ist eine Schande. Oder ihr lebt nicht, lebt nicht wirklich, habt Angst zu leben. Wovor du hast Angst? Denkst du, ich sehe nicht, wie du ansiehst meine Rebekka? Doch du fürchtest dich: Was, wenn sie sagt Nein? Oder wenn sie sagt Ja? Das ist noch schlimmer...«

Golan lacht, und obwohl ich mich wieder ertappt fühle und spüre, wie ich rot anlaufe, lache ich auch, denn er hat verdammt recht.

»Du bist ein guter Junge, Rafael, aber du hast vergessen, zu werden ein Mann. Der Tod, der Tod, das ist es nicht, wovor du dich wirklich fürchtest. Ich aber frage dich: Was ist es dann?«

»Ich…«

»Du musst jetzt sagen nichts. Denk nach, was ich dir habe gesagt. Das ist genug. Hier, nimm das.«

Golan fischt den Kreisel aus seiner Hosentasche und gibt ihn mir.

»Sieh ihn dir an. Verstehst du? Alles ist möglich! Alles!«

Ich nehme den Kreisel in die Hand und betrachte den hebräischen Buchstaben, der für das Wunder steht.

Ich setze den Kreisel auf und drehe ihn, alles fühlt sich schwer an, meine Beine, mein Kopf, mein Atem. Als würde ich plötzlich mit allen Sinnen ein Gewicht wahrnehmen, das mich nach unten drückt, ein riesiges Gewicht, das in Wirklichkeit immer schon da war. Ich muss an etwas denken, was Charlotte einmal gesagt hat: Wunder sind möglich, wenn wir die Schwerkraft des Geistes überwinden.

Und plötzlich verstehe ich.

Was uns fehlt, wiegt am schwersten. Und das größte Geschenk ist, dass wir es nicht ignorieren können. Denn wir können nur das überwinden, wovor wir nicht die Augen verschließen. Jenseits dieser Dinge aber verbirgt sich das Glück, nach dem wir so verzweifelt suchen.

Der Kreisel dreht sich und dreht sich, und ich möchte wirklich daran glauben. An das Wunder, dass ich aufhöre, um Vater zu trauern. Oder an das Wunder, dass ich endlich damit beginne.

16

Entenbauchweh

Ich stehe vor der Tür mit der Nummer 8, meine Faust macht sich selbstständig und klopft in ihrer Ungeduld viel zu laut, und meine Stimme ruft viel zu laut: »Ich bin's, Rafael.« Aus dem Zimmer dringt ein »Komm rein!«

Charlotte war nicht beim Mittagessen, und Tina sagte mir mit besorgter Miene, dass sie schon seit ein paar Tagen nicht mehr kommt, eigentlich seit Annegret vorige Woche verstorben ist.

»Viel isst sie nicht, da kann ich mir noch so viel Mühe geben.«

Ich drücke die Türklinke herunter. Mir ist ganz mulmig. Was, wenn die Charlotte, die ich antreffe, nicht dieselbe ist, die ich vor zwei Wochen verließ?

»Hallo, mein Lieber!«

Charlotte liegt im Bett und hat das Übungsheft Dänisch aufgeschlagen. Sie ist noch schmaler geworden, trotz ihres dicken Wollpullis ist unter der Bettdecke kaum eine Wölbung zu erkennen. Sie lächelt mich an, doch ihre Augenbrauen und Nasenflügel folgen dem Lächeln nur mit Mühe.

»Schön, dass du da bist!«

»Es tut mir leid wegen letzter Woche. Ich wollte wirklich kommen, aber es ging nicht. Meine Tante, du weißt ja.

Wie geht es dir? Du siehst so … dünn aus. Tina sagt, du isst nichts.«

»Diese Verräterin!«, lächelt Charlotte. »Ich habe gerade einfach keinen großen Appetit. Morgen wird es bestimmt besser.« Ich lasse mich in den Sessel neben dem Bett fallen.

»Lernst du fleißig?«

»Ich gebe mir Mühe, aber ich kann mir die Vokabeln nicht so gut merken. Sie machen sich selbstständig, und dann bedeuten sie für mich plötzlich etwas ganz anderes, als sie sollen. Aber was soll's, dann lese ich eben jetzt nur noch zum Spaß und denke mir was aus, etwas, das schön klingt. Manchmal müssen die Dinge nicht richtig sein, wenn sie schön sind.«

»Ja«, sage ich. »Stimmt.« Und ich muss an Rebekka denken, die schöne Rebekka, die so weit weg war und plötzlich nähergerückt ist und die sich deswegen trotzdem nicht richtiger anfühlt als vorher.

»Möchtest du einen Tee?«, fragt mich Charlotte.

»Nur wenn du auch einen trinkst.«

Sie streckt die Hand nach dem Teekocher aus, und mir fällt auf, dass ihre Hand zittert, so stark, als würde Charlotte am ganzen Körper frieren. Doch sie friert nicht wirklich.

»Ich mach das schon! Bleib nur liegen.« Ich schalte den Kocher an, hole zwei Schalen aus der Kommode und lege die Teebeutel hinein. Charlotte beobachtet mich, ihre weißen Hände mit den blauen Äderchen liegen auf der Bettdecke wie zwei Vögel, die sich nach einem langen, kräftezehrenden Flug auf weichem Sand ausruhen.

»Das mit Annegret, das tut mir leid!«, bringe ich heraus. Ich merke, wie schwer es mir fällt, über den Tod, den echten Tod, zu sprechen.

»Wieso?«

Ich schaue sie an und verstehe nicht.

»Wie, wieso?«

»Wieso tut es dir leid? Es ist ja nicht deine Schuld, dass sie gestorben ist.«

»Aber ... ich meine ... du weißt, was ich meine ...!«

»Natürlich«, lächelt Charlotte.

Es war nur ein Scherz von ihr. Doch wie sagt Aljoscha immer: in jedem Scherz ist ein Fünkchen Scherz, und der Rest ist Wahrheit.

»Es ist schon gut ...«, sagt Charlotte beschwichtigend, als täte es ihr plötzlich leid, dass sie mich mal wieder überfordert hat. »Wir haben viel Zeit miteinander verbracht. Wir haben *Für Elise* gehört, in Dauerschleife, so oft, dass ich es noch immer im Ohr habe. Und dann bin ich einmal ganz kurz raus, um frisches Wasser zu holen, und als ich wiederkam, stand eine Krankenschwester an ihrem Bett, doch sie war schon nicht mehr da. Sie hat nach ihrer Mutter gerufen, bevor sie ging, sie hat mit ihr gesprochen, als sei sie im Zimmer, das weiß ich von der Schwester. Ich glaube nicht, dass sie traurig war.«

Der Wasserkocher beginnt zu brummen. Ich starre auf Charlottes Hände. Es ist, als hörte ich das Blut leise durch ihre Adern rauschen, es lauter und lauter werden, wie der Wind, der aus einer Seitengasse heranschleicht und sich plötzlich, ohne Vorwarnung, in einen Sturm verwandelt. Ohrenbetäubender Lärm. Ihre lebendigen Hände trotzen dem Schicksal, das Wasser kocht auf wie das Leben selbst, erreicht den Siedepunkt, unabwendbar, nur ein Klick, und alles verlischt langsam ins Geräuschlose.

Es klopft. Im Türspalt erscheint Schwester Margots weiße Haube.

»Du bist da, Charlotte? Gut! Der Doktor ist noch oben, aber er kommt gleich!«

»Ich danke dir!«, nickt Charlotte.

Nadeln in meiner Brust. Ich springe aus dem Sessel auf, ich weiß nicht, warum.

»Was ist denn? Wieso muss der Arzt kommen?«

»Ach, da hat man einmal keinen Appetit, schon lassen sie alle Alarmglocken läuten.«

»Das ist nicht witzig, Charlotte!«

Ich kann es kaum fassen, dass ich so mit ihr rede. Sie wirft mir einen kritischen Blick zu, der ihr nicht sehr gut gelingt.

»Gieß uns doch erst mal Tee ein und erzähl mir, wie es dir geht. Erzähl mir von deiner Tante …?«

»Mir? Wie soll es mir schon gehen? Es geht mir prima, ja, wirklich, ich bin bis obenhin voll mit Matzeknödeln, meine Tante belagert mein Zimmer, und es gibt ständig Zoff, weil sie will, dass ich meine Magazine wegschmeiße, nein, nicht *solche* Magazine, die Magazine über Tschernobyl, die ich gesammelt habe, um zu verstehen, warum mein Vater gestorben ist. Und ich sage ihr, ich mache es schon, Tante, und Mama schreit: ›Lass den Jungen in Ruhe, es sind seine Sachen‹, und Rita schreit: ›Das ist doch nicht normal‹, und Baba Soja schreit: ›Rita, misch dich nicht ein!‹ So ist das bei mir zu Hause, ein einziges Irrenhaus. Und dann gehe ich zum Kantor und will etwas über das Jenseits wissen, doch der Kantor will gar nicht darüber sprechen, er sagt immer nur: das Leben, das Leben, es gibt auch ein Leben vor dem Tod. Und ich werde die ganze Zeit nicht schlau daraus, bis ich plötzlich doch schlau daraus werde, und ich weiß jetzt, dass Vater, sein Geist, meine Dämonen, all das nur eine Ausrede ist, um mich vor dem Leben zu drücken. Und dann sagt der Kantor doch noch was, dass es bei mir klingelt wie eine verdammte Alarmanlage, dass wir eine Seele haben, dass sie alles sieht, wenn der Körper tot ist, so wie du alles gesehen hast, und langsam fange ich an, euch das zu glauben, weil ich zum ersten Mal nicht mit meinem Kopf denke, sondern mit diesem verdammten Matzeknödel in meiner Brust, es ist, als hätte jemand kochendes Wasser darübergegossen, und du weißt genau, wer es war. Und ja, was am meisten wehtut, macht uns zu einem besseren Menschen, ich kann es wirklich kaum erwarten, ein besserer Mensch zu werden, nur dass du dann nicht mehr da sein wirst, um diesen Menschen kennenzulernen. Ach, und dann ist da noch das große Wunder, das Rebekka-Wunder. Rebekka, die mich nie beachtete, hat mich doch beachtet. Und wow, ich bin zu ihrer tollen Silvester-Giur-Party eingeladen, und jeder normale Typ würde sich freuen, aber was mache ich? Ich stelle mir vor, ich gehe auf diese Party, und ich schaffe es, irgendwie mit Rebekka zu sprechen, und ich schaffe es sogar, mit ihr zu tanzen und meinen Arm um ihre Hüfte zu legen, und das neue Jahr bricht an, und alle zählen drei, zwei, eins, und gleich küsst sie mich, gleich, doch in dem Moment bricht alles zusammen, die Welt geht unter, einfach so, Erdbeben, Feuer überall, und alle Partygäste sterben in den Flammen, alle außer mir, ich bin der Einzige, der übrig bleibt, allein, und ich verfluche die Götter, so endet es immer, verstehst du, doch diesmal ist es noch schlimmer, denn es ist mir egal, dass die Welt untergeht, es ist mir egal, dass Rebekka stirbt, weil sie gar nicht wirklich stirbt. Du aber schon.«

Charlotte sieht mich an. Schweigen. Ich sinke in den Sessel zurück. Ich weiß nicht, ob ich geflüstert oder geschrien habe. Tränen schießen mir in die Augen.

»Entschuldige, ich wollte nicht...«

»Du bist wütend. Das ist okay.«

»Ja, du hast recht, ich bin wütend. Ich platze vor Wut. Ich verstehe nur nicht, warum du es nicht bist. Du bist immer so... übermenschlich.«

»Wirke ich so auf dich?«, fragt Charlotte, und zum ersten Mal ist es so, als würde zwischen ihren Worten eine Traurigkeit aufflackern. »Denn es stimmt nicht. Ich war auch wütend, ich musste eine Arbeit aufgeben, die ich sehr geliebt habe, gute Freunde haben nicht mehr angerufen, aus Angst vor fehlenden Worten. Ich habe geweint, weil es so ungerecht war, meinem Leben gegenüber, dem Leben meiner Familie gegenüber, all denen gegenüber, für die ich nicht mehr da sein kann. Doch man kann nicht immer nur weinen, Rafael. Das Selbstmitleid hätte mir Schlimmeres angetan als die Krankheit. Also musste ich damit aufhören. Denk nicht, ich sei nicht traurig gewesen. Das war ich. Doch ich habe die Entscheidung getroffen, die Dinge so zu nehmen, wie sie sind. Und ich habe verstanden, dass ich nicht ohne Grund sterbe. Wenn ich gehen muss, dann nur, weil alle Punkte auf meiner Liste abgehakt sind.«

»Welche Liste? Wovon redest du?«

»Kennst du diese Listen, auf die man all die Dinge schreibt, die man gern tun würde? Alle Aufgaben, die man zu erledigen hat, all die schönen Dinge, die man erleben will, alle Ängste, die man überwinden möchte. Ich glaube, wir alle machen so eine Liste, wenn wir geboren werden. Und wenn wir mit der Liste fertig sind, müssen wir eben wieder gehen.«

„Eine Liste mit Missionen sozusagen...«

»Ja, wenn du so willst«, lächelt Charlotte.

»Und du hast sie alle abgehakt...«

»Na, zumindest... fast alle«, lächelt Charlotte, und dann

nimmt sie meine Hand und zieht sie zu sich. Und überall ist Sturm, doch unsere Hände ruhen wie Vögel, meine Finger lösen sich auf in ihren Fingern, und ich weiß, dass sie mich meint. Wir schauen einander an, und die Zeit wird zu einer Schildkröte aus Stein, wir können sie nehmen und bewundern oder sie weglegen und sie vergessen, wir können ihr mit den Fingerkuppen über den Panzer streichen und die Welten erfühlen, die auf ihm wachsen, unsere inneren Welten.

Es klopft. Bevor Charlotte »Herein« sagen kann, geht die Tür auf, und ein großer Mann mit weißem Kittel betritt das Zimmer.

»Verzeihung, ich wollte nicht stören.«

»Nein, nein, wir haben auf Sie gewartet.«

»Soll ich draußen warten?«, frage ich Charlotte.

»Wie du möchtest.«

»Ich möchte hierbleiben«, sage ich und drücke ihre Hand.

Der Arzt stellt Charlotte Fragen, wie es ihr geht, ob sie Schmerzen hat, ob sie isst.

»Ich habe versprochen, einen Tee zu trinken«, zwinkert sie mir zu.

»Sie sollten etwas essen. Ein Stück Brot, einen Zwieback. Damit Sie bei Kräften bleiben.«

Dann misst der Arzt Charlottes Blutdruck und kontrolliert ihr Krankenblatt.

»Vielleicht ist es an der Zeit für ein Schmerzmittel.«

»Ich gebe Bescheid, wenn es gar nicht mehr geht.«

»Lassen Sie mich mal die Narbe sehen.«

Charlotte legt sich auf die Seite, der Arzt zieht vorsichtig ihren Pullover nach oben. Ich kann nicht anders, als hinzusehen. Auf Höhe ihrer Taille leuchtet eine rosarote Narbe, ein umgekippter, pochender Halbmond.

»Tut das weh?«

»Es geht schon«, sagt Charlotte, doch sie verzieht schmerzvoll das Gesicht.

»Quälen Sie sich nicht, das hat doch keinen Sinn«, seufzt der Arzt. »Also gut. Ich komme morgen wieder, und Sie sagen mir, ob Sie eine Spritze wollen. Und essen Sie was, sonst müssen wir dieses furchtbare Ding mit den Schläuchen holen, und das steht Ihnen sicher nicht besonders gut.«

»Ja, Sie haben recht, es würde so gar nicht zu meinen Haaren passen!«

Der Arzt tätschelt Charlottes Schulter, schüttelt mir die Hand und geht.

Ich gieße Wasser über die Teebeutel, dann sprinte ich durch die Flure zu Tina und hole Zwieback, und ich nehme meinen Blick nicht von Charlotte, bis sie den Zwieback wirklich aufgegessen hat.

»Bist du jetzt zufrieden? Können wir jetzt endlich nach draußen?«

»Ist es nicht besser, du bleibst im Bett? Ich mache uns noch einen Tee und…«

»Lass uns rausgehen. Wir müssen doch nachsehen, ob die Enten noch da sind. Außerdem habe ich mich so sehr auf den Spaziergang mit dir gefreut. Wir müssen ja nicht weit laufen. Nur ein kleines Stück.«

Sie richtet sich auf, und ich bringe ihr ihren Mantel. Ich hole die alten Turnschuhe aus dem Schrank und helfe ihr, sie anzuziehen. Sie baumelt mit den Füßen wie ein Kind, und ich möchte sie so sehr vor allem Leid der Welt beschützen, dass es wehtut.

»Vielleicht hole ich dir einen Rollstuhl?«, schlage ich vor, doch sie schüttelt den Kopf.

Es dauert eine gute Viertelstunde, bis wir am Teich sind. Immer wieder muss Charlotte stehen bleiben, durchatmen, Kraft sammeln.

Wir setzen uns auf eine Bank, damit sie sich ein wenig ausruhen kann. Auf dem Wasser hat sich eine dünne Eisschicht gebildet und hält die Zeit an, Äste, Plastiktüten, tote Blätter liegen wie verzaubert unter der schimmernden Oberfläche.

»Jetzt sind sie sicher zum Wildbach geflogen oder noch weiter«, meint Charlotte, schiebt die Hände tief in die Manteltaschen, wo sie immer ein paar Scheiben altes Brot für die Enten aufbewahrt, und lässt den Blick über das glitzernde Eis schweifen.

Ich schließe die Augen und stelle mir eine Welt vor, in der Charlotte nicht krank ist und keine einzige Narbe am Körper hat außer der kleinen, fast unsichtbaren Narbe unter dem linken Auge. Eine Welt, in der sie ein paar Jahre später geboren wurde und ich ein paar Jahre früher und in der wir uns irgendwo zufällig treffen, an einem Teich, ja, am Teich, beim Entenfüttern an einem strahlenden Herbsttag. Wir werfen Brotkrümel ins Wasser und lieben einander und hören niemals, niemals damit auf. Es ist eine Welt, in der es keinen Tod gibt oder zumindest keinen, der uns jederzeit aus einem Hinterhalt anspringen kann wie ein tollwütiger Kampfhund, eine Welt ohne tödliche Bisswunden und ohne diese lähmende Angst.

Als ich die Augen wieder öffne, sieht Charlotte nicht mehr das Eis an, sondern mich. »Was träumst du?«, fragt sie.

Zum ersten Mal im Leben habe ich das Gefühl, dass ich nichts zu verlieren habe, also sage ich es ihr, sage ihr alles. Sie hört mir zu und nickt, und dann, plötzlich, fängt sie an zu lachen, sie lacht ihr herzzerreißendes Lachen, als hätte ich einen großartigen Witz gemacht, und ich verstehe nicht, was so lustig ist.

»Die Enten…«, prustet sie. »Die armen Enten…«

»Was ist mit den Enten?«

»Na stell dir doch mal vor, wie wir bis in alle Ewigkeit am Teich stehen und die Enten mit unseren jahrtausendealten Krümeln füttern. Sie werden es so satthaben, unser Brot, und was für Bauchweh sie am Ende davon bekommen, die armen Dinger! Die kleinen, aufgeblähten Entenbäuche von immer denselben Krümeln aus immer derselben Hand!«

Ich wäre so gern böse auf sie, weil sie mich nicht ernst nimmt. Doch in dem Moment, in dem ich mich zutiefst beleidigt fühlen möchte, flattert eine Ente durch meinen Kopf, sie sieht mich an aus traurigen Augen, ihr leidvoller Blick zeugt von furchtbarem Entenbauchweh.

Eine Welt, in der Enten Bauchweh haben, kann keine perfekte Welt sein, denke ich, und ich kann nicht anders, als auch laut loszulachen. Und mittendrin verstehe ich, was sie mir sagen will: dass das Glück der Enten und auch unser Glück nicht im Stillstand liegen kann. Und beide lachen wir, bis uns alles wehtut, bis jeder Muskel und jedes Organ, das am Lachen beteiligt ist, kurz davor ist, zu reißen oder zu platzen.

»Rafik, sieh mal! Da!«, ruft Charlotte plötzlich.

Ich schaue auf, blinzle und sehe sie deutlich. Sie läuft über das Eis, flattert, setzt sich auf einen Baumstamm, der aus dem Eis herausragt, plustert ihre Federn auf und schaut unverblümt zu uns herüber.

Eine Ente.

Ich kann es kaum fassen.

»Sie ist nur für uns hergekommen!«, ruft Charlotte begeistert.

Ich springe auf und stürze zum Geländer.
»Was machst du da?«
»Ich hole sie!«
„Warte, das Eis ist dünn!«
»Ich hole sie, damit du sie füttern kannst!«
»Du spinnst!«
»Ja!«, rufe ich aus voller Kehle, nehme Schwung und steige über das Geländer. Die Sohlen meiner Turnschuhe berühren das Eis, es knistert unter meinen Füßen, ich hebe die Beine nicht an, ich gleite wie auf Schlittschuhen, langsam, langsam, dem Ast mit der Ente entgegen.
»Put, put, put.«
Charlottes Lachen klingt von der Parkbank zu mir herüber.
Ich bücke mich ein wenig und schleiche mich an wie ein Fuchs oder eine Wildkatze. Die Ente sitzt auf ihrem Ast, unbeeindruckt.
Noch ein paar Meter. Unter meinen Füßen Geäst, ein Plastikbecher, schwarzgraues Wasser, das bodenlose Rätsel unserer Existenz.
»Put, put, put.«
Noch vier, drei, zwei Schritte, gleich hab ich sie…
Die Ente sieht mich an, misstrauisch, beleidigt, als wollte sie sagen: Ich bin doch kein Hühnchen, Rafik!
»Verzeih mir!«, flüstere ich. »Ich habe es nicht so gemeint. Ich weiß, du bist extra für uns hergekommen. Komm mit mir, ich tue dir nichts!«, und ich strecke den Arm nach ihr aus, gleich wird sie sich auf meine Hand setzen wie ein dressierter Falke oder ein Papagei.
Doch sie zuckt nur mit den Schultern, breitet die Flügel aus und flattert davon.
Ich sehe ihr nach im Wissen, dass auch Charlotte ihr nach-

sieht, und ich spüre, wie mein Herz sich mit heißem Wasser füllt, der Matzeknödel saugt sich voll, geht auf, und eine seltsame Art von Glück überkommt mich, ich schreie es heraus, rufe es der Ente nach: »Danke! Ich danke dir!«, und das Eis ist nicht zu dünn, es trägt mich sicher bis zum Ufer, bis zu Charlotte.

»Ich dachte, ich könnte... doch sie ist weggeflogen... einfach so...«

»Ich weiß...«, sagt Charlotte, ohne den Blick vom Himmel abzuwenden. »Lass uns wieder reingehen.«

Ich helfe ihr von der Bank auf und stütze sie, doch plötzlich verzieht sie schmerzvoll das Gesicht, ihr Oberkörper sackt nach vorne, sie fasst sich an die Seite, an der der rosarote Halbmond leuchtet, ich halte sie, so gut ich kann, lasse sie vorsichtig auf die Bank zurücksinken.

»Was ist, was hast du?«

»Hab wohl zu viel gelacht. Warten wir kurz, es wird gleich gehen.«

Wir warten, aber es geht nicht. Sobald sie aufsteht, überkommt sie der stechende Schmerz.

»Vielleicht solltest du doch einen Rollstuhl holen.«

»Warte, ich hab eine bessere Idee. Halt dich an meinem Hals fest. So.«

Ich lege meinen rechten Arm um ihren Oberkörper, greife mit dem linken unter ihre Knie und hebe sie hoch. Sie wiegt kaum etwas, ihre Füße in den abgewetzten Turnschuhen baumeln hilflos in der Luft.

»Bist du sicher, dass du es schaffst?«

»Ja, es geht schon!«

»Siehst du, jetzt hat sich meine Diät doch ausgezahlt!«

»Du bist unmöglich!«

»Hoffentlich bin ich das!«, sagt sie und lässt den Kopf etwas tiefer sinken, sodass ihre roten Haare meinen Nacken berühren. Mir wird klar, dass ich ihr noch nie so nah war. Auch, dass ich keinem anderen Menschen jemals so nah war wie ihr.

Ich trage sie durch den Park, und sie ist überhaupt nicht schwer, ganz im Gegenteil, sie ist ganz schwerelos, und ich weiß, dass ich es schaffen kann bis zum Haus, bis zu ihrem Zimmer, ihrem Bett, mit jedem Schritt spüre ich immer mehr, dass ich alles schaffen kann dank ihr.

17

Die vergessene Tür

Ich liege im Dunkel unseres Wohnzimmers und tippe an einer SMS an Aljoscha herum. Doch 160 Zeichen sind einfach nicht genug, um ihm zu erzählen, wie ich wider alle Wahrscheinlichkeit zu Rebekkas Party eingeladen worden bin, dass ich da auf keinen Fall allein aufkreuzen will und dass ich hoffe, nein, dass ich von ihm als meinem besten und einzigen Freund erwarte, er möge seinen Hintern endlich mal hierher bewegen und mir verdammt noch mal zur Seite stehen, wenn mit dem ohrenbetäubenden Knall eines riesigen Feuerwerks das neue Zeitalter anbricht oder die alte Welt leise implodiert und sich selbst zerstört. Denn es kommt nicht infrage, dass ich die Party des Jahrtausends alleine feiere oder alleine mit der Welt zugrunde gehe.

Ich möchte alles ausdrücken, meine Gefühle von Bruderschaft, Freundschaft, Zusammengehörigkeit, und weiß nicht, wie die paar Worte jemals genügen sollen.

Erde an Aljoscha, wie geht's Bruder? Was ist der Plan für Silvester? Bei Rebekka-Rachel steigt ne Party. Wir sind eingeladen! In echt!!! Sag Ja.

Ich drücke auf Senden und schiebe das Handy unter mein Kopfkissen. Es ist Viertel nach elf, ich muss endlich schlafen. Morgen um sieben werden sie mich wecken, sie werden mich zwingen, eine halbe Tonne Pfannkuchen zum Frühstück zu verdrücken, und im Anschluss werden sie mich in irgendein malerisches Dörfchen an der belgischen Grenze schleppen, *weil deine Tante auch mal was sehen möchte von der Welt.* Die ganze Fahrt über werden sie mir sagen, ich soll aufpassen und den Blinker setzen und den Fuß vom Gas nehmen, und dann werden sie mich durch irgendwelche Gassen zerren und sich über das Wetter beschweren und den Wirt in der Gaststätte einen Dieb nennen, weil Bratkartoffeln mit Speck niemals 14,50 DM kosten können.

Ich schließe die Augen und drücke mein Gesicht ins Kopfkissen, und das Kissen vibriert nicht, vibriert nicht, vibriert nicht …

Ich werde geweckt von einem Flüstern.

»Nicht so laut, Rafik schläft noch, reich mir mal das Mehl. In dem Schrank rechts. Siehst du es? Ja, genau da!«

Es versteht sich von selbst, dass in unserem Haus in einer Lautstärke geflüstert wird, in der andere Leute Opernarien singen.

»Schon gut, bin schon wach«, brumme ich.

»Umso besser, wir wollen nämlich gleich nach dem Frühstück los. Baba Soja ist noch im Bad, wenn du pinkeln musst, denk an den Schatz!«, ruft Mama.

Das hat sie immer gesagt, als ich klein war und an der Supermarktkasse oder in der Straßenbahn plötzlich aufs Klo musste. *Stell dir vor, du hast einen Schatz in der Hose, den du auf keinen Fall loslassen willst. Denn wenn du ihn loslässt, nehmen sie ihn dir weg. Halt ihn gut fest, mit aller Kraft, bis wir zu Hause sind.*

»Ich bin keine fünf mehr!«, entgegne ich beleidigt.

»Ja, er ist keine fünf mehr, er ist ein erwachsener Mann,

Klara!«, stimmt Tante Rita mir zu. Ich bin erstaunt. So viel Zuspruch erfahre ich in den eigenen vier Wänden nur selten.
Ich ziehe das Handy unter dem Kopfkissen hervor.
Aljoscha schrieb um 2:44 Uhr:
Bruder, mach dir nicht ins Hemd. Komme Heiligabend mit Julia. Big Party bei Thomas (Mathe-LK), können R-R vorschieben. Over and out.

Ich kaue meine Pfannkuchen mit einem Grinsen, das aus dem Hinterhalt kommt und meine Mundwinkel überfällt wie Piraten ein ahnungsloses Frachtschiff. Aljoscha wird kommen! Wir werden gemeinsam auf Rebekkas Party gehen! Wenn es gut läuft, so richtig gut, werde ich ihn überreden zu bleiben. Wenn nicht, ziehen wir weiter, wir sind jung und wild und ungebunden, wenn man Dschülie mal außen vor lässt. Und wenn die Welt doch untergeht, dann sterben wir nicht jeder für sich, dann gehen wir gemeinsam unter in Schall und Rauch, und es wird ein glorreicher Untergang. Angesichts dessen lässt sich der heutige Tag auch besser ertragen, denke ich, und spüle den Pfannkuchen mit einem großen Schluck Buttermilch herunter.

»Was bist du denn heute so gut gelaunt?«, fragt Mama und schaut vom Beifahrersitz besorgt zu mir herüber.
»Wieso, darf ich denn nicht auch mal gut gelaunt sein?«
»Natürlich darfst du. Aber irgendwas ist doch im Busch!«
»Es ist nichts!«, grinse ich.
»Doch, das sehe ich doch!«
»Mama…«
»Lass den Jungen, er ist in einem Alter, in dem man auch mal ein Geheimnis haben muss«, tönt es vom Rücksitz.

»In unserer Familie gibt es keine Geheimnisse!«, verkündet Mama.

»Was du nicht sagst!«, murmelt Tante Rita.

»Schluss jetzt!«, brummt Baba Soja.

»Also gut, wenn du's nicht sagen willst, dann sag es eben nicht«, schnauft Mama beleidigt.

»Ach, es ist nichts, es ist nur, Aljoscha kommt bald, und wir feiern zusammen Silvester, hier bei uns.«

»Wieso, wolltet ihr denn woanders feiern? In Frankfurt etwa?«, empört sich Mama.

»Nein, wollten wir nicht… Ich sage dir doch, wir feiern hier.«

»Und wo genau?«

»Wir sind zu einer Feier eingeladen«, sage ich. Dass es eigentlich zwei sind, behalte ich lieber für mich.

»Du kommst aber nicht allzu spät nach Hause.«

»Mama, es ist Silvester! Das neue Jahrtausend!«

»Na und, soll ich mir im neuen Jahrtausend etwa keine Sorgen um dich machen?«

»Jetzt weiß ich wieder, warum ich lieber nichts gesagt hätte…«

»Wieso, ich meine doch nur…«

»Und am Ende verdirbst du mir die gute Laune.«

»Behalt doch deine Laune, ich brauch sie nicht. Nichts darf man mehr sagen zu dir, gleich bist du beleidigt. Kommst ganz nach deiner Großmutter.«

»Ich kann dich hören, Klara!«, brummt Baba Soja vom Rücksitz.

»Und Aljoscha wohnt jetzt also in Frankfurt?«, fragt Tante Rita.

»Uhum.«

»Wie weit ist das denn?«

»Etwa zwei Stunden Autofahrt.«

»Es sind drei, mindestens«, korrigiert mich Mama ungefragt.

»Was studiert er denn?«, will Tante Rita wissen.

»Dasselbe wie ich.«

»Ach. Wieso seid ihr denn nicht zusammengeblieben?«

»Ja, das frage ich mich auch.«

»Was soll Rafik denn in Frankfurt, da kennt er doch niemanden.«

»Ich kenne Aljoscha.«

»Aber es ist so weit weg, und da dachten wir...«

»Ja, genau, IHR dachtet...«

»Wie lange soll das denn noch gehen?«, empört sich plötzlich Tante Rita. »Ihr müsst den Jungen auch mal in Ruhe lassen. Meine Sinotschka ist schon mit siebzehn ausgezogen, gleich nach der Hochzeit, und ich habe es ihr auch nicht nachgetragen. Ein junger Mensch muss eben tun, was er tun muss.«

»Weißt du nicht mehr, wie du geweint hast, als deine Sinotschka damals den Arik angeschleppt hat und gesagt hat: Ich heirate, Punkt. Und das noch vor dem Institut. Rotz und Wasser hast du geheult!«

»Ach, geheult, geheult, ist doch alles gut geworden, sie hat eben ihren Kopf, den hatte sie schon als Kind. Da muss Rafik sich mal eine Scheibe von abschneiden.«

»Jetzt lass endlich Rafik in Ruhe, es geht ihm doch prima mit uns. Er hat doch alles.«

»So ein junger Mensch muss auf eigenen Beinen stehen.«

»Aber er steht doch auf eigenen Beinen, oder sind das etwa fremde Beine?!«, faucht Mama und kneift mir in den Oberschenkel.

»Mama, ich fahre!«, schreie ich auf.

»Jetzt ist Schluss, Rita, siehst du, was du tust, fast hätten wir einen Unfall gebaut!«

»Ich lasse mir doch von dir nicht den Mund verbieten«, zetert Rita zurück. »Es ist noch gar nicht so lange her, da hab ich dir den Hintern abgewischt.«

»Hintern, was hat mein Hintern jetzt damit zu tun...«, regt Mama sich auf.

Mitten im Gezeter ertönt plötzlich Baba Sojas tiefes Schnarchen. Die Alten sind wie die Babys, sagt sie immer und stellt es gern unter Beweis, indem sie ungeachtet der Geräuschkulisse sofort einschläft, sobald man mit ihr auf die Autobahn rausfährt.

Ich kralle mich am Lenkrad fest und muss mir eingestehen, dass ich falschlag. Der Tag wird in jedem Fall unerträglich.

* * *

Unerträglich. Dieses Wort ist bestenfalls ein Euphemismus für das, was ich in den letzten Tagen mitmachen musste. Denn ich bin wohl der einzige Einundzwanzigjährige auf der Welt, der seine Ferien vorwiegend in orthopädischen Schuhgeschäften und neben einem Übergrößenständer in der Unterwäscheabteilung von Kaufhof zubringt. Zum Glück ist endlich Mittwoch, und ich kann die Lerngruppe vorschieben und mich aus dem Staub machen.

»Ihr trefft euch auch in den Ferien?«

»Der Stoff ist schwer und die Klausur schon Mitte Januar«, lüge ich. Mittlerweile bin ich ziemlich gut darin geworden. Ich werde nicht einmal mehr rot, und ich muss auch nicht mehr wegsehen oder mir schnell etwas Essbares in den Mund schieben, damit ich etwas habe, das ich mit der Scham zerkauen und herunterschlucken kann. Ich sage es einfach so heraus und fühle mich noch nicht mal schlecht dabei, denn ich bin mittlerweile zu hundert Prozent davon überzeugt, dass der Zweck die Mittel heiligt. Außerdem ist heute ein besonderer Tag. Heute lerne ich Charlottes Eltern kennen. In meiner Birkenstockverzweiflung hatte ich ihr schon am Montag geschrieben, um zu fragen, wie es ihr geht. Sie antwortete, sie würde viel schlafen, und dass ihre Eltern auf dem Weg zu ihr seien, um Weihnachten mit ihr zu feiern. Sie schrieb nicht »ein letztes Mal«, denn es wäre nicht ihre Art, und in der SMS wäre sowieso kein Platz dafür gewesen. Ich fragte, ob ich sie trotzdem besuchen könne, und sie sagte, dass sie es wunderbar fände, wenn ich ihre Eltern kennenlernen würde. »Sie sind dir sehr dankbar, dass du dich um mich kümmerst«, schrieb sie.

Sie hat ihren Eltern von mir erzählt!

»Es kann sein, dass es etwas länger dauert. Es ist wirklich schwerer Stoff«, rufe ich und ziehe die Tür schnell hinter mir zu, damit Mama bloß nicht auf die Idee kommt, noch mehr Fragen zu stellen.

Im Bus suche ich mir einen Fensterplatz und schaue hinaus und merke, dass ich nervös bin. Ich muss an den Tag denken, an dem ich zum ersten Mal ins Hospiz fuhr, das ist noch gar nicht so lange her, ein paar Wochen nur. Was wollte ich eigentlich? Antworten auf Fragen, die ich nicht zu stellen wagte... Dass sich in mir drin ein Schalter umlegt, den es vielleicht gar nicht gibt... Dass etwas heilt, etwas zusammenwächst, was gar keine Wunde ist, sondern die Öffnung, durch die das Licht in mich ein- oder aus mir herausdringt...

Und ich fand... Charlotte. Nicht nur die Dinge, die Charlotte sagt. Nicht nur die verrückten Sachen, die sie macht.

Nicht nur ihr Lachen, das zu meinem Lachen geworden ist. Ich fand die ganze Charlotte. Und die Erkenntnis, dass Ganzheit etwas ist, das einem nicht genommen werden kann, auch nicht, wenn einem ein geliebter Mensch oder ein Organ oder eine Zukunftsvision genommen wird.

Und plötzlich habe ich das starke Bedürfnis zu beten, zu einem Gott zu beten, dessen Namen auszusprechen ich mich nicht fürchten muss, weil er keinen Namen braucht, ein namenloser Gott, der jede Form annehmen kann, weil er schon in allem ist, was eine Form besitzt.

Beflügelt von diesem Gefühl schlendere ich durch den Park, mir ist nach Springen zumute, nach Singen und sogar ein wenig nach Tanzen, wie in einem Musikfilm aus den Fünfzigerjahren. Auf der Treppe nehme ich gleich zwei Stufen auf einmal und schlendere den Flur entlang zur Küche. Ich habe es mir zur Gewohnheit gemacht, nicht die Hintertür zu nehmen, sondern durch den Speisesaal zu gehen, immer in der Hoffnung, Charlotte könnte dort sein. Ich tue es wieder, obwohl ich weiß, dass sie wahrscheinlich nicht mehr zum Essen herkommt. Ich weiß noch nicht einmal, ob sie überhaupt noch etwas isst oder ob der Arzt seine Drohung wahr gemacht und das furchtbare Gerät mit den Schläuchen geholt hat.

»Hallo!«, rufe ich Tina zu, die hinterm Tresen steht und schon dabei ist, etwas in kleine Stücke zu schneiden.

»Hallo!«, kommt es mir entgegen, doch es ist nicht Tinas Stimme, und das ist kein Wunder, da es nicht Tina ist.

»Guten Tag«, sage ich etwas verwirrt.

»Ebenfalls!«, sagt die Unbekannte und mustert mich. »Ich bin Inge.«

Mir kommt es vor, als hätte ich sie irgendwo schon mal gesehen.

»Rafael. Ich arbeite hier. Und Sie sind…?«

Die Frau sieht mich an. Ich habe noch nie einen Blick gesehen, der gleichzeitig so voller Überraschung, Zärtlichkeit und Traurigkeit war. Ein kleines Lächeln legt sich um ihre Lippen, und ich erinnere mich. Das Bild über Charlottes Kommode, gleich neben der Karte aus Dänemark. Sie legt das Messer weg, schüttelt die Krümel von den Händen und kommt mit eiligen Schritten auf die andere Seite der Theke. Und dann umarmt sie mich. Sie umarmt mich einfach, und wir sind keine Fremden mehr.

»Es ist so schön, dich kennenzulernen. Charlotte sagte ja, dass du heute kommst. Ich koche gerade für sie. Sie isst ja kaum noch etwas. Aber sie hat mir versprochen, dass sie Schlammsuppe essen wird. Nur Schlammsuppe, sonst nichts.«

Inge lacht, und beim Lachen laufen ihr ein paar Tränen herunter, man sieht, dass die Tränen ihren Weg gut kennen, aus den Augen über die Wangen zum Handrücken.

»Ich freue mich auch sehr!«, sage ich. »Wirklich sehr!«

»Charlotte ist noch in ihrem Zimmer und schläft. Möchtest du mir vielleicht beim Kochen helfen? Sie wird sich bestimmt freuen, wenn sie es erfährt.«

»Es gibt nichts auf der Welt, was ich lieber täte.«

Da ist wirklich nichts.

Tina kommt durch die Hintertür gerauscht.

»Oh, ich sehe, ihr habt euch schon vorgestellt.«

Sie umarmt mich und drückt mir die Schürze mit den rosa Blümchen in die Hand, kramt das Kartoffelschälmesser aus einer Schublade und verschwindet wieder nach hinten.

»Eigentlich heißt das Gericht Brotsuppe, *Øllebrød* auf Dänisch«, erzählt mir Charlottes Mutter, während ich mir die Schürze umbinde und mir die Hände wasche. »Wir waren oft im Urlaub in Dänemark, als Charlotte klein war. ›IIIhhhh, Schlammsuppe!‹, haben die Kinder immer gerufen. Ich glaube, das hat Charlottes Kampfgeist geweckt. Sie wollte die Suppe unbedingt probieren. Und sie fand sie so toll, dass ich mir von der Köchin das Rezept erbetteln musste. Das Brot muss in Würfel geschnitten werden, etwa so groß.«

Ich helfe ihr. Wir geben das zerkleinerte Brot in einen großen Kochtopf und ertränken es in Wasser und Malzbier. Inge wirft eine Zimtstange hinein, und ich gehe in Position und rühre das Ganze mit einem großen Kochlöffel gut durch. Ich rühre und rühre und warte, bis das Gemisch aufkocht. Wahrscheinlich muss man gar nicht die ganze Zeit rühren, denke ich, aber ich tue es trotzdem, weil ich weiß, dass Charlotte es nachher essen wird.

»Jetzt noch der Zucker und der Orangensaft«, sagt Inge, als die Suppe aufkocht. Die Brotstücke sind mittlerweile geschmolzen, und die Masse sieht wirklich aus wie erstklassiger Schlamm.

»Es muss noch ein paar Minuten ziehen. Vielleicht kannst du nachsehen, ob sie schon wach ist?«

Ich beeile mich die Treppe herunter und merke erst, dass ich vergessen habe, die Blümchenschürze auszuziehen, als meine Faust schon dabei ist, an die Tür mit der Nummer 8 zu klopfen.

»Herein«, höre ich eine tiefe Männerstimme sagen.

Vorsichtig schiebe ich die Tür auf und betrete das Zimmer. Im Sessel neben der schlafenden Charlotte sitzt ein Mann, er ist schlank und sehr groß, das sehe ich, obwohl er nicht aufsteht, um mir die Hand zu schütteln. Er begrüßt mich im Sitzen, streckt mir die große Hand entgegen, langsam, als hätte er nicht die Kraft, auch nur eine Bewegung mehr zu tun. Mir fallen seine grünen Augen und die hohen Wangenknochen auf, die hat Charlotte von ihm.

»Gerald.«

»Rafael.«

Er nickt. Das ist Anerkennung genug. Sein Blick wandert zu dem Bett, zu Charlotte, die sich weigert, die roten Haare abzulegen, wenn jemand dabei ist, selbst wenn sie schläft.

»Sie ist gar nicht eitel, sie denkt nur, dass wir uns erschrecken«, sagt er mit einer Stimme, die genauso müde ist wie seine Arme und Beine und genauso voller Trauer und Zärtlichkeit wie der Blick seiner Frau. »Sie war schon immer ein Dickkopf. Ganz wie ihre Mutter.«

»Ich habe eben Ihre Frau kennengelernt«, sage ich, weil mir nichts anderes einfällt. »Die Suppe ist fertig. Sie schickt mich, um Charlotte zu holen.«

»Wir sollten sie wecken. Vielleicht sollten wir sie wecken«, sagt er, ohne den Blick von Charlotte zu nehmen.

Er erstarrt und scheint zu überlegen, vielleicht denkt er, wenn er sie jetzt nicht weckt, wird sie nie wieder aufwachen, denn er sammelt all seine Kraft und erhebt sich aus dem Sessel, er beugt sich über sie und berührt sie leicht an der Schulter.

»Engel, mein Engel.«

Charlotte öffnet die Augen, schließt sie wieder, öffnet sie, diesmal langsamer.

»Papa.«

»Deine Suppe ist fertig.«

»Schlammsuppe?«

»Schlammsuppe, mein Engel.«

Jetzt bemerkt sie mich, wie ich verlegen am Fußende ihres Bettes stehe.

»Rafael! Komm, hilf mir, gib mir die Hand.«

Ich komme näher und helfe ihr, sich aufzurichten.

»Die Blumen stehen dir hervorragend!«, lächelt sie. »Sie erinnern mich an den Frühling.«

»Ach, ich habe vergessen, die Schürze auszuziehen.«

»Nein, du hast es nicht vergessen. Du hast sie für mich angelassen, damit ich mich an den Frühling erinnere.«

»Ja, du hast recht!«, sage ich. Und ich bin wirklich froh, dass ich die Schürze noch anhabe, wirklich.

Ich hole den faltbaren Rollstuhl, schiebe ihn auseinander und helfe Charlottes Vater, sie hineinzusetzen. Sie wiegt noch weniger als letzte Woche, als ich sie durch den Park trug.

Im Aufzug wirft Charlotte zuallererst einen Blick in den Spiegel.

»Um Himmels willen, ich bin ja völlig zerzaust. So lasst ihr mich zum Essen gehen!«, beschwert sie sich und beginnt, mit den Fingern durch die roten Haare zu fahren und sich den Pony zu richten.

»Mach dir keine Sorgen, die Königin von England habe ich vorhin wieder ausgeladen«, sagt Charlottes Vater, und ich sehe verwundert, dass er doch lächeln kann. Jetzt weiß ich auch, von wem Charlotte ihren bissigen Humor hat.

Im Speisesaal hat Charlottes Mutter bereits einen Tisch für vier gedeckt. Sobald sie uns durch die Tür kommen sieht, eilt sie mit dem großen Kochtopf herbei. Sie füllt alle vier Teller mit der braunen Masse und verziert sie dann mit einem Spritzer Sahne.

»Sieht doch schon viel appetitlicher aus!«, schnauft sie.

»Keineswegs«, schüttelt Gerald den Kopf. Doch er greift

trotzdem nach dem Löffel. Auch den Mut hat Charlotte von ihm.

»Na los, Charlotte, du musst sie zuerst probieren!«, sagt Inge.

Charlotte grinst über beide Ohren. Sie taucht den Löffel in den Schlamm und führt ihn zum Mund, und der Löffel kommt sauber wieder heraus. Sie schließt kurz die Augen, schluckt.

»Sie ist perfekt, Mama. Danke!«

»Ich habe dir nur eine kleine Kelle draufgemacht, zum Probieren«, wendet Inge sich an mich. »Wenn es dir gar nicht schmeckt, musst du sie natürlich nicht essen. Tinas Auflauf ist auch bald fertig.«

Ich nehme meinen Löffel, ohne den Blick von Charlotte zu wenden. Sie isst schon ihren dritten, sie isst wirklich.

»Rafael hat mir übrigens beim Kochen geholfen.«

»Ja, das weiß ich doch, das schmeckt man ganz genau. Na los, probier sie schon.«

Auch wenn ich es lange Zeit selbst nicht gewusst habe: Ich bin mutig! Mindestens genauso mutig wie eine achtjährige Charlotte, und ich werde es mir nicht nehmen lassen, meinen Mut vor aller Augen unter Beweis zu stellen. Ich tauche den Löffel tief in die Suppe, fülle ihn bis zum Rand mit Schlamm und schiebe ihn mir in den Mund.

Die Suppe schmeckt überraschend süß, mit säuerlichem Nachgeschmack. Mir wäre lieber, sie würde mehr nach Brot und weniger nach Malz schmecken, doch das tut sie nicht. Sie ist einfach furchtbar, doch es gibt nichts, was ich jetzt lieber essen würde.

Charlotte isst ihren Teller bis zum letzten Löffel leer, doch einen Nachschlag möchte sie nicht.

Tina erscheint hinter der Theke und fragt, ob jemand den Auflauf probieren will.

»Ja, ich!«, ruft Gerald, ich aber schüttle den Kopf und lasse mir noch eine Kelle von der Schlammsuppe geben. Es gibt Dinge im Leben, die man nicht vergisst. Der Geschmack von Schlammsuppe ist so ein Ding, und es wird Charlotte und mich von nun an für immer verbinden, über ihren Tod hinaus und auch, wenn ich nie wieder Schlammsuppe essen sollte.

Nach dem Essen helfe ich Tina in der Küche. Charlotte ist mit ihren Eltern auf dem Zimmer und macht sich fertig. Sie hat darauf bestanden, dass ich sie eine Runde durch den Park schiebe.

»So eine Tradition können wir doch jetzt nicht einfach aufgeben!«

Als ich sie abhole, ist sie dick eingepackt in eine Winterjacke, die ich noch nie gesehen habe, ihre Beine sind unter einer dicken Decke versteckt, die roten Haare lugen unter einer Mütze hervor.

»Ich bringe sie bald wieder!«, verspreche ich Inge und Gerald.

»Ruht euch etwas aus, macht ein Nickerchen«, bittet Charlotte. »Wir werden auf die Enten warten und etwas Zeit für euch rausschlagen...«

»Ja, Zeit«, wiederholt ihr Vater und lässt sich erschöpft in den Sessel sinken.

Im Park schiebe ich Charlotte Richtung Teich und dann einmal um den Teich herum. Die einsame Ente von letzter Woche ist nicht in Sicht. Ich stelle den Rollstuhl neben eine Bank und setze mich. Den ganzen Weg über haben wir kein Wort gesagt. Manchmal ist es genauso befreiend zu schweigen, wie zu sprechen. Stumm blicken wir auf den vereisten See.

Manchmal.

Manchmal aber auch nicht.

»Wie viel Zeit hast du noch?«

Sie lässt mich auf die Antwort warten. Oder vielleicht kommt es mir auch nur so vor, weil ich mich so sehr davor fürchte, was sie sagen könnte.

»Das weißt du doch. Ich gehe nicht, bevor das alte Jahrtausend geht.«

»Zwei Wochen«, denke ich. »Silvester ist in zwei Wochen.«

»Versprochen?«, frage ich, und ich meine es ernst. Als würde ein Versprechen von ihr den Lauf der Dinge beeinflussen können.

»Versprochen!«, nickt Charlotte. »Erst das Jahrtausend, dann ich.«

Zurück in ihrem Zimmer möchte Charlotte sich hinlegen.

»Ich würde so gerne Vokabeln mit dir lernen, Mama, aber ich bin so müde. Vielleicht nachher.«

Ich verabschiede mich leise und schleiche rückwärts aus dem Zimmer. Ich habe ihnen ihre Tochter heute lang genug vorenthalten, denke ich, jeder Augenblick muss für sie wie eine unerträgliche Ewigkeit sein.

»Hoppla.«

»Oh ... tut mir leid!«

Ich war so in Gedanken vertieft, dass ich in der Eingangshalle geradewegs in Schwester Margot gelaufen bin.

»Wohin so eilig?«, fragt Schwester Margot und schaut zu der runden Wanduhr neben der Treppe, die einem mageren Jesus am Kreuz Gesellschaft leistet.

»Nein, ich habe es eigentlich gar nicht eilig!«, versichere ich ihr. »Eigentlich sind Semesterferien, und ich habe mehr Zeit als sonst. Falls es also noch etwas für mich zu tun gibt …«

»Das ist ja nett von dir, Rafael. Ich danke dir dafür, dass du deine Zeit opferst, um hier bei uns zu sein.«

»Ach Quatsch …«, winke ich verlegen ab.

»Das freut mich sehr, dass du das so siehst«, lächelt Schwester Margot. »Jemanden wie dich haben wir nicht oft.« Und sie dreht sich zu dem Kreuz an der Wand und bekreuzigt sich so, wie man es uns damals beim Schulgottesdienst beigebracht hat, und murmelt leise etwas, das ich nicht verstehen kann. In ihren Augen aber ist echte Dankbarkeit, und ich bin so gerührt und fast schon beschämt, weil hier zu sein in Wirklichkeit überhaupt kein Opfer ist, sondern der echteste Teil meines Attrappenlebens. Und wieder spüre ich diese Weite in der Lunge, die schon im Bus da war, sie wird größer und größer, steigt meinen Hals empor bis zur Mundhöhle und lockert meine Zunge.

»Schwester Margot, ich habe eine Frage. Würden Sie … ich meine … wäre es für Sie okay, mit mir zu beten? Ich meine, wenn er nichts dagegen hat«, bringe ich heraus und deute auf Jesus, der von seinem Kreuz auf uns hinunterblickt. Ich halte die Luft an und warte auf sein Urteil. Bin ich zu weit gegangen? Muss man getauft sein oder zumindest Kirchensteuer zahlen, um mit einer Nonne beten zu dürfen?

Ein sanftes Lächeln legt sich auf Schwester Margots Gesicht. »Natürlich hat Christus nichts dagegen! Es ist ihm immer eine Freude, wenn die Menschen im Gebet ihr Herz öffnen. Komm, gehen wir in den Raum der Stille, ich glaube, es ist gerade niemand dort.«

Ich folge Schwester Margot durch die Flure zu der Tür mit

den grünen Buchstaben. Vorsichtig betritt sie das Zimmer und schaut, ob wir nicht doch jemanden stören. Ein Geruch steigt mir in die Nase, doch es ist nicht der Geruch von Weihrauch wie in der Kirche, es riecht nach Kerzen und Blumen und Süßholz. Der Raum ist leer. Rechts neben dem Altar entdecke ich eine Bodenvase mit einem riesigen Blumenstrauß. Auf der anderen Seite brennen zu Jesus' Füßen ein paar Teelichter, und dazwischen eine große weiße Kerze, die jemand heute Morgen angezündet haben muss. In einer Ecke des Zimmers steht eine Gebetsbank. Sie hat kleine Rollen, und Schwester Margot zieht sie in die Mitte des Raumes. Sie nimmt zwei Kissen von einem der Sessel.

»Für unsere Knie.«

Und dann knien wir uns in die Gebetsbank, und ich stütze wie Schwester Margot die Ellenbogen auf und falte wie Schwester Margot die Hände, verschränke die Finger ineinander, ich habe nicht das Gefühl, dass ich schummeln muss, dass ich so tun muss, als sei ich beim Volleyball oder würde Armdrücken gegen mich selbst spielen. Und es ist mir egal, wirklich egal, was Mama und Baba Soja jetzt denken oder sagen würden, weil es Dinge gibt, die sie nicht verstehen. Vielleicht auch nicht verstehen müssen. Ich schaue hoch zu Jesus Christus am Kreuz und habe zum ersten Mal keine Angst.

»Schwester Margot, ich habe eine Frage. Ich glaube, ich verstehe nicht ganz, was es mit Jesus auf sich hat. Ich meine, warum gerade er? Was macht ihn so besonders? Ich weiß schon, dass er Gottes Sohn ist, angeblich, aber was heißt das, was hat das zu bedeuten?«

Schwester Margot scheint einen Moment lang nachzudenken. Auch sie sieht hoch zu dem Kreuz, doch dann wendet sie sich wieder mir zu.

»Ich weiß nicht, ob es darauf eine einzige richtige Antwort geben kann«, sagt sie. »Aber vielleicht kann ich dir erklären, wie ich ihn sehe, ich ganz persönlich. Stell dir vor, du lebst sehr lange in einem Haus, schon dein ganzes Leben lang. In diesem Haus gibt es eine Tür, die immer verschlossen ist. Du gehst niemals hindurch, und mit der Zeit vergisst du, dass sie überhaupt da ist. Obwohl du die Tür sehen kannst, beginnst du irgendwann, sie zu *über*sehen, weil du sie nie genutzt hast. Und jetzt stell dir vor, jemand kommt und öffnet sie von der anderen Seite. Nur ein ganz kleines bisschen. Nur einen Spalt. Und durch den Spalt fällt ein Lichtstrahl direkt vor deine Füße. Dein Blick folgt dem Licht, du hebst den Kopf, und zum ersten Mal seit langer Zeit nimmst du die Tür wahr. Und plötzlich verstehst du, dass dahinter ein riesiger, lichtdurchfluteter Raum ist, in dem Gott wohnt. Jesus ist dieser Lichtstrahl. Er erinnert uns daran, dass wir nur durch die vergessene Tür gehen müssen, um ganz bei Gott oder auch ganz bei uns selbst zu sein.«

»Ich glaube, ich verstehe, was Sie meinen«, flüstere ich.

»Kennst du das Vaterunser?«, fragt Schwester Margot. Ich nicke. In Wahrheit kann ich mich nur vage daran erinnern, doch sobald sie die erste Strophe angestimmt hat, fällt es mir fast vollständig wieder ein. Und so beten wir gemeinsam das Vaterunser, und dann schließt Schwester Margot die Augen und betet leise in sich hinein, und ich tue dasselbe, ich bete für Charlotte und für ihre Eltern und für Vaters Seele und auch für Mama und Baba Soja und Aljoscha, und ich spüre, wie der Raum in meiner Brust sich immer weiter ausdehnt, dieser Raum, der so eng um mein Herz war, dass es wehtat. Und ich danke dem namenlosen Gott, dass er es geschehen lässt. Wir sind umgeben von Stille, und ich spüre, wie die

Stille sich in Ruhe verwandelt. Eine Ruhe, wie ich sie lange nicht mehr empfunden habe, eine Ruhe ohne Wehmut, als würde etwas Schönes, das einmal vor langer Zeit verloren gegangen ist, nun wieder vor einem auftauchen, so real wie jedes andere Ding dieser Welt.

18

Ein Sack voller Steine

Ich steige aus dem Bus, überquere die Straße und laufe Richtung Park. Der Rucksack auf meiner Schulter drückt schwer, nach ein paar Hundert Metern gebe ich es auf, cool aussehen zu wollen, und streife auch die zweite Schlaufe über. Vor ein paar Tagen hat Tante Rita wieder mit den Magazinen angefangen. Wofür ich die denn noch bräuchte, ob es nicht an der Zeit sei, sie verschwinden zu lassen. Ich versicherte ihr, dass ich sie bei Gelegenheit entsorgen würde. Nur müsse ich mich zur Abwechslung mal tatsächlich aufs Lernen konzentrieren. Denn selbst wenn ich mittlerweile ein erstklassiger Lügner bin, stehen im Januar echte Klausuren an, auf die ich mich in den letzten Wochen kaum vorbereitet habe. So vergrub ich den Wunsch, Charlotte vorzeitig zu besuchen, unter Zahlen, Formeln und Tabellen. Am Montag war ich kurz davor, alles stehen und liegen zu lassen und zu ihr zu fahren, doch dann dachte ich an ihre Eltern und daran, wie unwiederbringlich jeder Augenblick mit Charlotte für sie sein musste. Ich beschloss, doch bis Mittwoch zu warten. Sie würde noch da sein. Sie hatte es versprochen. Gestern Abend dann ergriff Tante Rita plötzlich die Initiative. Wortlos räumte sie das ganze Regal aus und stapelte die Hefte auf meinen Schreibtisch, über meine Lernunterlagen. So etwas hatte noch nicht einmal

Mama gewagt. Ich war stinksauer und wollte gerade anfangen, mit ihr zu streiten, doch dann dachte ich mir, dass es vielleicht keine so schlechte Idee ist, sie endlich zu entsorgen. Also stopfte ich sie in meinen Rucksack, um sie endlich wegzuwerfen. Doch als ich dann vor den Mülltonnen stand, war der Papiercontainer verschwunden, und ich brachte es nicht übers Herz, die Magazine in den stinkenden Abfallcontainer zu werfen. So viele Jahre lang hatte ich auf diesen Seiten Trost und Antworten gesucht, und auch wenn ich nur noch mehr Traurigkeit gefunden hatte, konnte ich nicht zulassen, dass sie zwischen Hausmüll und schimmeligen Essensresten endeten. Also stieg ich mit den Magazinen in den Bus. Jetzt muss ich sie irgendwo anders entsorgen, vielleicht in einer Mülltonne, die nicht stinkt, die irgendwie hübscher ist als alle anderen Mülltonnen. Nach so einer Mülltonne halte ich Ausschau, einer, die würdig ist, diesen Teil meiner Vergangenheit in sich aufzunehmen, ohne ihn zu erniedrigen.

Natürlich finde ich keine. Als ich durch den leeren Speisesaal zu Tina in die Küche gehe, sind die Hefte immer noch in meinem Rucksack, und obendrauf noch der Ärger über mich selbst, der das Tragen auch nicht einfacher macht.

»Da bist du ja!«, ruft Tina.

»Hi. Was steht an?«

»Für dich heute nichts, zumindest nicht hier …«

Ich sehe sie fragend an.

»Charlotte bat mich, dich sofort zu ihr zu schicken, wenn du kommst.«

»Was ist denn? Ist irgendwas?«

»Ich glaube, sie braucht bei irgendwas deine Hilfe«, meint Tina. »Und du weißt, ich kann ihr keinen Wunsch abschlagen.«

Ich nicke und stürze die Treppe herunter. Warum befürchte

ich, genau wie Mama und Baba Soja, immer nur das Allerschlimmste? Wahrscheinlich hat es irgendwas mit den Genen zu tun, ich habe das Gen der bösen Vorahnung von ihnen geerbt, und es macht mich wahnsinnig, weil ich nicht weiß, wie ich es jemals wieder loswerden soll.

Ich finde Charlotte im Bett vor, sie schläft nicht, sie scheint auf mich gewartet zu haben. Sie hat sich zurechtgemacht, die roten Haare sind gekämmt, sie hat sich geschminkt, und ich finde, dass sie weniger müde wirkt als beim letzten Mal. Vielleicht tut ihr die Anwesenheit ihrer Eltern gut, vielleicht kocht ihre Mutter ihr jeden Tag Schlammsuppe, und sie isst wieder mehr. Ich gehe zu ihr und umarme sie.

»Du siehst toll aus! Wirklich, du könntest auf jeden Laufsteg!«

»Ja klar, die richtigen Maße habe ich ja auch schon. Ich muss nur mit den Kalorien aufpassen, ein paar Gramm mehr und ich bin raus, sagt mein Agent …«

»Du redest Unsinn«, murmele ich, doch lachen muss ich trotzdem.

»Tina sagte, du brauchst meine Hilfe.«

»Ja, ich habe eine Geheimmission!«

»Oh, was denn?«, wundere ich mich.

»Das verrate ich dir gleich. Setz dich doch erst mal. Möchtest du einen Tee?«

Ich lasse mit einem Schnaufen den Rucksack zu Boden plumpsen und sinke in den Sessel.

Sie schaut mich verwundert an.

»Der sieht ganz schön schwer aus.«

»Ja, die blöden Hefte«, brumme ich, und sie blickt so neugierig drein, dass ich ihr alles erzähle, sogar von der Suche nach der perfekten Mülltonne, die es wohl leider nicht gibt.

»Ich habe eine bessere Idee!«, sagt Charlotte. »Komm, dafür ist noch Zeit, bevor wir uns auf meine Geheimmission begeben. Meine Eltern sind noch in der Stadt und kaufen für Weihnachten ein. Sie sollten nicht vor zwei zurück sein.«
»Was hast du vor?«
»Das wirst du schon sehen!«, grinst sie und lässt mich den Rollstuhl holen.

»Warte!«, sagt sie, bevor ich auf den Knopf drücken kann, damit die elektronische Tür sich öffnet. »Da vorne ist eine Abstellkammer. Schau mal, ob du da drin eine Schaufel findest.«
»Eine Schaufel?«
»Ja, ich glaube, Schwester Margot verstaut dort das Gartenwerkzeug.«
»Eine Schaufel…«
Ich ahne es, oh ja, das tue ich.
Ich finde keine richtige Schaufel, nur eine kleine Handschaufel, die Schwester Margot wohl im Frühling für das Blumenbeet im Vorgarten benutzt.
»Meinst du, wir können die einfach so…«
»Sie werden bestimmt nicht die Polizei rufen«, grinst Charlotte.
Ich schiebe sie durch den Park zu unserem Teich.
»Da, da ist es gut!« Charlotte zeigt auf einen großen Baum mit langen Ästen, die bis über das Geländer reichen und beinahe das dünne Eis berühren.
»Mach drei Schritte vom Baum weg, sonst verletzt du die Wurzeln!«
Ich gehorche. Die Erde ist kalt und feucht, doch ich mag es, wie sie riecht, irgendwie lebendig, sogar mitten im Winter kündigt sie das Leben an. Ich komme nicht drum herum, die zweite

Hand zur Hilfe zu nehmen. Ich ziehe die Ärmel meiner Jacke nach oben, dann ramme ich die Schaufel immer wieder in die Erde. Bald sind meine Unterarme bis zu den Ellenbogen voller Dreck. Es dauert länger, als ich gedacht hätte, bis das Loch groß genug ist. Meine Finger sind schwarz und kalt, die Erde hat sich tief unter die Fingernägel gegraben. Ich starre meine Hände an und habe das Gefühl, dass die Erde sie für immer verändert hat, dass sie nie mehr so sein werden wie früher. Charlotte öffnet den Rucksack und zieht die Magazine heraus.

»Bist du bereit?«

Ich nicke, nehme den Stapel vorsichtig aus ihren Händen und lasse ihn ins Loch sinken. Dann fange ich an, das Grab zuzuschütten. Ich nehme die Erde mit beiden Händen und lasse sie auf die Magazine rieseln. Die Schaufel lasse ich liegen, ich brauche sie nicht, und jedes Mal wenn ich in die Erde greife, bleibt etwas davon an meinen Händen kleben, schiebt sich ein bisschen weiter unter die Nägel, dringt ein in die Haut. Bei Golan im Religionsunterricht haben wir gelernt, dass Gott Adam aus Ackerboden erschuf, er formte ihn aus Lehm, aus feuchter Erde, und jetzt verstehe ich, warum. Weil die Erde das Leben in sich trägt und den Tod, weil sie beides ist oder der Kreislauf von beidem. Ich richte mich auf. Die Erde klebt an mir, ich versuche gar nicht erst, sie abzuschütteln. Eine Weile betrachte ich das Grab, doch da ist ein Gefühl, dass etwas fehlt, noch ist es nicht perfekt.

»Ein Stein«, sagt Charlotte, als könnte sie meine Gedanken lesen, und als ich mich zu ihr umdrehe, sehe ich, dass sie den Schildkrötenstein in den Händen hält. Charlottes magischer Stein, den ich im Rucksack bei mir trage, seitdem sie ihn mir geschenkt hat. Sie betrachtet den Stein und fährt mit den Fingern über den Panzer.

»Wusstest du, dass viele Völker glauben, die Götter hätten die Welt auf dem Rücken einer Schildkröte erschaffen, oder auf ihrem Bauch?«

»Ich glaube, ich habe mal so ein Bild gesehen. Aber verstanden habe ich es nicht, warum gerade eine Schildkröte?«

Charlotte zieht die Schultern hoch, doch ich glaube ihr nicht, dass sie es nicht weiß.

»Das ist eine gute Frage. Vielleicht, weil sie so geduldig und so stur ist wie die Erde selbst. Oder weil ihr äußerer Panzer so stark und undurchdringlich wirkt, ihr Innerstes aber, ihr Körper, die Arme und Beine, so empfindlich, so verletzlich sind. Und sie die Menschen so an ihre wahre Natur erinnert.«

»Vielleicht ist es nicht der richtige Stein, um ihn auf ein Grab zu legen?«, frage ich, etwas verunsichert.

»Im Gegenteil!«, meint Charlotte, »er ist perfekt!«

»Also gut«, flüstere ich, knie mich hin und lege ihn mitten auf das Grab. Und plötzlich spüre ich, dass das Leben nicht endlich ist und der Tod nicht endgültig, und ich muss an Schwester Margot denken, die fest davon überzeugt ist, dass alle Seelen früher oder später bei Jesus Christus im Himmel ankommen, und an Kantor Golan, der sein Leben nicht nur für sich lebt, sondern auch für die, die vor ihm gestorben sind. Und ich erinnere mich daran, was Charlotte einmal gesagt hat. Dass sie nicht vorhat, sich im Jenseits zu langweilen, dass sie eine neue Liste machen wird mit neuen Aufgaben, um vielleicht, wer weiß das schon, noch mal wiederzukehren und von vorne zu leben. Und dann denke ich an Vater. Es ist, als hätte ich seit jenem Tag, als ich in Tante Ritas Wohnzimmer von seinem Tod erfuhr, einen großen Sack voller Steine hinter mir hergezogen. Meine Finger waren wund von der Schnur, doch ich konnte nicht loslassen, ich schleppte ihn jeden Tag zur Schule und wieder zurück, ich schleppte ihn die Treppe hinauf in den sechsten Stock, und ich schleppte ihn über die Grenze bis nach Deutschland. Und das ohrenbetäubende Scheppern der Steine, das mich auf Schritt und Tritt begleitete, machte mich taub für das Leben. Und jetzt fühle ich mich, als hätte jemand die Schnur einfach durchgeschnitten, ich drehe mich um, und mein Sack voller Steine liegt am Ende des Weges im Staub. Ich kann ihn kaum noch erkennen, ich muss einfach nur weitergehen, und er wird ganz aus meinem Blickfeld verschwinden. Mich beflügelt die Vorstellung, dass mein Vater irgendwo weiterexistiert, dass seine Seele Frieden gefunden hat oder einen Neubeginn. Wo auch immer er ist, ich weiß jetzt, dass dieser Ort nicht weit genug entfernt sein kann für meine Liebe. Aus dem Nichts füllen sich meine Augen mit Tränen, als wäre auf Höhe meiner Nasenwurzel ein Damm gebrochen, einfach so. Doch anstatt zu schluchzen, muss ich lächeln, ich lächle das steinloseste Lächeln, das mir seit meiner Kindheit gelungen ist.

Charlotte streckt den Arm nach mir aus, ihre schmalen Finger legen sich in meine, und es fühlt sich an, als stünden wir seit einer Ewigkeit an den Wendepunkten unserer Leben, Hand in Hand.

Ich muss erst lernen, wie man sich Tränen mit dem Handrücken wegwischt, erst die rechte, dann die linke Wange.

»Um Himmels willen, jetzt hast du die ganze Erde im Gesicht.«

»So ein Mist…«

»Ich habe nicht mal ein Taschentuch für dich…«

»Ist es so besser?«

»Nein, du verschmierst es noch mehr!«, lacht Charlotte.

»Egal«, sage ich. »Macht mir nichts. Ist mir egal, wirklich. Hattest du nicht noch etwas vor? Etwas Wichtiges?«

»Richtig. Wir fahren jetzt weiter geradeaus bis zur Straße und dann links.«

»Wohin fahren wir denn?«

»Schuhe kaufen!«

»Schuhe kaufen?«

»Ja, Schuhe kaufen!«, strahlt Charlotte. »Beim Schuhmarkt an der Ecke. Los, wir haben nicht mehr viel Zeit!«

Es würde mir nicht im Traum einfallen, sie zu fragen, warum sie gerade jetzt neue Schuhe braucht. Sie erzählt es mir auf dem Weg sowieso:

»Es ist paradox. Solange du laufen kannst, übersehen die meisten Leute deine Schuhe, und wenn du dann im Rollstuhl sitzt, starren sie dir immer nur auf die Füße. Sie fragen sich, was damit nicht in Ordnung ist. Oder sie wundern sich, weshalb du überhaupt Schuhe trägst, obwohl du eh nicht laufen kannst. Vielleicht sind sie auch einfach verlegen, weil du im Rollstuhl sitzt und sie nicht, so verlegen, dass sie vergessen, sich auf die eigenen Füße zu schauen, und so starren sie eben auf deine.«

Ich schiebe sie die Straße hoch, eisiger Wind schlägt uns entgegen, vielleicht ist es gar nicht so verkehrt, wenn sie neue, warme Schuhe bekommt, denke ich.

Im Laden helfe ich ihr, den Mantel aufzuknöpfen. Ich schlage vor, dass sie ihn auszieht, doch sie will ihn lieber anbehalten.

»Mir ist wirklich schnell kalt in letzter Zeit.«

»Welche Größe hast du?«, will ich wissen, denn die Schuhe hier sind nach Schuhgrößen sortiert, es ist ein großer Laden mit vielen Regalen, vorne Sportschuhe und weiter hinten Stiefel, Damen rechts und Herren links.

»Achtunddreißig«, sagt sie, und wir rollen los, ich will gerade in die Reihe mit den Turnschuhen einbiegen, doch sie sagt: »Nein, weiter!«, und wir landen vor den Stiefeln mit Absatz, mittlere und hohe Hacken, in Schwarz, Braun und Grau.

»Die da!«, sagt sie und zeigt auf das einzige weinrote Paar. Sie gehen bis zur Wade, der Absatz ist bestimmt zehn Zentimeter hoch.

»In so was kann man doch nicht laufen ...«, protestiere ich.

»Muss ich ja auch nicht. Gib mal her, die sind schön! Und sie passen zu meinen Haaren.«

»Warte, ich helfe dir.«

Ich knie mich vor sie hin, ziehe ihr den alten, von Matsch und Regen geschundenen Turnschuh aus, schiebe ihren schmalen Fuß in den Stiefel und ziehe den Reißverschluss an der Seite nach oben. Das Hosenbein passt ganz mit hinein, und mir wird klar, wie wenig von ihren Waden übrig geblieben ist. Ich gebe mir Mühe, mir nichts anmerken zu lassen.

»Und?«

»Super!«, freut sich Charlotte. »Weißt du, wie lang es her ist, dass ich so einen eleganten Schuh anhatte!«

Ich ziehe ihr auch den zweiten Stiefel an und schiebe sie vor den nächsten Spiegel.

»Sie sehen toll aus!«, nicke ich.

»Ja, finde ich auch! Ich werde sie gleich anbehalten.«

»Wollen wir trotzdem noch nach einem bequemen Paar sehen, nur für den Fall, dass du doch noch mal aufstehen willst?«

»Also gut, aber ich warne dich, die werden im Schrank stehen bis zum Jüngsten Tag!«

Wir rollen um die Ecke und suchen ein Paar aus, das nicht allzu hässlich ist, dafür aber mit weißer Wolle gefüttert. Ich knie mich wieder hin, um ihr zu helfen, der Reißverschluss vom Stiefel klemmt ein wenig, und ich zerre daran herum. Da trifft die Stimme mich wie ein Schlag.

»Rafik!«

Ich hebe den Kopf und sehe sie vor mir stehen. Mama, die Fäuste in die Hüften gerammt.

»Klara, Klara…«, tönt es aus der Ferne, im Gang taucht Tante Rita auf, mit drei Paar Stiefeln in den Armen kommt sie auf uns zu. Ich schaue Mama an, und Charlotte schaut Mama an, und Charlotte lächelt freundlich, weil sie das immer tut, doch die Einzige, die zurücklächelt, ist Tante Rita, denn die weiß nicht, was gerade vor sich geht.

Mein Herz rutscht mir in die Hose, gleitet das Hosenbein herunter und rollt auf den Boden, gleich vor Mamas Füße. Was tun sie bloß hier? Mama kommt nie her, sie fährt zum Einkaufen immer ins Zentrum.

»Rafik, was… oj, wie siehst du aus… was ist das in deinem Gesicht, und deine Hände, was ist passiert? Ich dachte, du bist in der Bibliothek. Wer ist das?« Mamas Stimme überschlägt sich wie ein tollwütiges Zirkusäffchen, das Saltos übt.

»Hallo, ich bin Charlotte«, sagt Charlotte und streckt Mama die Hand entgegen. Obwohl Mama Russisch spricht, scheint Charlotte alles verstanden zu haben. Doch Mama ignoriert sie einfach. Ich bin wie gelähmt, ich weiß nicht, ob ich aufstehen soll oder hier unten hocken bleiben, vielleicht ist es am Boden sicherer, überlege ich. Das Gewicht meiner Unentschlossenheit drückt mich nieder, ich lasse mich nach hinten fallen, setze mich einfach auf den Boden, in den Schutz von Charlottes Rollstuhl.

»Wer ist diese Frau?«

Noch während Mama das sagt, scheint ihr ein Licht aufzugehen. Vielleicht erinnert sie sich wieder an den einen Abend, als wir Knödel aßen und ich meine stehen ließ.

»Du hast doch nicht etwa… ich dachte… und du.« Sie taumelt zum nächsten Stuhl und lässt sich fallen. Tante Rita stürzt ihr hinterher. »Wie konntest du nur!«, jammert Mama. »Was hat diese Frau? Ist es Aids? Hast du dich schon angesteckt? Oh mein Gott, hilf mir, hilf mir…«

»Hör auf!«, bettle ich. »Du bringt mich in Verlegenheit. Hör bitte auf!«

»Was ist hier los?«, mischt Tante Rita sich lauthals ein.

»Er gibt sich mit diesen kranken Menschen ab, er wird sich noch den Tod holen, er ist völlig meschugge geworden, Rita, hilf mir, ich will nach Hause«, und sie richtet sich wieder auf, langsam, taumelnd. »Was sitzt du noch da, komm!«, befiehlt sie mir.

»Ich kann nicht. Ich muss sie zurückbringen!«

»Komm mit, sage ich dir!«

Charlotte greift meinen Arm. »Geh schon!«

»Aber ich muss dich doch bringen…«

»Ich rufe Tina an, sie wird mich abholen, mach dir keine Sorgen«, sagt sie und zieht ihr Handy aus der Manteltasche. »Du hast was zu klären, fahr ruhig heim!«

Ich weiß, sie meint, was sie sagt, ich weiß, sie würde es mir nicht übel nehmen, aber ich kann sie nicht einfach hierlassen. Falls ich jemals wieder ruhig schlafen oder in den Spiegel sehen oder mich wie ein Mensch fühlen will, muss ich sie zurückbringen. Nicht ihretwegen. Meinetwegen.

Ich greife nach der Armlehne des Rollstuhls und ziehe mich hoch, es war noch nie so schwer aufzustehen, ich schaue sie dabei an und sage: »Kommt nicht infrage, ich bringe dich!«

Als ich endlich stehe, wende ich mich an Tante Rita.

»Fahrt nach Hause, ich komme gleich nach, versprochen!«, und dann sammle ich die Schuhe ein, Charlottes alte Turnschuhe und auch die, die sie noch nicht anprobiert hat, und schiebe den Rollstuhl vorbei an Mama, die unerbittlich auf mich einredet, zur Kasse.

Auf dem Rückweg sagen wir beide kein Wort, mein Kopf summt von Mamas Gezeter und vorzeitig auch schon vor der Szene, die mich zu Hause erwartet. Ich bin froh, dass ich Charlotte schiebe und ihr nicht in die Augen sehen muss, ich schäme mich so für Mama, dafür, dass sie so blind ist, und für die Abscheu in ihrem Blick. Es macht mich wahnsinnig, dass sie sich nicht einmal im Leben die Mühe macht, die Welt mit meinen Augen zu sehen, zu erkennen, was mir wichtig ist. Am meisten aber quält mich, dass sie Charlotte den Spaß an ihren neuen Schuhen verdorben hat. Sie hatte sich darauf gefreut wie ein Kind.

In ihrem Zimmer angekommen, helfe ich Charlotte aus dem Mantel, hebe sie aufs Bett und decke sie gut zu. Sie besteht darauf, die Schuhe anzubehalten. »Ich will ein bisschen angeben vor Tina«, lächelt sie, und ich umarme sie hastig und sage: »Ich muss los!« und gehe ihrem Blick aus dem Weg.

»Wir sehen uns nächsten Mittwoch, mein Lieber!«, ruft sie noch, bevor ich aus der Tür verschwinde.

Auf der Heimfahrt im Bus lege ich mir schon mal die passenden Worte für den Riesenstreit zurecht, der mich zu Hause erwartet. Ich nehme mir fest vor, nicht nachzugeben, suche nach Gegenargumenten für jeden ihrer Vorwürfe, auch für jene, auf die man sonst einfach nichts mehr sagen kann, weil sie nichts, aber auch rein gar nichts mit der Sache an sich zu tun haben. Vielleicht werde ich ihr sogar von meinem Besuch bei Golan erzählen und von Schwester Margot und von dem Grab, das ich heute geschaufelt habe. Die Wahrscheinlichkeit ist nicht hoch, aber vielleicht wird sie mich am Ende verstehen. Ich werde das irgendwie überstehen, und nächsten Mittwoch fahre ich zu Charlotte, ob Mama will oder nicht. Ich steige aus dem Bus und bin erleichtert, dass ich nicht mehr lügen muss, dass ich endlich wieder ich selbst sein kann.

Schon im Hausflur höre ich ihr Gezanke, also schließe ich so leise wie möglich auf und ziehe langsam Mantel und Schuhe aus. Ich verstehe kaum, worüber sie streiten, sie reden alle durcheinander und werden erst still, als sie mich in der Tür erblicken. Ich betrete das Wohnzimmer wie ein Unschuldiger einen Gerichtssaal betritt, die Waagschalen bis zum Rand gefüllt mit Furcht und Hoffnung. Da sitzen sie auf dem Sofa, die zwei Scharfrichterinnen, Baba Soja mit verweinten Augen, Mama mit roten Flecken im Gesicht und auf den Armen, kleine Explosionen ihres inneren Aufruhrs. Tante Rita hat es sich im Sessel bequem gemacht, die Sommersprossen auf ihren breiten Wangen glühen wie kleine Sonnen, wie jedes Mal, wenn sie sich aufregt. Hat sie mich etwa in Schutz genommen? Ihr wohlwollender Blick gibt mir Mut.

»Mama, sei nicht böse!«, setze ich an. »Ich wollte dich nicht anlügen, es war nur, es war mir wichtig, und sie ist wirklich sehr nett, diese Frau, Charlotte. Wir sind Freunde.«

»Was hat sie? Ist es Aids? Sie sah aus, als hätte sie Aids! Und dann diese roten Haare. Wie schrecklich!«

»Mama, so ein Blödsinn! Sie hat nichts Ansteckendes!«

»So sah sie nicht aus. Das ist ekelhaft, Rafik. Geh und wasch dir die Hände, die sind ja ganz schwarz, du schleppst uns noch sämtliche Krankheiten ins Haus!«

»Sie ist meine Freundin! Und weißt du was? Ich werde mir nie mehr die Hände waschen. Nie mehr, wenn du nicht sofort damit aufhörst!«

»Freundin, was für eine Freundin? Was meint er mit Freundin?«, fragt Mama Baba Soja, als ob ich nicht da wäre.

»Oj! Was habe ich nur getan, dass Gott mich so straft!«, heult Baba Soja mich an, als sei ich der Mond und sie ein Wolf.

»Er ist meschugge, völlig meschugge!«, stimmt Mama ein.

»Herr im Himmel, dass ich das noch erleben muss!«, lallt Baba Soja.

Ich kenne wirklich niemanden, der sich den Ball des Wahnsinns besser zuspielen kann als die beiden!

»Das ist ekelhaft, wirklich ekelhaft, sie ist doppelt so alt wie du und todkrank, wie kannst du nur!«

Sosehr ich mir vorgenommen habe, ruhig zu bleiben, jetzt klopft sie doch die Wut aus mir hervor wie aus einem alten Teppich. Auch wenn sie nur Unsinn redet und alles ein Missverständnis ist, ich muss Charlotte verteidigen, Mama hat kein Recht, so über sie zu reden.

»Ja!«, schreie ich, »ja, genau, sie ist meine Freundin, und wir werden heiraten. Gleich morgen! Findet euch damit ab!«

»Rafik, das ist Irrsinn! Du musst zum Arzt!«, kreischt Mama.

»Niemals bekommt sie meinen Schmuck«, heult Baba Soja.

»Er ist verrückt geworden, meschugge, wahnsinnig!«, jaulen sie im Kanon.

»Und es ist einzig und allein eure Schuld!«

Tante Rita hat sich von ihrem Sessel erhoben.

»Rita, sei still!«, brüllt Mama. »Misch dich nicht ein, das ist nicht deine Sache!«

»Schau, wie weit ihr den Jungen getrieben habt!«

»Rita, still! Setz dich wieder hin!«, zischt Baba Soja.

Ich stehe nur da mit halb offenem Mund und versuche zu verstehen, worum es geht.

»Seht ihr nicht, was ihr getan habt? Er will sich mit dem Tod verheiraten! Wenn ihr es ihm nicht sagt, tue ich es!«

»Halt den Mund, Rita!«, brüllen Mama und Baba Soja gleichzeitig.

Was meint sie? Was haben sie mir nicht gesagt?

»Er verdient, die Wahrheit über seinen Vater zu erfahren. Sag es ihm oder, bei Gott, ich tue es!«

»Gar nichts sagst du, halt dich raus, das hat überhaupt nichts damit zu tun!«, prasseln die beiden Stimmen auf Tante Rita ein.

Was ist mit Vater? Ich kann nicht so schnell denken, wie sie reden. Wissen sie etwas, was ich nicht weiß? Ich vermute schon seit einiger Zeit, dass sie mir etwas über die Umstände seines Todes verschwiegen haben. Es ist ein paar Jahre her, ich war sechzehn oder siebzehn, als ich dieses alte Magazin über Tschernobyl in die Hände bekam. Es war aus dem Jahr 1986, schon der Titel kündigte an, alles sei NOCH VIEL SCHLIMMER gewesen. Die Sowjetunion hatte einen Bericht über den Hergang der Katastrophe herausgebracht: ungenannte Sowjetbürger hatten ohne Genehmigung Tests an dem Reaktor durchgeführt, sie hatten das Notkühlsystem abgeschaltet, woraufhin der Reaktor ihnen um die Ohren flog. Die Zahl der Opfer war noch viel höher als zunächst angenommen. Ich erinnere mich gut an den Abschnitt. Über hundert Menschen wurden ins Krankenhaus eingeliefert, dort verstarben die ersten Opfer an Verletzungen oder an der Strahlung. Ein weiteres Opfer sei nicht gefunden worden, sein Arbeitsplatz lag angeblich in einer Zone mit sehr hoher Radioaktivität und war bei der Explosion verschüttet worden. Man hätte seinen Leichnam einfach mit dem Reaktor einbetoniert.

»Das ist er, das muss er sein!«, dachte ich damals, als ich den Bericht las. »Das ist mein Vater! Es ist Vaters Grab unter Tonnen von Beton, sein Tod kurz und schmerzlos, doch unerwartet, so unerwartet, dass er noch viele Jahre als Geist umherirren musste, bevor er endlich begriff, was mit ihm geschehen war.«

Dabei hätte es bleiben können, doch der Artikel ging noch weiter. Über 200 Angestellte hatten schwere Strahlenschäden davongetragen, in den folgenden Wochen starben Dutzende an Verbrennungen und Verstrahlung, man versuchte Operationen, neues Knochenmark, doch sie starben trotzdem.

Wochenlang schlug ich am Abend das Heft auf und las die beiden Abschnitte immer wieder. Was, wenn ich mich irrte? Was, wenn Vater nicht an der Explosion, sondern an den Folgen der Strahlung gestorben war? Was, wenn er wochen- oder sogar monatelang gelitten hat, ohne dass ich ihn sehen durfte, wenn er immer wieder operiert worden war und trotzdem sterben musste, ganz allein? Der Gedanke ließ mir keine Ruhe. Was, wenn alles NOCH VIEL SCHLIMMER war, als ich gedacht hatte?

»Ich wusste es!«, rufe ich. »Er war noch am Leben, wochenlang! Ihr wusstet, dass er sterben wird und habt mich nicht zu ihm gelassen. Ihr habt mir nicht gesagt, wie sehr er gelitten hat. Ihr habt mich angelogen, und jetzt bin ich der Feind der Nation, weil ich mal eine Kleinigkeit verheimlicht habe!«

»Gelitten, dass ich nicht lache!«, kreischt Tante Rita. Sie hat sich natürlich nicht wieder hingesetzt, denn sie weiß, dass ihr Kreischen im Stehen besser zur Geltung kommt.

»Abgehauen ist er. Es geht ihm prima, besser als dir, er flaniert die Strandpromenade in Jaffa hin und her, hin und her mit seiner neuen Frau, seiner neuen Familie, und dich hat er mit diesen beiden verrückten Meschuggas hier sitzen gelassen.«

Jetzt springen auch Mama und Baba Soja auf, sie reden alle durcheinander.

Was redest du da, Rita, sie spinnt, Rafik!, bist du verrückt, das ist Unsinn!, geworden, er soll die Wahrheit, raus aus meinem, erfahren, er ist erwachsen, Haus! Verschwinde, hat das Recht dazu, Verräterin, meine, seht, was ihr aus ihm gemacht, eigene Schwester!, wie kannst du!, habt!, Ich habe es euch schon damals, mein Herz!, gesagt, das wird böse enden!, mein Herz, mein Herz!

Was reden sie da? Vater gar nicht tot? Am Leben? Verlassen? Er uns? *Mich?* Tschernobyl, der Unfall, alles eine Lüge?

Mir wird schwarz vor Augen, ich taumle nach hinten, kann mich nicht halten, kippe, knalle mit dem Kopf gegen den Wandschrank, etwas poltert, geht zu Bruch, könnte mein Schädel sein oder mein Verstand.

»Rafik!«

Sie stürzen zu mir.

»Nein!«, rufe ich und ziehe mich hoch.

»Stimmt das? Stimmt das? Er ist nicht tot?«

Schweigen.

Dann Mama, leise:

»Rafik, versteh doch, er hat uns verlassen, dich und mich. Es war ... ein Missverständnis. Ich wollte nicht, dass du ihn hasst. Ich wollte, dass du ihn weiter lieben kannst. So war es besser!«

»Du hast ihn also für mich umgebracht!«, brülle ich. »Für mich hast du es getan, obwohl du wusstest, wie sehr ich ihn geliebt habe! Wie konntest du! Wie konntet ihr?«

Mein irrer Blick wandert von Mama zu Baba Soja zu Tante Rita und zurück, ich kann sie nicht ansehen, ohne mir die Augen zu verbrennen, ich wünschte so sehr, ich hätte noch meinen Sack voller Steine, ich würde die Steine einzeln herausnehmen und sie gegen die Wand schmettern, gegen die gerahmten Bilder, gegen den Fernseher, den Videorekorder, die Wanduhr, die Vitrine mit dem Teeservice, gegen den Glastisch, die Vasen, die Souvenirs, gegen die Nähmaschine, die frisch gewaschene Wäsche, den Herd mit den Pfannen und Töpfen, gegen die geputzten Fenster mit den Rüschengardinen, gegen alles, was ihnen lieb und teuer ist, gegen alles, womit sie mein Leben vollgestellt haben, das eine einzige Lüge ist. Doch ich habe die Steine nicht mehr, ich stehe da mit leeren Händen und weiß nicht, wohin mit meiner Wut. Ich habe keine Steine und habe keine Worte für die Wut, also kehre ich ihnen den Rücken zu und gehe, gehe in den Flur, ziehe Schuhe und Mantel wieder an, schnappe meinen Rucksack und trete hinaus, lasse die Tür offen stehen und stürze die Treppe hinunter und höre sie meinen Namen rufen. Doch ihr Rufen rückt in weite Ferne, und ich denke immer nur: Schert euch zum Teufel! Zum Teufel mit euch ... und dann trete in die Kälte hinaus und mache mich auf die Suche nach einem neuen Sack mit neuen, noch schwereren Steinen.

19

Die Froschkönigin

Ich sitze im Bus und kann mich nicht daran erinnern, wie ich eingestiegen bin. Es ist, als könnte ich mich an überhaupt nichts mehr erinnern, als sei alles, was jemals geschehen ist, hinter einem schweren Vorhang verborgen. Ich stehe davor und habe nicht genug Kraft, um den Vorhang hochzuheben, und vielleicht habe ich auch gar keine Lust dazu. Mein Kopf ist luftleer und summt, als hätte jemand darin einen Ventilator angemacht. Gedanken, die sich zu schnell im Kreis drehen, doch wenn man einen Finger hineinsteckt, um sie zu stoppen, dann bricht der Finger, einfach so. Ich weiß nicht, wo der Bus hinfährt, draußen wird es dunkel, ich halte mich an meinem Rucksack fest und schaue aus dem Fenster, die Menschen haben Mäntel an und tragen riesige Einkaufstüten nach Hause und tun so, als wüssten sie nichts von meinem Unglück. Jemand steigt ein und grüßt mich, ich habe keine Ahnung, wer das ist, ich erinnere mich nicht an das Gesicht, aber vielleicht grüßt er auch nicht mich, sondern jemand anderen. Der Bus biegt um die Ecke, fährt geradeaus, hält, biegt wieder ein. Ich erkenne die Straße, am Ende der Straße ist der Park, in dem ich heute Morgen den Tod meines Vaters beerdigt habe. Ich denke »heute Morgen«, doch es fühlt sich ganz anders an als jedes »heute Morgen«, das ich je gedacht habe. Zwischen heute Morgen und jetzt wächst eine uralte Eiche, an ihren Ästen hängen unzählige Leben, gelebte und ungelebte, sie wachsen zwischen mir und dem, der ich noch heute Morgen gewesen bin, und sie alle gehören mir. Der Bus bremst ab und senkt sich zur Seite, die Türen springen auf, ein kalter Luftzug streift mich, und mir ist, als wäre das alles hier schon einmal passiert. Die Türen schließen wieder, doch ich drücke wie wild auf den Türöffner, rufe »halt, aufmachen«, weiß, dass die Tür noch mal aufgehen wird, weil ich das alles schon einmal erlebt habe. Draußen ist es dunkel geworden, die Laternen springen an, ich setze einen Fuß vor den anderen und versuche mich zu erinnern, was als Nächstes kommt. Ich stelle mir vor, dass die Zeit ein Kreis ist und dass alles irgendwann zum Anfang zurückkehrt. Vielleicht muss ich einfach nur immer wieder einen Fuß vor den anderen setzen, meine Beine funktionieren auch ohne Gedanken, und wenn ich wieder zu mir komme, bin ich nicht am Ziel, sondern am Start, bin in unserer Wohnung in Kiew und mache Hausaufgaben und höre, wie die Wohnungstür aufgeht und das dumpfe Geräusch von Vaters Koffer, der nur aus der Abstellkammer verschwindet, wenn er auf Geschäftsreise ist. Mein Vater lebt. Er lebt, und meine Beine, die ganz ohne Gedanken sind, rennen durch die Dunkelheit des Parks, bis zum Teich, wo unter dem Baum mit den niedrig hängenden Ästen sein Tod begraben liegt. Doch dann, gleich vor dem Grab, schwindet plötzlich alle Kraft aus ihnen, auch aus dem Rücken, dem Bauch, mir wird ganz schwindelig, ich sinke zu Boden, schlage auf die kalte Erde auf wie etwas, das man versehentlich fallen ließ. Und die Gedanken überfluten meinen Kopf, der so schwer wird, dass er kippt, vornüber Richtung Knie. Vater ist nicht tot. Er lebt. Das ist gut. Das ist wie eines jener Wunder, von denen Golan und Charlotte immer reden, er war tot und ist es nicht mehr, als hätte Schwester Margots Jesus seine Finger mit im Spiel gehabt. Aber das ist es ja gerade, das ist das ganze Problem, er war überhaupt *nie* tot, er hat die ganze Zeit gelebt, das ist es, was ich nicht begreife. Als ich *heute Morgen* dieses Loch schaufelte, hat er an seinem Kaffee genippt, als ich die Magazine kaufte und sie las und mir den Kopf darüber zerbrach, was mit ihm geschehen ist, hat er gerade Zähne geputzt oder stand an einer Kasse oder machte Mittagspause. Jedes Mal, wenn ich nachts ins Bett machte, schlief er friedlich, und wenn ich morgens auf dem nassen Bettlaken aufwachte, gähnte er und drehte sich noch mal um. Und in dem Moment, genau in dem einen Moment, als Mama sagte: *Er ist tot, er kommt nicht mehr wieder, nie wieder,* und ich ihr glaubte, was hat er da gemacht? Ich muss wissen, was er getan hat, als ich zum ersten Mal aufgehört habe, ein Kind zu sein, und was er getan hat, als ich nicht wusste, wie es geht, erwachsen zu werden. Ich blicke in die Dunkelheit des Parks und erkenne nichts, als würden meine Augen sich weigern, sich an die Nacht zu gewöhnen, und plötzlich ist da Mamas Hand mit den aprikosenfarbenen Fingernägeln, sie greift meinen Unterarm, die Nägel bohren sich in meine Haut, so tief, dass ich ihr glauben *muss*: Er ist gestorben. Da ist Baba Soja, die den Mund öffnet, um mir die Wahrheit zu sagen, *Klara, was redest du, er lebt doch, er lebt,* und ihn doch wieder schließt und sich wortlos ins Sofa sinken lässt. Ich habe ihnen immer alles geglaubt. Dass sie mich über alles lieben. Dass sie immer wissen, was das Beste für mich ist. Ich war noch ein Kind und schämte mich jedes Mal, wenn ich geflunkert hatte, und jetzt schäme ich mich noch mehr. Nicht für meine kleinen, unbedeutenden Lügen, sondern dafür, dass sie es waren, die mich hervorgebracht haben, für alles, was uns miteinander verbindet, für jeden einzelnen Moment, in dem sie zu feige waren, mir die Wahrheit zu sagen.

Es ist stockdunkel geworden. Ich blinzle. Ein Windstoß schüttelt die langen Äste, es riecht nach nasser Erde, und kurz habe ich das Gefühl, das Eis knistern zu hören. Doch das Eis hat keinen Grund zu knistern oder aufzubrechen, es wird stur auf den Frühling warten, weil die Zeit ihm egal ist. Irgendwann wird es tauen und wieder zu Wasser werden, und die Enten werden wiederkommen und darauf warten, dass jemand sie mit Brotkrümeln füttert. Und weder das Eis noch das Wasser noch die Enten werden sich an uns erinnern, und sie werden nichts wissen von dem Grab, das ich nur schaufelte, damit das Schicksal mich auf die gemeinste Weise verspotten kann. Ich beiße die Zähne zusammen, so fest, bis es wehtut, bis in meinem Kiefer etwas platzt, eine Wutkapsel, der scharfe Geschmack der Wut legt sich auf meine Zunge, und ich schlucke sie, damit sie sich im ganzen Körper ausbreiten kann. Ich springe auf, erschrocken von dem Schmerz und davor, wie gut er tut, wie ein Stromschlag, der einen toten Körper wiederbelebt.

»Ich muss ihn wiederfinden!«, rast es durch meinen Kopf, »Wo ist er nur?«, doch ich kann noch immer nichts erkennen in der Dunkelheit, also gehe ich zurück auf alle viere und taste mit den Händen die Erde ab, hier muss er gewesen sein, falls er überhaupt noch da ist, falls nicht ein Hund oder ein Kind... Meine Hand greift etwas, das weder Erde noch Stock ist. Ich stehe auf, mache ein paar Schritte zur Seite, dorthin, wo sich das Licht der Straßenlaternen durch die Sträucher kämpft, und halte den Stein vor mein Gesicht. Er ist es, ich kann die Umrisse der Schildkröte sehen. Sie ist noch da, ist nicht weggekrochen, sie trägt ihr Los mit übermenschlicher Geduld, dieses Los, das das Schicksal der ganzen Welt ist. Es kommt nicht infrage, dass sie sich auch noch die bittere Ironie dieses Grabes auf den Panzer lädt. Durch die dicke Wand der Dunkelheit betrachte ich die Schildkröte, so lange, bis ihre Umrisse verschwimmen und der Stein in meiner Hand nur noch ein Stein ist. Während er immer schwerer in meiner Handfläche wird, höre ich Charlottes Stimme in mir laut werden: »Behalte ihn, du wirst ihn brauchen, um ihn zu betrachten oder es nicht zu tun, um ihn in die Luft zu werfen oder ihn zu vergessen, damit du irgendwann über all das hier lachen kannst.« Und ich versuche zu lachen, versuche es wirklich, doch es geht nicht, es ist, als sei ich betäubt an der Stelle, wo Vergebung und Glück wohnen.

Ich lasse mich auf die nächste Parkbank sinken, öffne meinen Rucksack und lege den Stein wieder hinein. Eine Wolke eisiger Luft strömt mir aus der Nase, und plötzlich wird mir klar, dass ich friere. Ein Zittern geht durch meine Arme, meinen Bauch, meine Kiefer, alles zieht sich zusammen. Ich fühle mich, als würde ich treiben, auf einer Eisscholle in der Arktis, um mich herum nur Frost und Dunkelheit und Leere, und es gibt nichts, woran ich mich festhalten kann, kein sprichwörtlicher und auch kein buchstäblicher Rettungsanker in Sicht ...

Ich bebe so sehr, dass auch der Rucksack zu beben beginnt. Brrrrr. Brrrrr. Eine Stille. Und dann wieder: Brrrr. Brrrr. Ich reiße den Reißverschluss der Außentasche auf und ziehe das Handy heraus. Eine SMS. Es ist Charlotte.

Mein Lieber, ich hoffe, es gab bei dir zu Hause keinen Streit, zumindest keinen großen. Lass mich wissen, ob alles in Ordnung ist. In Liebe, Charlotte

Ich setze an, um eine Antwort zu tippen, doch ich finde einfach keine Worte, nicht ein Wort fällt mir ein, das beschreiben könnte, was passiert ist. Ich drücke die SMS weg, werfe einen eiskalten Blick auf die zwölf Anrufe in Abwesenheit von Anonym und stecke das Handy zurück in den Rucksack. Mit schnellen Schritten durchquere ich den Park. Endlich gewöhnen meine Augen sich an die Dunkelheit. Von Weitem kann ich das Hospiz erkennen, im ersten Stock brennt noch Licht. Vor dem Zaun bleibe ich stehen. Ich rüttle am Gitter, doch es lässt sich nicht öffnen, Schwester Margot muss es schon abgeschlossen haben. Ich laufe einige Schritte am Zaun entlang, bis zum nächsten Baum. Ich gehe drum herum, einmal, zweimal, überlege, wie es am besten geht. Ich greife nach einem Ast, er ist dünn und könnte brechen, doch er bricht nicht, und stütze mich mit dem rechten Bein am Gitter ab, ziehe mich hoch, werfe das linke Bein über den Zaun, ziehe das rechte nach und muss nur noch loslassen, ohne nach unten zu sehen. Lass einfach los, Rafik! Etwas in meinem linken Bein knackst laut. Ich ignoriere den Schmerz, komm schon, nicht jetzt, nicht jetzt.

Ich gehe langsam um das Haus herum, die Zimmer im Erdgeschoss sind alle dunkel, ich schleiche auf die andere Seite, wo die Terrassen sind. Ich bin mir nicht sicher, wo Charlottes Zimmer ist, ich spähe in ein Fenster, doch die Gardinen sind zugezogen. Die Terrassen sehen alle gleich aus, im Winter geht niemand hier raus, nicht einmal Charlotte. Auf Zehenspitzen schleiche ich zum nächsten Fenster, dieselben Vorhänge, dieselbe Terrassentür. Dahinter ist alles dunkel. Ich schaue mich um, suche nach einem Anhaltspunkt, finde keinen. Der Einfall kommt kurz vor der Verzweiflung. Ich reiße den Rucksack auf und hole das Handy heraus, drücke die Tastensperre weg und leuchte mit dem kleinen Bildschirm ins Fenster. An der Wand erkenne ich Umrisse einer Kommode, darauf eine Schale, Steine, alles schimmert grün. Es ist ihr Zimmer, doch sie scheint nicht da zu sein. Vielleicht ist sie noch beim Essen oder im Aufenthaltsraum mit ihren Eltern. Oder sie ist doch da und schläft schon, schläft gerade ein. Ich klopfe leise an die Scheibe und warte. Nichts geschieht. Ich klopfe wieder, etwas lauter. Beim Gedanken, noch länger in der Kälte auf sie warten zu müssen, bekomme ich Todesangst. Ich hämmere an die Scheibe, immer und immer wieder. Sie muss da sein, sie muss einfach. Endlich geht das Licht an.

»Wer ist da?«, fragt sie leise.

»Ich bin es, Rafael«, rufe ich durch die Scheibe, viel zu laut, und sehe mich im nächsten Augenblick erschrocken um, als hätte jemand anderes die Nachtruhe mit seinem Geschrei gestört.

»Ich bin es, Rafael«, sage ich noch einmal, ganz leise, als ob es mein Gebrüll ungeschehen machen könnte. »Bitte, mach auf.«

Ich kann nicht hören, wie sie aufsteht und zur Tür kommt, ich sehe nur, wie ihre Hand am Vorhang der Terrassentür auftaucht und ihn zur Seite zieht. Charlotte trägt ein langes weißes Nachthemd, das fast bis zum Boden reicht. Mein Blick fällt auf ihre Füße, die in dicken Wollsocken stecken. Bestimmt musste Tina sie überreden, die Stiefel doch auszuziehen, schießt mir durch den Kopf, und ich muss beinahe lächeln. Charlotte dreht den Türgriff, doch sie scheint nicht genug Kraft zu haben, um die Tür aufzuziehen, also lehne ich mich mit der Schulter dagegen und schiebe mit meinem ganzen Gewicht, bis sie mit einem Knall aufspringt. Erst als ich vor ihr stehe, wird mir klar, dass etwas nicht stimmt. Ich starre sie an und suche den Fehler, wie auf den Bildchen in den Kinderzeitschriften, die auf den ersten Blick gleich aussehen, es aber doch nicht sind.

»Was ist los?«, fragt sie mit erstaunter Miene.

»Deine Haare...«

Charlotte fasst sich mit einer Hand an den Kopf. Er ist kahl, oder zumindest erscheint er auf den ersten Blick so, in Wirklichkeit sind nur einige Stellen wirklich kahl, an anderen treten kleine Härchen heraus, dazwischen schlängeln sich kleine blaue Äderchen wie Risse unter der Haut.

»Entschuldige, ich habe mich so erschrocken, dass ich vergessen habe, sie anzuziehen.«

Ich starre sie an, sie sieht so zerbrechlich aus, dass mir die Tränen in die Augen schießen.

»Was ist passiert?«, fragt sie wieder. »Habt ihr euch so schlimm gestritten?«

Ich möchte ihr antworten, wirklich, doch ich habe einfach keine Worte, ich habe nur diese stechende Wut auf der Zunge, mein Mund ist wie gelähmt, ich sinke in den Sessel, wortlos.

Das dumpfe Getöse des Wasserkochers füllt die Leere in meinem Kopf, ich starre den Kocher an und nehme zum ersten Mal wahr, wie er zu wackeln beginnt. Je lauter das Wasser brodelt, desto ruhiger werde ich. Charlotte hat zwei Schalen aus der Kommode geholt und in jede davon einen Teebeutel gelegt, ich nehme die leere Schale in die Hand und spiele an dem Fädchen herum. Charlotte liegt wieder im Bett, sie hat die Rückenlehne hochgefahren und sieht mich an.

»Du hättest sie nicht anziehen müssen«, sage ich und versenke meinen Blick noch tiefer in die Schale.

»Hast du schon mal versucht, zwei Sachen gleichzeitig zu machen, die dir beide schwerfallen? Zum Beispiel gleichzeitig zwei schwere Sprachen zu lernen, Finnisch und Mandarin, du kannst es versuchen, aber es wird nicht klappen. Ich finde, du musst dich nicht auch noch an meinen Anblick gewöhnen, während du mir erzählst, was passiert ist.«

Wieder bin ich kurz davor zu lächeln. Plötzlich komme ich mir ganz blöd vor, für einen Moment sehe ich mich von außen, vielleicht durch ihre Augen, wie ich dasitze, schmutzig und elend, und das Nächste, was ich sagen werde, ist: »Mein Vater ist noch am Leben.« Wir sollten keinen Tee trinken, sondern Champagner, wäre ihre Antwort. Ich löffle meinen Blick aus der Tasse, sehe Charlotte an und sage es. *Mein Vater ist noch am Leben.* Ich kann hören, wie ich es sage, ich bin gleichzeitig in mir drin und nicht in mir drin, und es ist das erste Mal, dass ich es glaube, weil ich Charlotte brauche, um es Wirklichkeit werden zu lassen.

Charlotte schaut erst ungläubig, dann überrascht. Hinter ihren Pupillen gleiten kleine Puzzleteile ineinander, bis das Bild ganz ist. Sie zieht die Augenbrauen hoch und bewundert es staunend.

»Na so was!«, sagt sie, und dann hält sie mir ihre Schale hin, mit der stummen Bitte um frisch aufgegossenen Tee.

Wir schweigen eine Weile. Ich fühle mich, als wäre ich am Ende meiner Kräfte, meine Wut ist einen Marathon gelaufen, bricht am Wegrand zusammen und schnappt nach Luft.

»Warum gibt es im Leben nie etwas umsonst?«, höre ich mich sagen. »Warum muss man für jedes kleine Stückchen Glück, für jeden noch so mickrigen Krümel Hoffnung so teuer bezahlen?«

»Ist das so?«

»Natürlich ist das so!«, sage ich, viel zu laut. Meine Wut hat Luft geholt und geht wieder an den Start.

»Es ist doch offensichtlich! Nie habe ich mir mehr gewünscht als das: dass er gar nicht tot ist, dass er zurückkommt. Und jetzt passiert es, es passiert wirklich, doch es passiert nicht wie in meinen Träumen, durch ein Wunder. Sondern durch eine Lüge, so groß wie der verdammte Mount Everest, da kann man nicht mal eben drum herumgehen. Und jetzt ist es, als wären sie gestorben, meine Mutter und meine Baba, sie sind wie tot. Mein Vater lebt, und ich habe keine Familie mehr.«

Charlotte umfasst die dampfende Tasse mit beiden Händen, sie nippt nicht ein einziges Mal am Tee, während ich rede.

»Sie haben es einfach zugelassen, jahrelang, sie haben zugelassen, dass ich glaubte, ich sei verrückt. Dabei war ich gar nicht verrückt, sie waren es. Er ist gekommen, um mich zu sehen, er hat angerufen, er wollte mich nicht verlassen, und ich dachte, er will mich ins Jenseits entführen, dabei wollte er mir nur zum Geburtstag gratulieren. Er muss gedacht haben, dass ich ihn hasse, dass ich nichts mit ihm zu tun haben will.« Ich weiß nicht, ob ich flüstere oder brülle, ich muss nach Luft schnappen wie bei einem Schluckauf, ich weiß nicht, ob ich weine, doch ich schmecke Salz in den Mundwinkeln.

Die Tür von Charlottes Zimmer wird vorsichtig aufgeschoben, Schwester Margot erscheint im Türspalt. Als sie mich sieht, hält sie vor Überraschung inne.

»Ich dachte, jemand würde rufen.«

»Es ist alles in Ordnung«, sagt Charlotte beschwichtigend.

»Das sieht aber nicht so aus«, findet Schwester Margot. Sie tritt an Charlottes Bett und sieht mich besorgt an.

Charlotte fasst Schwester Margot am Arm.

»Können wir es heute ausnahmsweise mit den Besuchszeiten nicht so genau nehmen?«

Schwester Margot nickt.

»Es tut mir leid«, murmle ich. Mir ist das alles so peinlich, dass ich mich in Luft auflösen möchte. »Ich werde gleich gehen.«

»Er kann nicht nach Hause«, klärt Charlotte Schwester Margot auf.

»Weißt du, wo du hingehen wirst?«, fragt diese. Ich schüttle den Kopf. Ich weiß es wirklich nicht. Aljoscha ist nicht da. Ich habe niemanden, außer Charlotte. Ich spüre, wie etwas in meinem Hals anschwillt und mich daran hindert zu schlucken, mir ist, als wäre in mir eine riesige Presse, die alles zusammendrückt, in meinem Brustkorb, in meinem Hals, meinem Kopf, so fest, bis ich noch mehr Tränen schmecke. Ich frage mich, warum das alles gerade mir passieren muss, mir und nicht jemand anderem, den ich nicht kenne und auch nie kennenlernen werde.

»Glaubst du, er könnte hierbleiben?«

»Na, wir können ihn ja schwerlich vor die Tür setzen«, sagt Schwester Margot und runzelt die Stirn. Sie blickt sich um, als würde sie etwas suchen.

»Wir haben kein Zimmer mehr, aber vielleicht geht es auf der Couch im Aufenthaltsraum. Ich lege dir Bettzeug hin und bringe dir ein Handtuch. Du kannst bei Charlotte duschen, wenn sie es erlaubt.«

Ich nicke. Ich bin ihr wirklich dankbar, auch wenn ich lieber bei Charlotte im Zimmer schlafen würde, von mir aus auf dem Fußboden, Hauptsache in ihrer Nähe. Doch ich stelle Schwester Margots Gastfreundschaft lieber nicht auf die Probe. Ich versuche ein Lächeln. Es misslingt. Mein Hals wird ganz schief, mein Blick schwenkt zur Seite und bleibt über der Türschwelle hängen, wo ein ausgemergelter Jesus an seinem

Kreuz ausharrt. Fast habe ich Lust, ihm zuzurufen: »Jetzt weiß ich, was Verrat und Leid bedeuten.«

Schwester Margot scheint es zu bemerken. Sie legt eine Hand auf meine Schulter, behutsam, als sei ich ein Vogel, der jederzeit davonfliegen könnte, *es wird wieder gut,* sie sagt es ganz leise, und ich weiß, dass sie es wirklich meint.

Nach der Dusche geht es mir etwas besser. Charlotte hat gewartet, bis ich aus dem Bad komme, doch ich sehe, dass ihr die Augen zufallen, dass sie ganz schläfrig ist und sich nur mit viel Mühe wachhält.

»Ich werde mich jetzt hinlegen«, sage ich. »Der Morgen ist weiser als der Abend.«

»Das ist ein schönes Sprichwort«, lächelt Charlotte.

»Es kommt aus einem russischen Märchen, in dem eine Froschkönigin in der Nacht alle Probleme löst, während der Königssohn schläft.«

»Gelobt sei die Froschkönigin!« Charlotte lächelt, ohne die Augen aufzuschlagen.

Ich sehe sie an, und dann tue ich etwas ganz Ungeplantes, etwas, das ich in meinem ganzen Leben noch nie getan habe. Ich beuge mich über sie und berühre mit meinen Lippen ihre Stirn, an der Stelle, wo ein blaues Äderchen runter zur Schläfe läuft. Bevor ich darüber nachdenken kann, ob es richtig ist, spüre ich die Wärme ihrer Haut an meinem Mund, es ist, als würde ich mich seit Jahrtausenden zu ihr lehnen, um sie dort zu berühren, wo das Leben am dichtesten durch sie hindurchströmt.

»Siehst du«, flüstert Charlotte mit geschlossenen Augen. »Du hattest unrecht. Es gibt sehr wohl Dinge auf der Welt, die es ganz und gar umsonst gibt!«

Im Aufenthaltsraum hat Schwester Margot mir ein weiß bezogenes Kissen und eine dicke karierte Wolldecke hingelegt. In der Ecke hinter dem Sofa brennt noch eine Lampe. Auf einem Stuhl entdecke ich eine weiße Hose und ein weißes Hemd, wie die Pfleger sie immer tragen. Ich ziehe meine von Erde und Dreck verschmierten Sachen vorsichtig aus und falte sie so, dass der Stuhl, auf den ich sie lege, nicht schmutzig wird. Dann schalte ich das Licht aus und lasse mich ins Sofa sinken. Die Decke ist ein bisschen kratzig, doch ich freue mich fast darüber, weil es mich von dem furchtbaren Kratzen ablenkt, das mit jedem Gedanken an meine Eltern durch meinen ganzen Körper geht. Ich schließe die Augen und versuche, nur noch an die Froschkönigin zu denken, ich falte unter der Decke die Hände zum Gebet wie Schwester Margot und flehe die Froschkönigin an, sie möge zu mir kommen und all meine Probleme lösen, während ich einfach nur schlafe. Und der Raum über mir wird so schwer, bis ich nichts mehr spüre außer meinem Atem, bis selbst mein Atem sich langsam von mir entfernt, rückwärts, rückwärts, ohne sich auch nur ein einziges Mal umzudrehen.

Ich reiße die Augen auf und weiß nicht, wo ich bin. Mir ist, als sei ich an zwei Orten gleichzeitig, in dem halbdunklen Zimmer und noch mitten im Traum, in einem Nichts, einem Vakuum, dem Inneren eines schwarzen Lochs, und ich selbst bin nur ein Teilchen, nur ein Atom, das sich auf das Zentrum des Nichts zubewegt, ins Herz des Chaos, von dem aus das Nichts sich gleichmäßig in alle Richtungen ausdehnt. Und der Raum ist gleichzeitig um mich herum und in mir drin, doch je leerer und dunkler er wird, je tiefer ich in seine Mitte vordringe, desto mehr Platz ist da für das Gesicht. Es taucht auf aus der

Dunkelheit, das Gesicht meines Vaters, oder das, was in meiner Erinnerung von ihm übrig geblieben ist. Es ist mein Vater, wie er nie war, er kommt näher und näher, doch seine Züge werden nicht schärfer, nur verschwommener, er beginnt, sich zu verwandeln, in etwas, das mir immer fremder wird, in das Gesicht meines Vaters, wie es *wirklich* sein könnte.

Ich blinzle, einmal, zweimal, bis es sich langsam wieder auflöst. Hinter den dünnen Gardinen ist die Sonne aufgegangen, es muss schon nach acht sein. Ich bleibe einige Sekunden liegen und atme tief, ich fühle mich wie jemand, der sich von einer schweren körperlichen Arbeit erholen muss. Dann drehe ich mich langsam zur Seite und ziehe meinen Rucksack vom Boden hoch. Ich öffne die Innentasche und nehme das Bild aus der Schutzhülle. Früher, als Kind, habe ich es mir stundenlang angesehen, um ihn nicht zu vergessen. Doch er veränderte sich nicht, er war immer der Gleiche, wie eine Statue aus Marmor, ein Gefangener seiner eigenen Umrisse. Irgendwann kannte ich das Gesicht besser als jedes andere auf der Welt, ich kannte es besser als mein eigenes Spiegelbild, besser als die Gesichter von Mama und Baba Soja, und so legte ich das Bild in meinen Ranzen und ließ es dort. Ich habe es mir nie mehr wirklich angesehen. Ich wusste, dass es für immer so bleiben würde, wie es war. Es bei mir zu wissen, war genug. Jetzt taste ich das Bild wieder mit meinem Blick ab, Millimeter für Millimeter, doch der Blick ist ein anderer. Er ist voller Hoffnung auf das, was ich zu hoffen längst aufgegeben habe: dass der Fluch der Starre gebrochen werden könnte, dass sein Bild wieder zum Leben erwacht. Ich sehe ihm in die Augen und frage mich, wie ich die ganze Zeit übersehen konnte, dass es nicht die Augen eines Toten sind, dass diese Augen sich verändert haben, neue Falten um sich versammelt haben im Laufe der letzten Jahre.

Ohne dass ich mich wehren kann, wandert mein Blick rüber zu meiner Mutter. Ihr Anblick versetzt mir einen Stich zwischen die Rippen, wo die Wutreste sich abgesetzt haben wie Kalk in alten Tassen. Ich suche nach nichts, ich warte nur, bis ich endlich wieder wegschauen kann, und dann ist es plötzlich da. Noch etwas, das ich all die Jahre übersehen habe. Da ist etwas in ihrem Gesicht, an das ich mich nicht erinnern kann, etwas, das mal da gewesen sein muss und irgendwann verschwand, mit einem Schlag oder ganz allmählich. Ich kann nicht genau sagen, ob es die Augen sind oder das Lächeln oder das eine Grübchen auf ihrer rechten Wange. Doch jetzt erkenne ich es ganz deutlich. Es ist ein Glück ganz ohne Vorbehalt. Wenn Mama sich heute freut, ist es, als sei ihre Freude unter Wasser, verzerrt durch gebrochenes Licht, als wüsste sie schon im Voraus, dass es ihr im nächsten Augenblick entgleiten wird. Auf dem Bild aber ist sie voller Optimismus, und plötzlich tut sie mir leid, trotz allem, was geschehen ist. Mein Blick wandert wieder über das Bild, über Mamas weißes Kleid und Papas schweren Anzug zu dem Band in der unteren rechten Ecke, wo in kursiven kyrillischen Buchstaben die Namen meiner Eltern stehen, der Ort ihrer Trauung und der Tag ihrer Hochzeit: der 17. August 1977. Das Datum ist mir nicht vertraut, Mama hat ihren Hochzeitstag nach Vaters Verschwinden nicht mehr erwähnt, sie hatte ja niemanden, mit dem sie ihn hätte feiern können. Ich weiß nur, dass es sehr heiß war und dass sie geschwitzt haben und dass Mama froh war, mich im Februar bekommen zu haben und nicht im Sommer, weil sie die Hitze nicht verträgt. Mir kommt der Schnee meiner Kindheit in den Sinn, der den ganzen Winter lang wie ein riesiges unbeschriebenes Blatt über der Stadt lag und an meinem Geburtstag zu schmelzen begann, bis die Welt so aussah wie das Schulheft eines Taugenichtses, dunkle Tintenflecken, wo man auch hinsieht. Damals hatte ich geglaubt, wenn man rückwärts zählt, könnte man die Zeit dazu bringen, rückwärts zu laufen, und ich versuchte es immer und immer wieder, damit der Schnee wiederkam, damit ich auch an meinem Geburtstag noch Schlitten fahren konnte oder Schneemänner bauen. Ich starre auf das Bild meiner Eltern und spüre den Drang, es wieder zu versuchen, die Tage, Wochen und Monate rückwärts zu zählen, bis mein Leben wieder so weiß und voller Hoffnung ist wie das erste Blatt Papier am allerersten Schultag. Mittwoch Dienstag Montag Sonntag Samstag Freitag Donnerstag Mittwoch. Ich nehme die Finger zur Hilfe, wie damals in der dritten Klasse. Februar Januar Dezember hier ist der Schnee am schönsten November Oktober September hier fängt das Schuljahr an August Juli Juni, Sommerferien. Wieder vorwärts. Juni, Juli, August...

Ich starre auf meine Finger, es sind sieben, und mir ist, als würde etwas nicht stimmen, also zähle ich noch mal: August September Oktober November Dezember Januar Februar... Sieben.

Und ich halte das Bild mit zwei Fingern und kann nicht fassen, wie blind ich all die Jahre gewesen bin.

Ich habe es sogar geschafft, mich selbst zu übersehen.

Vielleicht ist die Wahrheit etwas, dessen man sich würdig erweisen muss, denke ich und schiebe das Bild zurück in den Schutzumschlag, ganz vorsichtig, um die vierfingrigen Abdrücke nicht zu verwischen, die die Froschkönigin darauf hinterlassen hat.

20

Unterm Strich

Es ist schon kurz vor zehn. Ich sitze in dem Sessel neben Charlottes Bett, ich bin weiß von Kopf bis Fuß und warte. Meine schmutzigen Sachen hat Schwester Margot mitgenommen, um sie mit anderen Kleidungsstücken der Gäste in die Reinigung zu geben.

»Die Turnschuhe nehme ich auch mal, du bleibst ja noch ein wenig, oder?«, fragte sie und zeigte auf ein Paar weißer Gummihausschuhe neben dem Sofa.

Als ich mir in Tinas Küche ein Brot schmierte und an mir herunterblickte, fand ich, dass ich zum ersten Mal nicht so aussah, als hätte ich hier nichts verloren. Für einen Moment fühlte ich mich richtig heimisch, und dann ging mir auf, dass ich hier sehr wohl etwas verloren hatte. Einen Haufen Dinge, die ich nicht gebraucht und dennoch mit mir herumgeschleppt hatte, vier Hosentaschen voll zerknüllter Unsicherheiten und bröseliger Ängste.

Auf dem Weg zu Charlottes Zimmer traf ich ihre Mutter. Ich weiß nicht, ob sie sich über meinen Aufzug wunderte oder darüber, dass ich schon so früh am Morgen Dienst hatte. Doch sie fragte nicht nach, sagte mir nur, dass Charlotte noch schlafe und sie in der Küche schon mal alles für die Weihnachtskekse vorbereiten wolle, die sie nachher gemeinsam mit

Tina backen würde. Ihr Mann sei auch da, er sei im Hof mit einem Geheimprojekt beschäftigt.

»Aber psst! Nichts verraten!«, ermahnte sie mich.

Ich bot meine Hilfe an, doch sie bat mich, lieber bei Charlotte zu warten und sie zum Frühstück zu fahren, wenn sie aufwache.

Ich schaue in meine leere Tonschale, sie ist alt und hat kleine Sprünge auf der Innenseite, die sich dunkel gefärbt haben von dem löslichen Kaffee, den ich in einem von Tinas Schränken gefunden habe. Die Risse erinnern mich an die Lebenslinien in der Hand, und kurz wünsche ich mir, ich könnte die Zukunft aus ihnen lesen. Es muss gar nicht die äußere Zukunft sein: Welche Note schreibe ich in der Statistikklausur, wie sieht mein Vater heute aus, wie lange wird Charlotte noch leben? Sondern mehr eine innere: Werde ich mit meiner Note zufrieden sein, werde ich ihn wiedererkennen, wie wird mein Leben sein, ohne sie? Nur die eine Frage nach der Möglichkeit von Glück. Mein Blick folgt den dunklen Linien tiefer in die Schale, kriecht über den Tassenboden, holt Schwung und zieht sich hoch, springt von der Kante und landet auf der schlafenden Charlotte. Das Urknallhaar ist ihr im Schlaf vom Kopf gerutscht, und ich habe Zeit, sie zu betrachten, mich daran zu gewöhnen. An Charlotte ohne Urknallfrisur, an Charlotte ohne Kraft für unseren Spaziergang, an Charlotte, die lange nicht aufwacht, die fast ohne Leben ist. Irgendwann, sehr bald, werde ich mich ans Schlimmste gewöhnen müssen, an ein Leben ganz ohne Charlotte.

Ein Räuspern unterbricht Charlottes leisen, gleichmäßigen Atem. Sie öffnet die Augen, blinzelt. Ihr Körper ist ganz unter einer dicken Decke verschwunden, bewegt sich kaum, als sie den Kopf langsam in meine Richtung dreht.

Sie sieht mich an durch riesige Pupillen. Ihr Geist scheint von sehr weit her zu kommen, das Bewusstsein kämpft sich zurück in ihren Körper wie ein Schiffbrüchiger, der in einem Winkel des Horizonts Land erspäht hat. Sie blinzelt und mustert mich. Die Decke gerät in Bewegung, Charlottes kleine Puppenhand erscheint an der Oberfläche dieses Meeres, das ihr Sterbebett sein wird.

Sie streckt sie nach mir aus, die Hand, und ich greife sie, umschließe sie von allen Seiten, bilde einen Hohlraum zwischen meinen Handflächen und nehme sie darin auf, halte die Hand, halte den von den Fluten erschöpften Blick für einen Moment lang fest.

»Die Froschkönigin ist gekommen, nicht wahr?«, flüstert Charlotte. Ihre Stimme ist nur ein Hauch.

Ich antworte nicht, ziehe wortlos das Bild meiner Eltern heraus und gebe es ihr.

Sie tastet nach der kleinen Fernbedienung neben ihrem Kissen, drückt auf einen Knopf, und die Kopfseite des Bettes fährt nach oben. Dabei merkt sie, dass ihre Haare nicht mehr am richtigen Platz sind.

»Schon gut!«, sage ich, ziehe die Perücke vorsichtig unter ihrem Nacken weg und rücke ihr Kissen zurecht.

»Das hast du mir doch schon mal gezeigt«, sagt sie und hält das Bild etwas näher ans Gesicht.

»Sie war schon schwanger.«

»Hmmm...«

»Sie war schwanger, und darum mussten sie heiraten. Sie hatten gar keine Wahl. Vielleicht haben sie sich gar nicht geliebt. Oder sie waren einfach viel zu jung und wussten noch nicht, wie Liebe geht. Er hat uns einfach nur verlassen. Wahrscheinlich wegen einer anderen Frau. Ich habe ihn mit ihr gesehen, kurz bevor wir nach Deutschland gekommen sind. Ich dachte, sie wäre ein Engel, so schön war sie. Aber sie war nur eine Frau, die meinen Vater am Ärmel zog, um zur Straßenbahn zu gelangen. Wahrscheinlich leben sie in Israel, zumindest hat Tante Rita das angedeutet. Ich kann ja verstehen, dass meine Mutter ihn gehasst hat. Aber warum hat sie das nur getan? Warum hat sie gesagt, dass er tot ist?«

Charlotte schaut das Foto an, dann mich, dann wieder das Foto. Ich wünschte so sehr, sie könnte es mir erklären, ich wünschte, sie würde diesen riesigen Knotenball nehmen, zu dem mein Leben geworden ist, und mit ihren schmalen Fingern die Knoten lösen, einen nach dem anderen. Doch ich weiß auch, dass das nicht geht. Nicht, weil sie es nicht möchte. Sondern, weil es meine Aufgabe ist.

»Das Schlimmste ist, dass ich mich noch viel mehr wie ein Waisenkind fühle als vorher. Als hätte ich niemanden mehr auf der Welt«, sage ich, und dann, weil ich nicht anders kann und weil es wahr ist: »Niemanden außer dir.«

Doch sie schüttelt nur den Kopf.

»Du hast eine Familie, und sie lieben dich. Es gibt nur eine Sache, die du akzeptieren musst. Sie sind nicht perfekt. Niemand von uns ist das. Sonst wären wir nicht hier.«

»Wie meinst du das, nicht hier?«

»Weißt du noch, ich habe dir von der Liste erzählt. Die Liste, die wir mitbringen ins Leben, auf der die Dinge stehen, die wir erledigen müssen, die wir besser machen müssen, vielleicht auch Dinge, die wir sein lassen sollten, und alles, was es zu lernen gibt. Das sind unsere Hausaufgaben, ohne sie würden wir uns hier auf der Erde ganz schön langweilen. Sie sind die Löcher in unserem Sieb, verstehst du. Und das Schöne ist, dass wir sie uns selbst aufgegeben haben, sie uns nur für uns selbst lösen. Und wenn wir nicht immer alles perfekt hinbekommen, sollten wir nachsichtig mit uns sein. Und mit allen anderen, denen es genauso geht. Es geht nicht darum, perfekt zu sein, nur darum, was am Ende unterm Strich herauskommt, wenn wir uns ein bisschen Mühe geben.«

»Und das wäre?«

»Was glaubst du?«

Ich ziehe die Schultern hoch.

»Liebe«, sagt sie. »Es ist immer Liebe.«

Ich schweige, weil es dem einfach nichts zu entgegnen gibt. Mein Blick trifft den von Jesus über der Eingangstür. »Du weißt genau, wovon sie spricht, nicht wahr?«, schleudere ich ihm entgegen, doch er zieht nur die Augenbrauen hoch und nickt ganz unbeeindruckt, als wollte er sagen: Was glaubst du denn, warum ich hier herumhänge seit zwei Jahrtausenden?!?

»Und sieh es doch mal so«, meint Charlotte, nachdem ich den Rollstuhl geholt und ihr geholfen habe, den Bademantel und die Perücke anzuziehen, »wenn du nicht all die Jahre geglaubt hättest, dein Vater wäre tot, wärst du sicher nicht auf die Idee gekommen, hier zu arbeiten, und wir hätten uns niemals kennengelernt.«

Ich ärgere mich richtig, weil sie schon wieder recht hat.

»Und, was schlägst du vor? Soll ich nach Hause gehen und mich dafür bedanken, dass sie mich mein ganzes Leben lang belogen haben?«

»Zum Beispiel!«, grinst Charlotte. Und obwohl es wie ein Scherz klingt, weiß ich, dass sie es absolut todernst meint.

Ich fahre Charlotte zum Frühstück. Tina ist schon da, sie rührt in drei Töpfen mit drei verschiedenen Glasuren für die

Weihnachtskekse, während Charlottes Mutter den Teig ausrollt.

Tina grüßt mich, als sei nichts Besonderes. Schwester Margot muss sie wohl schon gewarnt haben, dass ich hier herumgeistere. Ich gehe nach hinten und mache für Charlotte einen frisch gepressten Orangensaft, weil sie nichts Festes mehr herunterbekommt.

»Von jetzt an werde ich nur noch leichter und leichter, bis ich wieder fliegen kann!«, sagt sie, als ich ihr den Saft reiche, und ich sehe, wie ihre Mutter lächelt und mit dem Handrücken eine Träne auffängt, bevor sie auf dem Teig landen kann.

Ich helfe dabei, die Kekse zu glasieren, bis Schwester Margot mit einer Kiste in der Tür auftaucht.

»Ich dachte, wir könnten schon mal die Tische dekorieren für das Weihnachtsessen morgen. Und der Aufenthaltsraum könnte auch noch ein paar Tannenzweige vertragen. An Heiligabend ist viel Besuch zu erwarten.«

Ich helfe mit der Tischdekoration und gehe dann mit dem Karton unterm Arm zum Aufenthaltsraum. Mir fällt mein Rucksack ins Auge, den Schwester Margot vom Boden aufgehoben und auf einen Stuhl gestellt haben muss, während ich bei Charlotte war. Ich krame nach meinem Handy. Elf neue Anrufe in Abwesenheit. Acht von Unbekannt. Drei von Aljoscha. Ich drücke die Anrufe weg und öffne die Nachrichten.

Alter, wo steckst du? Was ist passiert? Deine Mutter dreht total durch. Sie will dich von der Polizei suchen lassen. Blaulicht und so. Ruf an, Mann.

Ich spüre, wie sich ein schadenfrohes Grinsen in meinem Gesicht breitmacht.

Keine Panik, ich lebe noch!, tippe ich, und: *Die Welt steht kopf. Wann kommst du? Sag ihr, keine Polizei. Sie sollen warten.*

Ich finde, das klingt geheimnisvoll genug und drücke auf Senden. Es dauert keine fünfzehn Sekunden, bis das Telefon klingelt.

»Rafik, Alter, was ist los?«

»Alles ist los, Mann«, sage ich. »Einfach alles!«

»Red doch mal Klartext…«

„Nicht am Telefon.«

»Ey, deine Mutter dreht am Rad, sie schwafelt etwas von einer todkranken Frau und davon, dass du verrückt geworden bist und dir das Leben nimmst, wenn sie dich nicht finden. Sie ruft alle zwanzig Minuten weinend bei meinen Eltern an.«

»Wann kommst du nach Hause?«

»Komm, sag schon, mit wem bist du durchgebrannt?«

»Wann kommst du?«

»Eigentlich morgen. Aber so wie du klingst, Mann, nehm ich den nächsten Zug.«

Ich muss schmunzeln. Ich weiß, dass Aljoscha sich Sorgen um mich macht, doch ich höre auch so etwas wie Bewunderung in seiner Stimme, als hätte er mir diese Rebellion nicht zugetraut, als sei er jetzt fast ein bisschen stolz auf mich.

»Musst du nicht«, sage ich trotzig.

»Mach ich aber. Ich schreibe dir, wann ich ankomme. Komm zum Bahnhof! Und geh vorher nach Hause, Alter, du bringst die beiden noch ins Grab.«

»Das schaffen die auch ganz ohne mich«, werfe ich ein.

»Sehen uns am Bahnhof, so gegen vier!«

»Ja«, sage ich, »hau rein.«

Ich warte nicht mehr, bis er antwortet, und lege auf.

Ich stecke das Telefon in meine Hosentasche, dann leere ich die Kiste aus, hänge Tannenzweige an den Spiegel und verteile goldene und silberne Kugeln und Tannenzapfen auf den

Tischen. Ich ziehe meine Jacke über das weiße Hemd, sie ist warm wie frisches Brot, weil Schwester Margot sie auf die Heizung gelegt hat, und werfe den Rucksack über die Schulter.

Dann bringe ich Schwester Margot noch den leeren Karton ins Büro. Sie nimmt ihre große Brille von der Nase, putzt sie mit einer Spitze ihres Gewands und setzt sie wieder auf, als würde das helfen, die Dinge klarer zu sehen.

»Tina bereitet jetzt das Mittagessen vor«, informiert sie mich, »und Charlotte ist mit ihrer Mutter wieder auf dem Zimmer, um sich auszuruhen.« Und dann, nachdem sie mich eingehend gemustert hat: »Was machen wir denn nun mit dir?«

Ich zucke mit den Schultern.

»Ein Freund von mir, also, mein bester Freund, kommt nachher. Ich werde ihn vom Bahnhof abholen.«

»Das ist gut. Sehr gut«, sagt Schwester Margot, doch die Falten auf ihrer Stirn sind so nah beieinander, dass ich ihr die Begeisterung nicht abkaufe.

»Vielleicht sollte ich nach Hause gehen.«

Ich wundere mich über das, was ich mich sagen höre, denn noch vor einer Sekunde war nach Hause gehen das Allerletzte, was ich vorhatte.

»Ja, das ist sicher die beste Idee«, nickt Schwester Margot, während ihre Augen hinter den dicken Brillengläsern aufleuchten und die Stirnfalten sich leise voneinander verabschieden.

»Deine Sachen bekommen wir erst morgen früh wieder, aber deine Schuhe müssten wieder trocken sein. Ich habe sie ein wenig sauber gemacht, hier ...«

»Das hätten Sie nicht tun müssen, ich hätte auch selber ...«, stammle ich, doch sie unterbricht mich.

»Es gibt Momente, da muss man sich nicht rechtfertigen, da reicht es, sich zu bedanken.«

»Danke!«, sage ich. »Danke für alles!«, und erst nachdem ich es gesagt habe, weiß ich tief in meinem Innern, dass das hier so ein Moment ist.

* * *

Ich stehe schon seit einer Weile vor unserer Haustür und warte, ohne zu wissen, worauf. Es hatte sich einfach so furchtbar unnatürlich angefühlt, vom Aufzug direkt zur Wohnung zu gehen, den Schlüssel aus der Tasche zu holen und aufzuschließen, als sei es mein Zuhause. Seit gestern fühlt sich alles anders an, mein Körper, meine Gedanken, selbst mein Atem scheint mir verändert. Das Brummen des Aufzugs, der Geruch nach abgestandenem Schweiß und Essen im Flur, die Risse im Lack des Türknaufs, sie sind mir plötzlich so fremd wie die Straßen einer ausländischen Vorstadt, die man mit einem Fernreisebus durchquert. Ich lege mein Ohr an die Tür und versuche zu lauschen, doch es ist nichts zu hören, nicht ein Ton. Hoffentlich sind sie nicht schon bei der Polizei, schießt es mir durch den Kopf. Ich spiele mit dem Schlüsselbund in meiner Hand und denke an Schwester Margots Gebetskette. Ich habe keinen blassen Schimmer, wofür die gut ist, aber dieses Hin-und-Her-Geschiebe von Dingen ist irgendwie beruhigend, und heimlich bete ich sogar ein bisschen. *Gott, gib mir die Kraft, durch diese Tür zu gehen, und hilf mir, ihnen zu vergeben ihre Schuld, und führe mich nicht in Versuchung, sie anzubrüllen und wieder zu verschwinden.* Beim Hausschlüssel halte ich inne und betrachte die Zacken. Wirklich, es ist mir ein Rätsel, wie so etwas funktionieren kann, dass genau dieser Schlüssel genau in dieses Schloss passt, mit seinen Zacken genau so und nicht anders. Für einen kurzen Moment zweifle ich sogar daran, dass er sich umdrehen lässt. Jetzt, wo alles so anders ist, warum dann nicht auch das Innere unseres Schlosses? Fast bin ich verwundert, dass es doch funktioniert. Leise schiebe ich die Tür auf und horche. Zum ersten Mal seit vielen Jahren werde ich nicht begrüßt von dem Geruch nach etwas Gebratenem oder Geschmortem. Ich lasse die Tür hinter mir ins Schloss fallen, laut genug, dass sie es hören können, wenn sie zu Hause sind.

»Rafik! Rafik!«, ertönt sogleich Baba Sojas ächzende Stimme. »Klara! Oj! Er ist zurückgekommen!«

Sie stürzen beide in den Flur, eine Flutwelle von gebrochenen Herzen und verweinten Augen, die mich unter sich begraben will.

»Rafik, um Himmels willen, wo warst du nur...«

»Stopp!«, sage ich bestimmt und halte ihnen die offene Hand vor die Gesichter, so, als hätte ich magische Kräfte, als könnte ich sie mit einer Handbewegung durchs Fenster schleudern.

»Wir gehen jetzt rein und setzen uns hin und beruhigen uns. Und dann hört ihr mir zu. Ihr hört mir zu, bis ich zu Ende gesprochen habe, und wenn ihr mich auch nur ein einziges Mal unterbrecht, gehe ich wieder und komme nicht mehr zurück.«

Ich bin selbst ganz erstaunt, wie gut meine Drohung wirkt, denn sie murmeln nur, *Ja, gut, ist gut, komm nur rein, Hauptsache du kommst rein,* und dann setzen sie sich wie zwei Schulmädchen nebeneinander auf die Couch und schauen mich ängstlich aus ihren geschwollenen Augen an.

Doch jetzt, wo ich so vor ihnen stehe, weiß ich gar nicht

mehr, was ich eigentlich sagen wollte, und ich frage mich, was Charlotte sagen würde, und dann fällt mir doch etwas ein.

»Es tut mir leid!«, beginne ich und wundere mich, dass ich mich nicht verspreche, weil ich verdammt nervös bin und es schon immer gehasst habe, vor Menschen zu sprechen, die mich erwartungsvoll ansehen.

»Es tut mir leid«, sage ich erneut. »Ich hätte euch nicht anlügen sollen. Charlotte ist nicht meine Braut, und ich werde sie nicht heiraten. Sie ist eine sehr gute Freundin, und sie bedeutet mir unendlich viel. Es gibt keine Lerngruppe am Mittwoch, mittwochs arbeite ich im Hospiz, und ich habe dort mehr gelernt, als ich jemals in einer Lerngruppe oder an irgendeiner Uni der Welt hätte lernen können. Charlotte hat Krebs, und Krebs ist, wie ihr wisst, nicht ansteckend. Was aber ansteckend ist, ist ihre Lebensfreude und ihr Optimismus. Gerade ihr zwei könntet eine gute Portion von beidem vertragen. Charlotte wird bald sterben, und ich werde so viel Zeit mit ihr verbringen, wie ich kann.«

Ich mache eine Pause und sehe sie an, Mama reibt sich das rechte Augenlid, in dem linken erkenne ich so was wie Erleichterung. Baba Soja fasst sich ans Herz, atmet schwer und nickt, als wolle sie mir sagen, *Ist ja gut, ich habe verstanden.* Es ist ein guter Zeitpunkt, um ihnen die Hiobsbotschaft zu übermitteln, finde ich.

»Außerdem habe ich beschlossen, dass ich im nächsten Semester die Uni wechseln werde. Bei meinen Noten wird das kein Problem sein, und da ich ja jetzt ein Handy habe, könnt ihr mich jederzeit in Frankfurt anrufen. Und mit jederzeit meine ich jeden zweiten Tag, zwischen 17 und 19 Uhr.«

Ich muss mich zusammenreißen, um nicht zu lachen, und es kostet mich Mühe, meine entschlossene Miene wieder aufzusetzen. Mama reißt erst die Augen auf, dann den Mund, doch im letzten Augenblick scheint sie sich an meine Drohung zu erinnern, also schließt sie ihn wieder und schnauft den aufgestauten Protest durch die Nase aus.

»Das ist noch nicht alles!«, verkünde ich weiter. Die aufflackernde Angst in ihren Gesichtern ist wie Balsam für meine Wunden.

»Morgen ist Weihnachten, und ich werde es feiern, mit Aljoscha und seiner Familie und seiner Freundin, die ja, wie ihr wisst oder nicht wisst, eine Vollblutschickse ist, und auch mit Charlotte und ihrer Familie und Schwester Margot. Ach, Schwester Margot, die kennt ihr noch gar nicht, sie leitet das Hospiz, und sie ist übrigens eine Nonne und einer der nettesten Menschen, die ich kenne. Wir haben zusammen zu Jesus gebetet, und es fühlte sich gut an, und ich habe zum ersten Mal verstanden, was ein Gebet ist und auch, was Jesus uns sagen will.«

»Jesus, was hat denn Jesus damit zu tun?«, entfährt es Baba Soja.

»Schscht!«, macht Mama. Sie hat wohl immer noch Angst, ich könnte jederzeit wieder zur Tür hinausstürmen.

»Wenn Jesus und Charlotte nicht gewesen wären, wäre ich gar nicht mehr zurückgekommen! Ihr solltet ihnen dankbar sein!«, stelle ich in den Raum, obwohl ich weiß, dass die beiden es nicht verstehen.

»Ich glaube, das war alles«, beende ich meine Ansprache. »Aber ... wo ist eigentlich Tante Rita?«, fällt mir auf.

»Wo auch immer sie ist, sie soll für immer dortbleiben!«, zischt Mama.

»Bei Bella Gusman ...«, murmelt Baba Soja.

»Habt ihr sie rausgeschmissen?«

»Sie ist selbst gegangen. Aber ich hätte sie rausgeschmissen, wenn sie nur eine Sekunde länger geblieben wäre.«

»Ruf sie an!«, befehle ich. »Sie soll zurückkommen. Und dann werdet ihr mir alles erzählen, alles über Vater, und wenn ihr mir die Wahrheit sagt, dann bin ich vielleicht irgendwann wieder euer Rafik.«

Und ich lasse mich demonstrativ in den Sessel sinken und tippe voller Ungeduld mit der Handfläche auf die Lehne.

»Und niemand wird diese Wohnung verlassen, bis ich alles gehört habe. Und bis ihr euch wieder vertragen habt!«, setze ich hinzu, und zum ersten Mal im Leben fühle ich mich richtig erwachsen.

21

Das große Los

»Junge, was machst du für Scheiß, ey...«, ruft Aljoscha von Weitem und kommt mit schnellen Schritten auf mich zu. Er wirft seine Tasche auf den Boden und drückt mich, als hätte er mich nach Jahren der Trennung in einer Menschenmenge erkannt.

»Mir geht's gut, Mann, alles okay...«

»Was, alles okay! Sag mir endlich, was passiert ist!«

»Komm, gehen wir ein paar Schritte. Ich glaub, ich brauch 'nen Drink.«

»Was ist'n das für 'n Aufzug. Bist du jetzt Krankenschwester?«

»Nein, Erzengel!«, grinse ich.

»Ich glaub, wir brauchen viele Drinks«, meint Aljoscha und zieht mich Richtung Ausgang.

Wir laufen unter die Eisenbahnbrücke auf die andere Seite des Bahnhofs und fallen ins erstbeste Lokal ein, eine Sorte von Bar, die man sonst nur betreten würde, wenn man schon sehr lange von Bier und Sozialhilfe lebt. Zum Glück ist außer dem Wirt niemand da.

»Zwei Whisky«, sage ich bestimmt. Der Alte nickt nur, blinzelt mit den hängenden Schlupflidern und sucht das Regal mit müdem Blick nach der Whiskyflasche ab.

Wir setzen uns an einen Tisch in der Ecke.

»So ein Dreckszeug«, zischt Aljoscha auf Russisch, als er an seinem Glas nippt, und verzieht das Gesicht.

Ich proste ihm zu und trinke auf ex. Es ist wirklich Dreckszeug, aber ich finde, dass es zur Situation passt, diese verrauchte Spelunke, in der es nach zerstörtem Leben riecht, und ein Fusel, der einem die Kehle aufreißt, bevor die Worte dasselbe mit dem Herzen tun.

Also erzähle ich es ihm, mit betäubter, brennender Stimme. Alles. Dass ich ein Unfall war und dass meine Eltern wegen mir geheiratet haben. Auch, wie sehr meine Mutter meinen Vater geliebt hat und wie sehr sie sich geschämt hat und die Angst, die sie hatte, und wie glücklich sie war, als er doch noch um ihre Hand anhielt. Davon, wie sie sich immerzu gestritten haben, als ich noch ganz klein war. Aber was ist schon Streit, wenn man sich liebt. Und davon, wie er nicht einmal mehr streiten wollte, immer seltener etwas gesagt hat, bis es gar nichts mehr zu sagen gab. Aber was sind schon Worte, wenn man eine Familie ist. Wie er immer öfter auf Geschäftsreise fuhr und immer länger wegblieb. Aber was ist schon eine andere Frau, dazu noch eine Schickse, wenn man ein Kind hat, das man mehr liebt als sein Leben. Und dann die eine Geschäftsreise, von der er nicht mehr wiederkam. Von der er nie vorhatte wiederzukommen. Wer das verlässt, was teurer ist als sein Leben, hat nichts anderes verdient als den Tod. Für meine Mutter war das nichts weiter als eine logische Schlussfolgerung. Sie hatte nicht geplant, mich anzulügen. Sie hatte nur keine Worte, wusste nicht, wie, und dann war da noch das Hämmern in den Zwischenräumen des gebrochenen Herzens, lauter als jede Vernunft.

Aljoscha hört mir mit großen Augen zu.

»Krass, Mann. Echt krass. Dein Vater lebt, aber er ist ein Arsch, der euch sitzen gelassen hat. Was ist jetzt, was machst du denn jetzt?«

»Ich weiß nicht, ob er ein Arsch ist. Ich glaube, er ist einfach nur ein Mensch. Seine Geliebte, also ich meine, seine jetzige Frau, sie war schwanger. Ich habe eine Schwester. Ich habe sogar zwei Schwestern… sie leben in der Nähe von Tel Aviv.«

»Krass, Mann, echt krass, boah, wie krass.«

»Die eine ist vierzehn, die andere zehn. Zwei israelische Teenie-Schwestern, ein lebendiger Vater und eine ukrainische Stiefmutter, kannst du dir das vorstellen!«

»Krass, megakrass, mega mega krass…!«, wiederholt Aljoscha immer wieder. Er wird nervös, und ich sehe, dass er nicht weiß, was er noch sagen kann.

»Hey, noch zwei Whisky! Zwei für jeden!«, ruft er Richtung Bar.

Der Wirt brummt etwas und bringt uns widerwillig die Gläser an den Tisch.

»Auf deine Schwestern!«, sagt Aljoscha und trinkt auf ex. Dann wird er nachdenklich.

»Und was ist mit deiner Mutter? Ist sie noch bei Sinnen nach der ganzen Sache?«

Ich zucke mit den Schultern. »Sie ist völlig fertig. Aber ich glaube, sie hat endlich Respekt vor mir.«

»Wurde auch mal Zeit! Und was sollte das Gefasel über die todkranke Braut?«

Ich nippe am Glas.

»Ein Missverständnis«, sage ich, ohne Aljoscha anzusehen. »Das ist Charlotte. Ich kümmere mich im Hospiz um sie. Oder sie sich um mich, je nachdem, wie man es betrachtet.

Viel wichtiger ist, was ich von ihr gelernt habe: dass nämlich alles auf der Welt nicht nur eine Seite hat, auch nicht zwei, sondern viele, viele Seiten.«

Und ich ziehe den Stein aus dem Rucksack, der schon so vieles gewesen ist: ein Teil von Charlottes Sammlung, eine Schildkröte, die das Gewicht der Welt auf ihrem Panzer trägt, das schönste Geschenk, das ich je bekam, der Grabstein meines Vaters und das Relikt einer wundersamen Auferstehung.

Ich zeige ihn Aljoscha, und wir trinken das zweite Glas Whisky und verziehen beide das Gesicht.

Ich spüre einen Mut in mir aufsteigen, ob künstlich oder nicht, weiß ich nicht, doch ich beschließe, es noch mal zu sagen, damit es nicht nur eine leere Drohung für zu Hause ist, sondern etwas, das in naher Zukunft wirklich geschehen wird.

»Übrigens, es gibt Neuigkeiten. Ich komme doch mit nach Frankfurt. Ich ziehe um. Nächstes Semester. Versprochen!«

»Laber nicht, Mann!«

»Doch, ich komme.«

Aljoschas Augenbrauen klettern seine Stirn hoch wie zwei Bergsteiger.

»Echt jetzt?!?«

»Ja, ich komme. In echt. Ich schwöre.«

»Ein Schwur ist nicht nur Wort, ist es eine Tat, kann werden zu Sache von Leben und Tod!«, macht Aljoscha Kantor Golan nach.

»Ich komme nach Frankfurt, du hast mein Wort!«

»Dann gib mir die Hand drauf, Mann!«

Ich schlage meine Hand in seine und spüre wieder die tiefe Freundschaft, die uns während langer Nintendo-Nachmittage und brennender *Bravo*-Sommer so verbunden hat.

»Was ist eigentlich mit deiner Rebekka-Rachel?«, fragt Aljoscha, als wir nach draußen treten und die kalte Luft uns ihren Sauerstoff wie aus einem Maschinengewehr in die Blutbahn jagt.

»Mist! Ich muss ihr noch schreiben. Ich muss ihr sagen, dass wir zu ihrer Fete kommen.«

„Na dann mach mal, du Held!«

Ich ziehe das Handy aus der Jackentasche.

„Was soll ich denn schreiben?«

»Was du willst…«

»Große Hilfe, danke!«

»Schreib: Meine herzallerliebste Rebekka-Rachel, es wird mir und meiner Gefolgschaft eine Ehre sein, eurer holden Tanzveranstaltung am Weltuntergangstag beiwohnen zu dürfen…«

»Eindeutig ein Whisky zu viel, Mann«, grinse ich. »Hilfst du mir jetzt oder soll ich selbst machen?«

»Mach doch einfach!«, grinst Aljoscha zurück.

Ach, was soll's, sage ich mir und tippe das Erste, was mir in den Sinn kommt, ins Handy.

***

»*Ich steh' an deiner Krippe hier, o Jesu, du mein Leben; ich komme, bring' und schenke dir, was du mir hast gegeben. Nimm hin, es ist mein Geist und Sinn, Herz, Seel' und Mut, nimm alles hin…*«

Schwester Margot steht am Kopf der Tafel, sie umfasst das große hölzerne Kreuz, das sie immer um den Hals trägt, mit beiden Händen, schließt die Augen wie im Gebet und singt. Neben ihr steht ein Pfleger mit einer Gitarre, ein Mann, den ich nicht kenne, sitzt an dem Keyboard, das wohl aus dem Musikzimmer hergerollt wurde zur Feier des Tages.

Ich schiebe die Tür leise hinter mir zu und setze mich auf den nächsten freien Stuhl, neben Charlottes Mutter, die mich singend anlächelt. Ich versuche, mich an die Weihnachtslieder meiner Schulzeit zu erinnern, doch mehr als »O Tannenbaum, o Tannenbaum, der Lehrer hat mich blau gehaun« fällt mir nicht ein. Also bewege ich ein bisschen meine Lippen wie beim Playback und hoffe, dass es niemandem auffällt. Auf dem Tisch brennen Kerzen, zwischen die Tannenzweige und Kugeln hat Tina zwei riesige Weihnachtsgänse mit gebackenen Äpfeln und einen goldbraunen Kartoffelauflauf gestellt.

Abgesehen von Charlotte und ihren Eltern sind noch drei weitere Gäste gekommen. Zwei Männer, beide allein, sitzen in ihren Rollstühlen rechts und links von Schwester Margot. Sie scheinen niemanden zu haben, der sie besucht, und ich habe beide noch nie im Speiseraum gesehen. Ein wenig sehen sie sich ähnlich, auch wenn sie es auf den ersten Blick gar nicht tun. Und dann ist da noch eine ältere Dame, sie ist vor Kurzem erst eingezogen und hat Besuch von ihrer Familie. Sie hat sich richtig schick gemacht, trägt sogar einen kleinen pastellfarbenen Hut, und ihre Enkelkinder, ein Junge und ein Mädchen, kommen immer wieder zu ihr, flüstern ihr etwas ins Ohr, das sie zum Lächeln bringt, oder streicheln einfach nur ihre Hand.

»Schön, dass du es geschafft hast!«, sagt Charlotte und umarmt mich, als Schwester Margot das letzte Weihnachtslied ausklingen lässt. Ich lächle und versuche, nicht an die letzten vierundzwanzig Stunden zu denken, an das Flehen meiner Mutter, ich möge ihr verzeihen und alles möge so werden wie vorher, an ihre Wortgefechte mit Tante Rita und all die Dinge, die sie sich an den Kopf warfen, die Wut, aus der sie sich schälten, und die widerwillige Umarmung, als nichts anderes mehr übrig war, weder Tränen noch Vorwürfe noch Schimpfwörter.

Wir sehen Schwester Margot dabei zu, wie sie mit einem großen Messer die Gans zerlegt. Sie tut es mit einer Ungeduld, die man nur selten an ihr wahrnimmt, und als sie sich ihres übertriebenen Eifers klar wird, schnauft sie, hält kurz inne und macht dann weiter, langsamer und mit mehr Erfolg.

»Wann gibt es denn Geschenke?«, ruft der Junge, während Schwester Margot die Gans verteilt.

»Nach dem Essen!«, verspricht seine Mutter. Seine Großmutter aber zeigt zum Baum: »Er soll sie jetzt haben, wenn er will.«

»Na, die paar Minuten hält er schon noch durch! Gleich nach dem Essen gibt es dann Bescherung!«

»Dann esse ich eben extraschnell!«, ruft der Junge und stürzt sich auf seine Portion.

»Ganz recht! Lass dich nicht von Kleinigkeiten ablenken, wenn's ums große Los geht«, zwinkert seine Oma ihm zu.

Ich rücke etwas näher an Charlottes Rollstuhl, sie trägt ihre neuen Stiefel, das Urknallhaar ist zu einem Kranz hochgesteckt. Ich beuge mich zu ihr und flüstere ihr ins Ohr:

»Es tut mir so leid, ich habe überhaupt kein Geschenk für dich.«

»Gott sei Dank! Ich habe auch keins für dich!«, entgegnet Charlotte. »Wir heben es uns auf für eine andere Gelegenheit.«

»Das sagst du so«, entfährt es mir, und ich denke: Dabei weißt du genau, wie knapp deine Zeit ist.

»Wir haben alle Zeit der Welt!«, flüstert Charlotte, als hätte sie meine Gedanken gelesen. »Wir müssen uns nicht so beeilen wie der Kleine da.«

»Ich bin nicht klein!«, empört sich der Junge mit vollem Mund. »Ich gehe schon in die zweite Klasse! Und ich habe mir gar kein großes Los gewünscht, sondern die Raketenstation, damit fliege ich ins Weltall, wrummm.«

Keine Viertelstunde später sehen wir ihm dabei zu, wie er seinen neuen Legobaukasten aus dem Geschenkpapier schält.

Charlottes Vater bringt ein großes, in gelbes Papier und Folie verpacktes Geschenk und legt es vorsichtig in Charlottes Schoß. Ihre Augen leuchten. Langsam packt sie es aus, ganz vorsichtig, damit die Verpackung an keiner Stelle reißt, als wäre der Inhalt gar nicht für sie bestimmt, als wolle sie nur einen kurzen Blick darauf werfen.

»Das ist wunderschön, Papa. Wirklich, mir fehlen die Worte!«, stammelt sie, bevor ihre Stimme ganz ertrinkt. In ihrem Schoß erscheint eine geschnitzte Engelsfigur aus hellem Holz, mit riesigen Flügeln und sanften Gesichtszügen. Das Geheimprojekt, an dem Gerald seit Tagen im Hof gearbeitet hat.

»Sieh mal, Rafael, wie wundervoll, das bist doch du!«, sagt sie und schaut mich mit nassen, leuchtenden Augen an.

Ich berühre den Engel mit den Fingerkuppen, fahre seinen Flügel entlang, das Holz ist glatt und glänzt und riecht nach Neuanfang.

»Den nehme ich mit!«, sagt Charlotte entschlossen. »Er wird mich begleiten, damit ich mich nicht verlaufe!« Und ich sehe ihr an, dass sie es wirklich glaubt, aus tiefstem Herzen.

Später helfe ich Schwester Margot, die Teller abzuräumen.

»Wir freuen uns sehr, dass du heute mit uns feierst«, sagt sie, während ich den Geschirrspüler einräume. »Weißt du, ich glaube ja, dass Weihnachten für alle Menschen da ist, nicht nur für die Christen oder Leute, die an Jesus glauben. Ich meine gar nicht das Fest selbst, ich meine den Geist von Weihnachten, die Geburt des Lichts, des Göttlichen, der Liebe. Und Gottes Liebe ist für alle Menschen da, auch wenn sie es nicht wissen. Verstehst du, was ich sagen will?«

»Ich verstehe es sehr gut!«, nicke ich und halte die Hände unter den warmen Wasserstrahl und würde Schwester Margot am liebsten umarmen, wie man eine kleine Sonne im weißen Häubchen nur umarmen kann.

Am Abend liege ich im Bett und grüble nach über das, was Charlotte gesagt hat, als ich sie auf ihr Zimmer begleitete und den Engel für sie auf den Nachttisch neben ihr Bett stellte.

»Du bist meine Heilung«, sagte sie, ohne den Blick vom Engel zu nehmen. Kurz flackerte so etwas wie Hoffnung in mir auf. Ob es ihr besser ginge? Ob noch ein Wunder geschehen und sie gesund werden würde?

»Du weißt ja, ich fürchte mich nicht vor dem Tod. Da war nur etwas in mir, das noch nicht gehen wollte, etwas fehlte noch. Jetzt ist alles ganz. Und was ist Heilung anderes als ganz zu sein?«

Ihre Worte hallen in meinem Kopf, und ich frage mich immer wieder, warum sie so empfindet, warum für mich... Und es macht mich so unendlich glücklich, dass mir fast die Tränen kommen. Sie denkt, dass ich ihr Schutzengel bin, dabei ist sie meiner. Vielleicht sind wir es ja auch füreinander, denke ich und fühle mich plötzlich, als würde ich aus mir herauswachsen, immer größer und weiter werden, bis ich ganz und grenzenlos bin. Ich habe das Gefühl, dass ich fliege, ich liege ganz tief in meiner Matratze und bin gleichzeitig woanders, bin überall, löse mich in mir selbst auf. Plötzlich bin ich hellwach, meine Gedanken dehnen sich aus, es ist, als hätte ich viele kleine Stromameisen unter der Haut, sie krabbeln meine Brust hoch, über Hals und Wangen bis unter die Augenlider, verwandeln sich in eine Schar von Glühwürmchen, flattern wie leuchtende Synapsen durch meinen Kopf. An Schlaf ist nicht zu denken. Ich schlage die Decke auf, springe aus dem Bett und mache ein paar Schritte im Zimmer. Vor dem Schreibtisch bleibe ich stehen. Ich nehme mein Handy und drücke darauf herum, bis die Tastensperre nachgibt, fahles grünliches Licht, das Flattern in meinem Kopf verflüchtigt sich, ich setze mich auf die Bettkante und lese noch einmal die letzten Nachrichten durch.

Bruder, kommst du noch? Meine Eltern erwarten dich! Ab sechs oder wann du willst.

Mein lieber Raphael, vielen Dank für diesen wunderbaren Tag. Frohe Weihnachten und danke, dass du über mich wachst. Deine Charlotte

Hey Rafik, toll, das freut mich! Bringt was zu trinken und Feuerwerk mit! Hugs & kisses, R

Hugs und kisses ... Sagt man das so? Ich lese noch einmal die SMS, die ich gestern an Rebekka geschrieben habe:

Hey Süße, wollte nur sagen, dass wir kommen, also Aljoscha, sein Mädchen und ich. Sollen wir was mitbringen? LG, Rafik

Habe ich sie wirklich Süße genannt? Und hat sie wirklich darauf mit Umarmungen und Küssen geantwortet? Ich grinse in mich hinein und kann noch lange, lange nicht einschlafen.

22

Die Zukunft ist ein schwarzes Loch

Ich stehe vor dem Spiegel und betrachte meinen Hals, der aus dem Kragen eines weißen Hemdes ragt. Irgendwie finde ich, mein Kopf sitzt schief darauf, oder es ist der Kragen, der schief drum herum sitzt. Jedenfalls gefällt es mir nicht, ich sehe blass aus und fühle mich wie vierzehn. Also ziehe ich das Hemd wieder aus, schlüpfe aus der schwarzen Anzughose und steige zurück in meine Jeans. Ich durchforste meinen Schrank und finde ein dunkelblaues T-Shirt mit V-Ausschnitt, das ich schon immer mochte. Kann schon sein, dass das neue Jahrtausend etwas beleidigt sein wird, von mir in Jeans und T-Shirt empfangen zu werden, doch es ist immerhin meine Lieblingswrangler, sie hat im alten Jahrtausend einiges mit mir durchgemacht, also gehe ich das Risiko ein.

In der letzten Woche war ich jeden Tag im Hospiz und habe Zeit mit Charlotte verbracht. Einmal, als die Sonne unerwartet hinter den tiefen grauen Wolken hervorkam, machten wir einen Spaziergang im Park. Wir saßen am Teich und warteten auf die Enten und sagten nichts, und es war keine einzige Ente zu sehen, aber das machte uns überhaupt nichts aus. Die Luft war so kalt, dass man jeden Atemzug spüren konnte, und ich war froh, dass es so war, denn so, mit dem Stechen in der Brust, brannte sich alles noch besser in mein Gedächtnis:

die Äste, die aussahen, als wären sie mit chinesischer Tinte an den Himmel gemalt, die Lehne von Charlottes Rollstuhl, ihr Ellenbogen, der graue Stoff ihres Mantels, unterbrochen von ihrer Hand, nach der ich greife, als sei es das Selbstverständlichste der Welt. Und dann Charlottes Oberkörper, der sich dem Licht entgegenstreckt wie eine Pflanze, die ganze Charlotte, die sich immer dem Licht entgegenstrecken wird, weil sie nicht anders kann, als wachsen zu wollen.

Heute machten wir keinen Spaziergang. Charlotte schlief, als ich kam, und schlief noch immer, als ich ging. Inge und ich tranken einen Tee nach dem anderen, und als das Wasser aufkochte, fing sie an zu weinen, und als es nicht mehr kochte, hörte sie auf und trank noch einen Schluck. Es wurde immer später, doch Charlotte wachte nicht auf. Ich musste es noch zum Supermarkt schaffen, also versprach ich, am Morgen wiederzukommen, gleich morgen früh, egal wie lang die Nacht wird und ob die Welt beschließt, am Ende doch noch unterzugehen.

Ich ziehe einen Pullover über und schnappe mir meinen Rucksack mit der Flasche Rum und der Flasche Wodka und der Packung Silvesterknaller.

Im Wohnzimmer sitzen Mama und Baba Soja wie jedes Jahr vor dem Fernseher und verfolgen das Silvesterprogramm im Ersten Russischen Kanal.

Als sie mich erblickt, stellt Mama den Fernseher auf lautlos.

»Du gehst schon?«

»Sieht ganz so aus...«

Sie sieht mich an, und ich merke, wie sie mit den Worten kämpft, nein, mit ganzen Sätzen, Gladiatoren in der Arena ihrer alten Gewohnheiten: *Wo gehst du hin? Wann kommst du wieder? Du wirst doch nicht trinken! Pass auf dich auf! Ruf uns an! Bleib noch ein wenig! Setz dich noch mal hin! Geh nicht!*

Ich verharre im Türrahmen und sehe ihr zu, gebannt, wie der Kampf ausgehen wird.

»Vergiss den Schlüssel nicht!«, bringt sie schließlich heraus.

Ich ziehe den Schlüsselbund aus der Jackentasche und lasse ihn in der Luft baumeln.

Wir haben in den letzten Tagen nicht viel miteinander gesprochen. Die erste Erschütterung hat sich gelegt, doch ich kann ihnen meine Vergebung nicht so servieren, wie sie es mein Leben lang mit meinem Essen gemacht haben: alles auf einmal und noch ein bisschen mehr obendrauf. Ich verteile sie in kleinen Portionen, damit sie nicht gleich eine Magenverstimmung davon bekommen.

Mama sieht mich an, ich weiß nicht, wie viel Geduld sie noch aufbringen wird, und sie scheint es selbst nicht zu wissen. Aber vielleicht ist es gut, wenn wir es gemeinsam herausfinden.

»Pass gut auf ihn auf!«, sagt sie mit gedrückter Stimme. »Ich werde nämlich nicht auf dich warten.«

Sie versucht, beleidigt zu klingen, doch ich weiß es besser. Ich gehe zu ihr und drücke sie und gebe ihr einen Kuss und sage »Guten Rutsch«, dann wiederhole ich das Ganze noch einmal bei Baba Soja.

»Sehen uns im neuen Jahrtausend!«, rufe ich den beiden von der Türschwelle aus zu.

»Klara, wo geht er hin? Weißt du, wann er wiederkommt?«, höre ich Baba Soja zetern, und während ich die Tür zuziehe, nehme ich noch wahr, wie der Ton im Fernseher wieder anspringt und Mamas Antwort verschluckt, auch wenn diese nur ein Schulterzucken gewesen sein mag.

Es ist dunkel, und am Himmel ist kein Mond zu sehen. Irgendwo in der Nähe knallen Böller, es ertönt lautes, unreifes Gelächter. Ich laufe eine geschlagene Viertelstunde den Gehweg vor der Bushaltestelle rauf und runter, bis der alte weinrote Audi, den Aljoscha mir beschrieben hat, endlich um die Ecke kommt. Dschülie sitzt am Steuer, sie setzt den Blinker und hält auf der Busspur. Aljoscha kurbelt das Fenster herunter.

»Ihre Limousine steht bereit…«

Ich beeile mich, ins Auto zu steigen. Ein Böller explodiert irgendwo im Gebüsch, hinter uns hupt jemand wie zur Hochzeit, im Rückspiegel sehe ich den Bus über die Ampel fahren.

»Gib Gas, Süße!«, ruft Aljoscha.

»Chill mal, das ist kein Roadmovie!«, kontert das blonde, sehr ausgiebig geschminkte Mädchen am Steuer und setzt den Wagen in Bewegung.

»Hi, ich bin Rafael!«, sage ich und strecke ihr die Hand entgegen.

»Julia!«, sagt Dschülie. »Ich muss mal eben lenken, ich geb dir nachher die Hand.«

Aljoscha dreht sich zu mir um und streckt mir eine Faust entgegen.

»Alles klar, Mann?!«

»Alles klar!«

»Bereit für den großen Abend?«

»War nie bereiter.«

»Gib mir five!«

»Wenn ihr fertig seid, könntet ihr mir mal sagen, wo ich hinmuss!«, meint Dschülie.

»Erst mal immer geradeaus!«, sagt Aljoscha.

Sie nickt, wechselt den Gang und beschleunigt. Die Straße

ist frei, die nächste Ampel noch weit und die Zukunft ein schwarzes Loch von ungeheurer Dichte und Anziehungskraft.

Wir halten vor einem großen Einfamilienhaus, im Vorgarten stehen zwei Tannen, die die Sicht auf die Hausnummer erschweren.

»Hier muss es sein!«, meint Aljoscha.

»Wow, das ist ja ne richtige Villa, nein, was sag ich, ein Schloss«, meint Dschülie und klappt demonstrativ die Kinnlade herunter.

»Das Haus ist ja noch größer als das von deinem Onkel!«, stelle ich fest.

»Ich wusste gar nicht, dass Rebekka-Rachel eine echte Prinzessin ist!«

»Hör auf, sie so zu nennen, sonst vertue ich mich nachher noch, und dann ist es richtig peinlich«, empört sich Dschülie.

»Wer sagt denn, dass du mit der reden sollst? Sie ist eine eingebildete Schhh...«

»Ey...«, ruft Dschülie. »Immerhin gehen wir auf ihre Party!«

»Schönheit«, grinst Aljoscha. »Was dachtest du denn, was ich sagen wollte.«

»Ich denke lieber gar nichts, wenn du redest. Davon krieg ich Migräne!«, kontert Dschülie.

Auch wenn ich sie erst seit siebzehn Minuten kenne, kann sie mir kaum noch sympathischer werden.

Ich stecke meinen Kopf aus dem Fenster und versuche, die Hausnummer zu erkennen. Durch die Tannenzweige dringt Musik.

»Ich liebe diesen Song!«, kreischt Dschülie und singt mit:

»*Do you believe in life after love...*«

»Ich glaube an ein Leben nach dem Parken«, unterbricht sie Aljoscha. Dschülie sieht ihn einige Sekunden lang böse an, doch dann wirft sie den Kopf zurück, lacht und drückt die Kupplung. Sie muss wirklich verknallt in ihn sein, denke ich, denn seine Sprüche waren auch schon mal besser.

Dschülie singt immer noch, als wir vor der Haustür stehen. Wie oft habe ich davon geträumt, einmal hier zu sein, bei Rebekka zu Hause, sie außerhalb des Speiseraums der Synagoge zu sehen, in ihrer natürlichen Umgebung sozusagen. Umringt von diesem Haus, von all den Dingen, die ihr gehören, die täglich von ihr berührt werden und dadurch ein wenig von ihrem Wesen zurückstrahlen in den Raum, muss sie doppelt so schön sein, denke ich und drücke vorsichtig auf die Klingel.

I really don't think you're strong enough noooo.

Wir warten.

Do you belieeeeveeeee in life after loooooveeee...

Aljoscha wird ungeduldig und klingelt ein zweites, ein drittes Mal. Nichts passiert. So hatte ich mir das nicht vorgestellt. In meinem Kopf steht Rebekka in der weit geöffneten Tür, strahlend, umwerfend winkt sie uns zu, begrüßt uns herzlich, empfängt uns, besser gesagt: mich, vor allem mich, mit einer Umarmung und Sekt, *schön, dass du da bist, jetzt kann die Party richtig losgehen.*

Hättest du wohl gern.

»Hallo!!!«, ruft Aljoscha und klopft gegen die schwere Eingangstür, während Dschülie versucht, durchs Fenster zu spähen.

»Hey, was machst du da?«

Dschülie ist auf die Fensterbank gestiegen und hämmert gegen die Scheibe.

»Komm da runter, Süße!«

»Da ist jemand!«, ruft sie. »Hallo, mach mal auf!« Sie winkt und macht einen Kussmund und winkt noch mehr. Aljoscha umschlingt sie an der Taille und zieht sie von der Fensterbank herunter.

Endlich öffnet sich die Tür, darin erscheint ein Typ, der mindestens drei Jahre jünger ist als wir, mit einem NY-Käppi und einem Bier in der Hand.

»Ihr habt Glück, dass ich pissen war!«, sagt er. »Die Party ist unten. See you later, alligator!«

Ich schaue ihm hinterher, wie er lässig die Wendeltreppe zum Keller hinuntersteigt, und mir wird bewusst, dass zwischen den Sätzen »Wie schön, dass du da bist!« und »Ihr habt Glück, dass ich pissen war!« nicht nur eine oder zwei Welten, sondern ganze Dimensionen liegen.

»Vielleicht war das hier doch keine so gute Idee«, denke ich laut.

»Wenn's scheiße wird, können wir ja gleich zu Thomas!«, meint Aljoscha.

»Ach was, wir amüsieren uns jetzt!«, verkündet Dschülie und zieht uns die Treppe runter. »Wir zeigen denen jetzt mal, wie man richtig feiert!«, ruft sie, und ich nehme mir vor, sie in meinem Kopf nicht mehr Dschülie zu nennen.

Das Erste, was ich sehe, als wir den Raum betreten, ist Rebekkas Hinterkopf, der auf einer unverhältnismäßig breiten Schulter eines unverhältnismäßig großen Typen liegt.

Der Typ sowie alle anderen sechs oder sieben anwesenden Kerle tragen das gleiche Käppi mit einem NY-Emblem. Sie müssen sich an einem Nachmittag getroffen, zusammen in die Stadt in den selben Laden gegangen sein und sich diese Käppis gekauft haben, um sie heute wie eine Art Uniform aufzusetzen, während ich und wahrscheinlich auch Aljoscha bis vor ein paar Minuten keinen blassen Schimmer von der Existenz dieses um sich greifenden Modetrends hatten. Rebekkas Kopf lehnt also an der Schulter eines solchen Käppiträgers, während eine überdurchschnittlich große Hand über ihren beinahe unbedeckten Rücken gleitet.

»Hier, trink das!« Aljoscha drückt mir einen Plastikbecher in die Hand. Ich weiß nicht, wo er das so schnell herhat, was drin ist, will ich gar nicht wissen, ich setze an und trinke einen großen Schluck, und während ich trinke, erhebt sich Rebekkas Kopf von der Schulter und dreht sich um und sieht mich an. Und dann hebt sie einen identischen Plastikbecher in die Luft und prostet mir zu und ruft durch den ganzen Raum »Lechaim!« und die Mädchen, die gerade noch zu Madonna tanzten, brüllen allesamt »LECHAIM!« und kringeln sich vor Lachen.

Ich hebe meinen Becher und forme meine Lippen zu einer kaum hörbaren Antwort. Meine Finger schließen sich fester um den Becher, mit den Fingerkuppen ertaste ich die Rillen im Plastik, mir kommt ein Gedanke über seinen Inhalt in den Sinn, den ich nicht zu Ende denken kann, weil im selben Moment in meinem Augenwinkel ein anderes Bild auftaucht, ein Bild, in dem eine überproportional große Zunge sich tief in Rebekkas Mund schiebt, einfach so.

Aljoscha steht neben mir, er legt seine Hand auf eine sehr vertraute Weise auf meine Schulter. Und der Teil in mir, der enttäuscht oder traurig oder wütend sein will, gibt sich große Mühe, seinen Part zu erfüllen, doch zu seiner und meiner Verwunderung will es ihm diesmal nicht gelingen.

»Tequilaaaa!«

Die ehemalige Dschülie taucht mit einem breiten Grinsen

in meinem Gesichtsfeld auf – »Hand her!« – und schmiert mit einer Zitronenscheibe die Stelle zwischen meinem Daumen und Zeigefinger ein.

»Jetzt kommt das Salz. Ablecken, trinken, dann die Zitrone. Auf das gottverdammte Millennium!«

Wir trinken. Im nächsten Augenblick zerrt Julia uns in die Mitte des Raumes. *I'll tell you what I want, what I really really want, so tell me what you want, what you really really want.*

Sie hält meine Hand fest und dreht sich und dreht sich.

I wanna – , I wanna –, I wanna –, I wanna –,

Was soll's, sagt eine andere, neue Stimme in meinem Kopf.

I wanna really, really, really wanna zigazig ah.

Und ich würde mit den Schultern zucken, wenn ich nicht gerade dabei wäre, einfach nur zu tanzen.

Viele Lieder später lande ich auf dem Sofa, Whitney Houston singt etwas sehr Herzzerreißendes, Aljoscha und Julia fallen sich in die Arme und tanzen sehr eng umschlungen. Rebekka gelingt es endlich, ihren Koloss vom Stuhl hochzuziehen und ihn zu etwas Vergleichbarem zu bewegen.

Ich lehne mich zurück, mein Körper hat noch nicht mitbekommen, dass er jetzt ruhen darf und produziert weiter kleine Schweißperlen, die ich mit einer Spitze meines sowieso schon nassen T-Shirts auffange. Ich atme tief ein und aus, sehe ihnen zu, wie sie tanzen, und warte. Warte darauf, dass der Teil in mir wiederkehrt, der jetzt enttäuscht oder traurig oder wütend sein will. Ich halte den leeren, dünnhäutigen Plastikbecher an mein Ohr und mache meine eigene Musik, eine Musik aus Rillen und Fingernägeln und kleinen Rissen, die entstehen, um das Licht durchzulassen. Ich betrachte den verformten Becher, als müsste ich jeden Millimeter von ihm erfassen, mir jede einzelne Stelle merken, damit er für immer an einem Ort ist, an dem ich nach ihm greifen kann, und ich stelle mir vor, wie es wäre, mir vorzustellen, ich sei nicht ich, sondern ein überdurchschnittlich großer Kerl mit einem NY-Käppi, an dessen Schulter gerade der Kopf einer schönen Rebekka mit den längsten Wimpern der Welt lehnt. Und dann höre ich wieder diese neue Stimme, die ich noch nicht gut kenne, eine Stimme, die gar nicht im Kopf sitzt, sondern im Bauch oder vielleicht auch im Becher:

»Wieso?«

»Und ich muss lachen, weil »Wieso?« eine Frage ist und keine Antwort, aber eigentlich noch viel mehr als eine Antwort.

Neben mir sinkt etwas Schweres in die Couch. Es ist Aljoscha. Er zieht mich zu sich heran.

»Ach komm, Mann, ich hab dir immer schon gesagt, die is nix.«

»Ja, und ein Teil von mir hat es auch immer schon gewusst«, sage ich. Und dann muss ich unbedingt wissen, wie spät es jetzt ist.

23

*Die letzte Sekunde
vor dem Weltuntergang*

»Bist du sicher, dass du jetzt da hinwillst? Wir können auch zu Thomas und weiterfeiern!«

Ich schaue aus dem Fenster und schweige, während Julia sich, wenn auch ungefragt, als mein persönliches Sprachrohr betätigt:

»Sag mal, du hast ihn doch gehört. Also fahr.«

»Ich meine, die schlafen doch bestimmt alle schon!«

»Das geht dich doch nichts an!«

»Aber ey, Mann, du weißt doch, wie man bei uns sagt: Wie man ins neue Jahr rutscht, so verbringt man es auch. Willst du echt das ganze nächste Jahrtausend in nem Krankenhaus abhängen?«

»Ey, sei mal nicht so unsensibel!«, wettert Julia.

»Erstens ist es kein Krankenhaus, sondern ein Hospiz«, sage ich.

»Na, das macht ja alles vieeel besser.«

»Und zweitens: Ja, wenn es sein muss, werde ich eine ganze Ewigkeit dort rumhängen, ohne auch nur einmal auf die Uhr zu schauen.«

»Und was, wenn die Welt doch untergeht?«, witzelt Aljoscha.

»Dann fängt die Ewigkeit eben ein bisschen früher an als

erwartet«, kontere ich, und Julia dreht sich vom Vordersitz zu mir um. »Wenn die Welt untergeht, sind wir das Feuerwerk! Ein riesiges sprühendes, funkelndes Feuerwerk im All!«

»Ich sage doch, die schlafen alle schon!«, wiederholt Aljoscha, als wir vor dem Haus stehen. Wie es aussieht, hat Schwester Margot den Haupteingang bereits abgeschlossen, die Lichter sind aus, nur die bunten Lämpchen des Weihnachtsbaumes blinken durch die Glasscheibe der Eingangstür. Rechts und links hören wir es knallen, kleine Raketen steigen hinter den Häuserreihen auf und bieten einen Vorgeschmack auf das, was in einer knappen Stunde in der ganzen Stadt, im ganzen Land los sein wird. Ich atme tief ein, es ist eine Zutat in der Luft, die mich an meine Kindheit erinnert, an einen frostigen Morgen in Kiew, als ich mit Mama und Baba Soja und sechs Koffern am Busbahnhof stand und meinen sichtbaren Atem an eine Glasscheibe hauchte. Ich beobachtete ihn und sah, wie er verblasste, immer wieder. Es war der Moment, in dem ich begriff, dass mein altes Leben verblassen würde und dass etwas Neues, Unbestimmtes auf mich zukäme, oder, besser gesagt, dass ich mich auf den Weg in ein neues Leben machte, mit einer Mischung aus grenzenloser Vorfreude und brodelnder Panik. So geht es uns allen heute, denke ich, auch wenn wir selbst nirgendwohin gehen, kommt in rasender Geschwindigkeit ein neues Zeitalter auf uns zu, eine spannende, ungewisse Zukunft lacht uns an oder schneidet uns Grimassen, und jeder von uns hat nur eine Wahl: ein Feuerwerk anzuzünden oder selber eines zu sein.

»Ich komme schon rein! Mach dir keine Sorgen um mich. Fahrt jetzt, sonst verbringt ihr Silvester im Auto.«

»So ganz zu zweit, wär doch auch kein schlechtes Omen«,

meint Julia und kuschelt sich an Aljoscha ran. Ich strecke meine Arme so weit aus, wie ich kann und schließe die beiden darin ein, meinen besten Freund Aljoscha und ein Mädchen, das ich heute zum ersten Mal getroffen habe und das auf eine wundersame Weise jetzt schon zu uns gehört.

Ich bleibe an der Straße stehen und sehe ihnen nach, bis das Auto an der Kreuzung abgebogen und verschwunden ist. Dann drücke ich die Eingangstür, doch sie ist, wie ich schon ahnte, fest verschlossen. Also gehe ich um das Haus herum zu der Stelle, an der ich beim letzten Mal über das Gittertor gestiegen bin. Übung macht tatsächlich den Meister, wie es aussieht, denn ich lande gleich beim ersten Versuch auf der anderen Seite. In Charlottes Fenster schimmert ein Licht. Ich blinzle hinein und sehe, dass der Fernseher läuft. Vorsichtig klopfe ich an und warte. Nichts geschieht. Ich klopfe etwas lauter und halte mein Ohr an die Scheibe. Der Ton des Fernsehers ist an, wenn auch nicht sehr laut. Doch sie kommt nicht, um mir zu öffnen.

»Charlotte«, sage ich zur Scheibe. Und noch mal, etwas lauter: »Charlotte...«

Irgendwo in der Nähe gehen Böller hoch, vier oder fünf hintereinander, begleitet von Rufen, die sich zwischen den kahlen Ästen verlieren. Ich spüre, wie die Kälte beginnt, langsam unter meinen Parka zu kriechen. Ich mache ein paar Schritte bis zum Zaun, greife die eiskalten Stäbe und horche. Hinten im Park, über dem Teich, explodiert ein Feuerwerk in Rot und Grün. Es ist, als wäre da ein Urknall irgendwo in mir drin, und dann ist da das Bild von Charlotte, als ich sie zum ersten Mal sah, leuchtend rot im Raum der Stille, abgewandt und doch so präsent wie niemand, den ich je gekannt habe. Ich denke an den Tag, als ich ihr hier zum ersten Mal begegnet bin. Und mir wird klar, was ich schon in jenem Moment geahnt habe: dass unsere Freundschaft kein Zufall ist.

In meinen Ohren ertönt ein leises Summen. Ich lasse die Stäbe los und gehe zurück zu Charlottes Terrassentür. Das Summen wird lauter. Ich lege mein Ohr wieder an die Scheibe. Es muss von innen kommen. Der Fernseher? Ich klopfe noch einmal. Das Summen verstummt.

»Charlotte, mach auf, ich bin's, Rafik!«

Wie beim letzten Mal bewegt sich zuerst der Vorhang. Charlottes schmales Gesicht erscheint hinter der Glasscheibe. Sie sieht verschlafen aus, doch als sie mich erblickt, werden ihre Augen groß und sprühen Funken.

Sie dreht den Griff mit viel Mühe, vielleicht wirklich mit ihrer letzten Kraft, denke ich.

»Mein Nachtgeist ist wieder da ...«

»Du meinst wohl Nachtgast.«

»Ich meine beides«, lächelt sie.

»Verzeih, ich wollte dich nicht wecken«, sage ich, doch im selben Augenblick fällt mir auf, dass Charlotte anstelle von Bademantel und Nachthemd ein langes grünes Kleid mit funkelnden Pailletten trägt, ein wunderschönes Kleid, das ihr viel zu groß ist, weil ihr Körper, so scheint mir, sich von Stunde zu Stunde immer weiter verflüchtigt. Ihr roter Pony hängt ihr tief in die Stirn. Im Schein der Nachttischlampe sehe ich, dass sie ein wenig Rouge trägt.

Es trällert wieder, so plötzlich, dass ich zusammenzucke.

»Ich habe mir den Wecker gestellt«, sagt sie und schleicht zum Bett zurück, greift die große runde Weckeruhr und drückt auf den Aus-Knopf.

»Ich hatte zu viel Angst, einzunicken und alles zu verschlafen, und das bin ich wohl auch.«

Ich helfe ihr, zurück ins Bett zu steigen. Die Zeiger der Uhr auf ihrem Nachttisch zeichnen eine fast vertikale Linie. Eine halbe Stunde vor Weltuntergang.

»Setz dich zu mir«, sagt sie und rückt etwas auf, sodass ich neben sie auf das Bett passe. Sie tastet nach der Fernbedienung und macht den Ton lauter.

»Sieh mal, in China und Russland feiern sie schon.«

Ich schaue auf den Bildschirm, der am anderen Ende des Raumes von der Decke hängt. Ein Fünftel Quadratmeter Feuerwerk, tanzende Körper, lachende Gesichter.

»Der Rote Platz in Moskau! Bist du da schon mal gewesen?«

Ich schüttle den Kopf. Das bunte Leuchten des Bildschirms spiegelt sich in Charlottes Augen, so, als wäre sie wirklich dort, in Schanghai, am Kreml, als würde jedes einzelne Feuerwerk dieser Nacht über ihrem Kopf und in ihrem Herzen explodieren.

Auch ich richte den Blick nach oben, doch die Aneinanderreihung von großen Bildern und großen Sätzen auf dem kleinen Bildschirm ziehen an meinem geistigen Auge vorbei wie ein dünner Nebel, der kaum eine Spur hinterlässt, während Charlottes stille Gegenwart sich für immer in meine Augenwinkel einbrennt. Mein linker Oberarm lehnt an ihrem rechten Oberarm, und mit jedem Atemzug spüre ich immer deutlicher, wie ihr grenzenloses Wesen durch den schwindenden Körper hindurchscheint, wie der Körper, der kaum noch ist, etwas preisgibt, so wundervoll und so echt, dass es nur im Augenwinkel wahrgenommen werden kann.

In der Ecke des Bildschirms erscheint ein Countdown. Zehn Minuten vor Weltuntergang. Die Stimme des Moderators wird spitzer, lauter, aufgeregter.

Charlotte ergreift meinen Arm.

»Die Schuhe! Ich habe die Schuhe vergessen! Kommt nicht infrage, dass ich ins neue Jahrtausend schreite ohne meine neuen roten Stiefel!«

Ich hole die Stiefel aus dem Schrank, setze mich ans Fußende des Bettes und betrachte ihre Beine, die in einer dicken Wollstrumpfhose stecken. Ich nehme ihren rechten Fuß, hebe ihn ein wenig hoch und schiebe ihn vorsichtig in den Stiefel. Langsam ziehe ich den Reißverschluss an der Innenseite nach oben, sehe dabei zu, wie die kleinen Zähnchen nahtlos ineinandergreifen. Der Mensch, der das erfunden hat, muss ein Genie gewesen sein, geht mir durch den Kopf, diese zwei Stränge, die so perfekt ineinanderpassen und die niemals zusammenfinden würden ohne das verbindende Element.

»Jetzt kann die Reise losgehen!«, lächelt Charlotte und wackelt mit den Füßen.

»Komm her, gib mir deine Hand, wir gehen zusammen!«, sagt sie und verschränkt ihre Finger in meine. »Ich bin froh, dass du gekommen bist!«

»Ich hatte gar keine Wahl!«, sage ich. »Manchmal gibt es nur einen Ort, an dem man sein kann.«

»Ich weiß«, nickt sie, und ihre Finger üben einen leichten Druck auf meine Finger aus, und das bedeutet, dass dies der Ort ist.

Der Countdown läuft. Die Zahlen sind größer geworden und verändern sich ständig.

Und dann ist da plötzlich etwas in mir, das schreit oder

flüstert, eine unumstößliche Gewissheit, dass die Zahlen auf dem Bildschirm nur eine Illusion sind. Dass es nur *eine* Zeit gibt, nur *einen* Raum, und dass wir dieser Raum sind, in dem alle Zahlen ineinanderfließen und in dem alles Ewigkeit ist und Unendlichkeit und Liebe.

Der Countdown schreitet voran, unaufhörlich.

Ich reiße mich los von Charlotte, springe auf. Jede Zelle meines Körpers wehrt sich dagegen, dabei zuzusehen, wie alles auf null geht, wie der Minutenzeiger beginnt, sich zu rühren, wie er in Bewegung kommt und nach vorne kippt, in die Vertikale. Ich greife die Uhr vom Nachttisch, springe zum Fenster, reiße es auf und schleudere die Uhr von mir, die Uhr wehrt sich nicht, fliegt in hohem Bogen in die Dunkelheit. Die letzte Sekunde vor Weltuntergang. Ein kalter Luftzug strömt ins Zimmer, fasst mich an der Schulter, reißt mich zurück, und während ich mich umdrehe, überkommt mich die lähmende Angst, dass die Zeit trotzdem weitergelaufen ist und dass Charlotte plötzlich nicht mehr da ist, wo sie vor einer Sekunde noch war. Draußen, vor dem Fenster, schlägt ein Wecker auf den Boden und beginnt, wild zu trällern. Und Charlotte liegt immer noch im Bett, die Beine auf der Bettdecke. Sie zieht sich die Decke nicht über, sie sitzt einfach nur da, wacher denn je trotzt sie dem eiskalten Durchzug, furchtlos, während die kalte Luft ins Zimmer peitscht. Im Fernseher und irgendwo hinter den Büschen ertönen Schreie, Schreie der Freude, im Fernseher und draußen knallt und pfeift es, immer lauter, die Geräusche überschlagen sich, explodieren zu Tausenden Sternen. Der Weltuntergang, denke ich, wenn doch bloß Weltuntergang wäre und wir gemeinsam aufbrechen könnten, barfuß oder in roten Stiefeln. Doch nichts passiert. Es knallt und knallt, und die kalte Luft strömt erbarmungslos ins Zimmer, und kein Feuer verzehrt uns außer dem, das wir selbst entzündet haben.

Ich schaue Charlotte an, und sie schaut mich an, und ich denke an Mama, die sagen würde: »Rafik, spinnst du, schließ sofort das Fenster, du holst dir noch den Tod!« Und ich muss lachen, weil ich endlich verstehe, dass der Tod nicht etwas ist, das von draußen durchs Fenster kommt, das wie ein Raubtier über uns herfällt, weil wir gerade im Weg stehen, oder etwas, in das wir treten, aus Unachtsamkeit oder gewollt, wie in eine Regenpfütze im Herbst. Egal wie dicht wir die Fenster verschließen oder wie warm unsere Füße sind, er kommt immer aus uns selbst, denn ohne ihn können wir nicht unserer wahren Bestimmung folgen, dem Durchlassen von Licht durch den Panzer unseres Daseins. Ohne unsere Vergänglichkeit könnten wir nicht erkennen, dass nur Liebe ewig ist.

Und es fällt, lautlos und inmitten des ohrenbetäubenden Lärmes, die letzte Eins in den Abgrund. Und nichts bleibt, wie es ist. Die Welt neigt sich ein kleines bisschen ihrem Untergang entgegen, hält kurz im Chaos inne und schwingt zurück in die Ordnung, vor und zurück, vor und zurück, wie jedes andere lebendige Wesen.

24

Das Akkordeon und sein Spieler

Manchmal, wenn der Schmerz zu groß ist, spürt man seine eigene Seele wie einen Fremdkörper, ein Stück glühendes Metall, das sich bis zum Anschlag ausdehnt, in eine schier unerträgliche Hitze gehalten. Mein ganzes Leben lang habe ich mich gegen dieses Gefühl gewehrt, es erschien mir so groß, dass ich mich kleinmachte, mich versteckte in der Hoffnung, es würde mich nicht finden. Heute verstecke ich mich nicht. Ich sitze einfach nur hier auf der Bank, betrachte den zugefrorenen Teich und lasse es zu.

Die Welt ist noch da.

Und sie ist gestorben, heute Morgen.

Am dritten Tag des neuen Jahrtausends.

Das sind drei Tage mehr, als sie uns versprochen hatte.

Ich weine, doch die Tränen sind nur die Hitze, die sich einen Weg sucht, heraus aus dem Körper. Alles muss gehen, sich erneuern und wiederkehren, wie die Enten am Teich. Nur weil ich sie heute nicht füttern kann, heißt es nicht, dass es ihnen nicht gut geht, drüben am Wildbach. Und wenn das Eis taut, kommen sie wieder, das tun sie immer. So würde Charlotte die Dinge sehen, und wenn ich es auch tue, dann kann sie gar nicht so weit weg sein.

Ich betrachte den Umschlag, den mir Inge gab, nachdem ich wieder zu atmen lernte am Rande des Bettes, auf dem weder Kissen noch Bettdecke zurückgeblieben waren.

Er war nie zugeklebt worden, anstelle einer Adresse steht darauf in gleichmäßigen, zierlichen Buchstaben:

Laut vorzulesen an dem Tag,
an dem ich wieder fliegen lerne

Charlotte muss den Brief schon vor einigen Wochen geschrieben haben, als sie noch nicht so schwach war und ihre schmalen Finger noch einen Stift halten konnten. Meine Fingerkuppen sind taub von der Kälte, und ich muss aufpassen, um weder den Umschlag noch das Blatt Papier zu zerknicken.

Inge hat den Brief am Morgen schon vorgelesen, für Schwester Margot und die anderen, die schon da waren, während ich noch auf den Bus wartete, der nur drei oder vier Minuten Verspätung hatte, mit der furchtbaren Ahnung, dass drei oder vier Minuten diesmal keine Rolle mehr spielen.

Unter meinen Augenlidern ist so viel heißes Wasser, dass die Buchstaben beginnen, sich darin aufzulösen. Ich blinzle. Die Luft schneidet mir in Lunge und Augen. Ich hauche Nebel aus und beginne zu lesen.

Meine herzallerliebste Mama, mein herzallerliebster Papa, ich schwebe wieder und kann euch zusehen, wie ihr das hier lest. Trauert um mich, aber nicht länger, als es sein muss, nicht einen Tag! Ich verspreche, dass ich euch oft besuchen werde, doch ihr müsst fröhlich sein! Ich werde bei den Blumen sein im Garten, wenn du sie gießt, Mama, und bei den Hennen, wenn du die frischen Eier holst, und bei Großma-

mas schönen alten Kaffeetassen, die du herausholst, weil Sonntag ist. Ich werde in Papas Werkstatt sein, der Windzug, der die Sägespäne aufwirbelt, werde aufblitzen in den Schraubenköpfen und im Donner, wenn der Hammer einen Nagel trifft. Ich werde bei euch sein, ein kleiner Lichtstrahl, der euch erreicht, immer, wenn ihr glücklich seid.

Meine lieben Freunde, alte und neue, die ihr für mich da wart, mich umsorgt und gepflegt und mich zum Lachen gebracht habt, danke für eure Briefe, für die Gespräche, für eure Zuwendung und euer Verständnis. Ich bin dankbar für die unsichtbaren Bänder, die uns zueinanderführten, und für die herrlichen Schleifen, die wir gemeinsam banden, um uns daran zu erfreuen. Von dort, wo ich jetzt bin, sehe ich sie in all ihren Farben, kleine Leuchttürme in der Unendlichkeit, die uns helfen werden, wieder zueinanderzufinden, wenn die Zeit gekommen ist.

Mein ganz persönlicher Schutzengel, dir gelten meine letzten Worte und mein letzter Wunsch. Es macht mich glücklich, dass so wenig Ungesagtes übrig ist zwischen uns. Bitte nimm dir so viele Steine aus der Schale, wie du möchtest. Du kannst sie behalten oder weiterverschenken, nur vergiss nicht, dich manchmal daran zu erinnern, was sie bedeuten. Ich vermache dir auch das Urknallhaar, als Dank für dieses wunderbare Wort, das du mir schenktest. Und zuletzt habe ich noch eine Bitte an dich. Jetzt, wo ich so leicht bin wie die Luft, soll das Feuer auch meinen Körper leichter machen. Den Staub, der übrig bleibt, sollst du mitnehmen und dort in alle Winde streuen, wo das Leben über den Tod siegt und du deinen Vater wieder in die Arme schließt.

Auf bald, meine Lieben, und denkt immer daran: »Ewigkeit« ist ein großes Wort. Manchmal müssen wir nicht so lange warten.

*Also auf sehr, sehr bald.
Ich liebe euch alle und werde euch immer lieben.
Eure Charlotte*

Ich schließe die brennenden Augen und denke an die Geschichte, die Charlotte mir einmal erzählte, von der Erde und der Sonne, die einander in der Nacht so sehr vermissten, dass Gott den Mond erschaffen musste, um ihre Sehnsucht zu stillen. Dieser Mond ist die Liebe. Ich weiß, dass sie sich spiegeln wird in den Augen der Menschen, die mir nahe sind, sie vibriert mit jedem Herzschlag, sie umgibt mich und gehört mir und allen, denen ich sie jemals schenken werde.

***

»Warum reisen Sie nach Israel?«, fragt mich der Mitarbeiter vom Bodenpersonal, bevor ich meinen Rucksack auf das Band legen darf. Ich weiß, dass es sein Job ist, jedem diese Frage zu stellen. Trotzdem fühle ich mich wie bei einem Verhör.

»Ich besuche meine Vertante, ich meine, meine Verwandte, also meine Tante«, sage ich und huste, was noch auffälliger ist als der Versprecher.

»Wo wohnt denn Ihre Tante?«, will der Mann wissen.

»In Tel Aviv. Ich habe die Adresse notiert, da drin, irgendwo…« Ich beginne, in meinen Hosentaschen zu kramen.

»Schon gut, legen Sie den Rucksack hier rein und leeren Sie bitte Ihre Taschen.« Ich folge stumm seinen Anweisungen, um keinen weiteren Verdacht auf mich zu ziehen.

»Sie können jetzt zu meinem Kollegen auf die andere Seite.« Ich nicke ihm zu und durchschreite erhobenen Hauptes den Metalldetektor, als würde ich das Tor zu einer anderen Welt durchschreiten, oder zumindest das Tor zu derselben Welt, in der plötzlich eine andere, bessere Zukunft möglich geworden ist.

Im Boarding lasse ich mich auf einen der unbequemen Sitze fallen, schaue auf die Uhr und überschlage, dass es noch eine gute Stunde dauern wird, bis wir das Flugzeug besteigen dürfen. Ich blinzle hinüber zum Kiosk und überlege, ob ich mir eine Zeitung oder ein Buch kaufen soll, doch eigentlich habe ich gar keine Lust zu lesen. Also bleibe ich sitzen und genieße die Mischung aus Vorfreude und Panik, die gerade in mir aufsteigt, weil ich zum ersten Mal im Leben in ein Flugzeug steigen, zum ersten Mal das Mittelmeer überqueren, zum ersten Mal meinem toten Vater gegenübertreten werde. Und wie so häufig denke ich an Charlotte, denke an die kleine Urne mit Charlottes Asche in meinem Koffer, eingewickelt in ihr rotes Urknallhaar. Wahrscheinlich wartet sie schon im Inneren des Flugzeugs, sie begleitet mich auf dieser Reise und lächelt mir zu aus einer anderen Dimension. Dankbar lächle ich zurück, in mich hinein, wo ich ihre Gegenwart am stärksten spüre.

Neben mir lässt sich eine Familie nieder, die Kinder rennen herum und drücken ihre Nasen an die große Glasscheibe, hinter der die Flugzeuge parken, ganz nah und lebensgroß. Sie rufen irgendwas auf Hebräisch, die Mutter schimpft, steht aber nicht auf, um sie einzufangen. Gegenüber von mir sitzt eine junge Frau, sie hat kurze kastanienrote Locken und ein

Gesicht voller Sommersprossen, das ganz in einem Buch versunken ist. Die Schreie der Kinder lassen sie aufblicken, sie sieht mich, sieht sich um, schaut wieder ins Buch, hebt kurz die Augen und lächelt mich an. Mir wird klar, dass ich noch immer ein seliges Grinsen im Gesicht haben muss, das Grinsen, das mich manchmal überkommt, wenn ich an Charlotte denke. Die junge Frau könnte meinen, das Lächeln gelte ihr ... Vielleicht gilt es ja auch ein bisschen ihr, sage ich mir, und anstatt wegzusehen, erwidere ich ihren Blick, gar nicht so einfach, aber was soll's, was habe ich schon zu verlieren.

»Hast du gesehen, Charlotte? Ich glaube, sie flirtet mit mir! Kannst du nicht was unternehmen, von deinem VIP-Posten bei den Göttern aus, und sie im Flugzeug neben mich setzen?«

Beim Boarding lasse ich das Mädchen nicht aus den Augen, stelle mich hinter sie in die Schlange und hoffe, dass sie sich umdreht, nur ein einziges Mal, doch sie tut es nicht.

Charlotte scheint ein wenig beschäftigt zu sein, aber immerhin bekommt sie es hin, dass die junge Frau drei Reihen weiter auf der gegenüberliegenden Seite des Ganges sitzt, sodass ich ihre Locken und einen Teil ihrer Wange und ihren rechten Arm sehen kann, und manchmal auch die rechte Hand, wenn sie sie hebt, um eine Seite umzublättern. Sie steckt sich einen Kaugummi in den Mund, und ich finde es unglaublich beruhigend, ihr beim Lesen und Kauen zuzusehen, während Geschwindigkeit und Lautstärke zunehmen und das Flugzeug scheinbar allen Naturgesetzen zum Trotz abhebt, und ich und Charlottes Asche und das Urknallhaar und das Mädchen und all die Sommersprossen und die Vorfreude und die Panik zum Himmel schweben, als sei es das Normalste auf der Welt.

* * *

Ich öffne die Augen und betrachte den braunen Stoffbezug, der mit kleinen goldenen Nieten am Rahmen befestigt ist. Das Laken, das mir als Bettdecke diente, klebt an mir wie ein nasses T-Shirt, ich atme heiße Luft und schaue zur Klimaanlage an der Wand, die nächste Woche repariert werden soll, *aber wer hätte denn gedacht, dass es so plötzlich so heiß wird, und das im April!* Es ist wirklich lange her, dass ich auf Tante Ritas Sofa schlief, und mir scheint, dass das Sofa von damals diesem sehr ähnlich war. Nur der Rafik von damals ist dem von heute nicht mehr besonders ähnlich, denke ich, der Rafik von damals war nur ein Kind, das nicht wusste, was man mit Schmerz macht, wenn er plötzlich da ist, der keine Bedienungsanleitung hatte für den Schmerz. Der Rafik von heute weiß, dass man den Schmerz zusammensetzen muss und ihn betrachten muss wie einen Lego-Roboter, um ihn danach wieder auseinanderzubauen. Er weiß auch, dass man ihn danach zu anderen Dingen zusammensetzen kann, damit der Schmerz nicht immer derselbe bleibt, damit er sich verwandeln kann und über sich selbst hinauswächst. Zumindest übt er das, der Rafik von heute, damit er es irgendwann aus dem Effeff kann, ganz ohne hinzusehen. Ich wische mir mit einer Spitze des Lakens die kleinen Schweißperlen von der Stirn. Es muss schon auf Mittag zugehen, so heiß wie es ist, denke ich und springe aus dem Bett. Widerwillig streife ich mir ein T-Shirt über und ziehe eine kurze Hose aus dem Koffer. Ich krame gerade nach meiner Zahnbürste, als Tante Rita in der Tür auftaucht.

»Na, so früh schon wach?«, sagt sie etwas hämisch.
»Wie spät ist es denn?«
»Kurz nach elf. Hast geschlafen wie ein Toter.«
Ich gähne. Ich habe wirklich geschlafen wie ein Stein, als

hätte meine Aufregung beschlossen, bis zum letzten Augenblick zu warten. Nicht einmal jetzt kann ich sie wirklich spüren, ich spüre nur Hitze und eine furchtbare Trockenheit im Mund und auch etwas Hunger, seit mir der Geruch von frischem Omelett in die Nase steigt.

»Ich hoffe, du hast mir diesmal nicht das Sofa ruiniert«, donnert Tante Rita, und ein anderer Rafik wäre vielleicht beleidigt, doch ich muss lachen, weil ich weiß, dass sie es eigentlich gut meint.

Schließlich war sie es, die mir geholfen hat, sie hat meinen Vater angerufen, hat mit ihm über mich gesprochen, sie hat mich gedrängt, die Flugtickets zu buchen, und heute fährt sie mich zu ihm, heute Nachmittag schon, hörst du, Aufregung, du kannst jetzt rauskommen, sage ich, während ich mir die Zähne mit fremd schmeckender Zahnpasta putze, nur noch ein dreiviertel Tag, bevor für immer alles anders wird.

»Beeil dich!«, befiehlt Tante Rita schon beim Frühstück. »Hier hält man es ja nicht aus. Lass uns ins Einkaufszentrum fahren, so geht die Zeit schneller herum.«

Ich warte, bis sie im Bad verschwindet, dann leere ich meinen Rucksack bis auf das Portemonnaie und eine Tube Sonnenmilch, hole schnell die ins Urknallhaar gewickelte Urne aus dem Koffer und lege sie hinein.

Wir haben Charlotte in einem Krematorium auf der anderen Seite der holländischen Grenze einäschern lassen, sie und den hölzernen Engel, der jetzt für immer bei ihr ist. Ich versuchte, Inge und Gerald davon zu überzeugen, Charlottes sterbliche Überreste mit nach Dänemark zu nehmen.

»Sie gehört zu euch! Sie wollte doch nur sichergehen, dass mir das größte Wunder meines Lebens nicht entgeht. Aber ich verspreche hoch und heilig, auch so nach Israel zu fahren!«, beteuerte ich, und am Ende ließen sie sich dazu überreden, die Urne für einige Zeit zu sich zu nehmen, um sich in Ruhe von Charlotte zu verabschieden.

Doch zum Schluss waren wir uns einig, dass Charlottes Wesen einfach nicht in eine Urne passt, also brachte Inge sie vor ein paar Wochen wieder mit, damit ich Charlottes letzten Willen erfüllen kann. Wir trafen uns in einem Café, und als Inge mir die Tasche mit der Urne überreichte, setzte sie so einen verschwörerischen Blick auf, als hätte sie mir ein gestohlenes Kunstwerk oder einen Satz Flugblätter gegen das Regime zugeschoben. Ich fand, dass sie gut aussah. Ich habe sie nur mit verweinten, geschwollenen Augen gekannt. Jetzt hatten die Augen wieder Striche und Farben, die Trauer in ihnen war zwar immer noch da, aber ich konnte sehen, dass sie nicht mehr allein dort war.

Ich kaue mein Omelett und spiele mit dem Gedanken, es Tante Rita zu erzählen, beschließe dann aber, es nicht zu tun, zumal man im Judentum nicht sonderlich viel von Einäscherung hält. Auch wenn sie eigentlich immer auf meiner Seite war, gibt es Dinge, die sie nicht unbedingt wissen muss, und Charlottes sterbliche Überreste in meinem Rucksack sind so ein Ding.

Ich bin kein großer Fan von Einkaufszentren, doch im Gegensatz zu allen anderen Orten in diesem Land, an denen ich bis jetzt gewesen bin, hat dieser den unweigerlichen Vorteil einer funktionierenden Klimaanlage. Die Klimaanlage funktioniert sogar so gut, dass ich mich von Tante Rita dazu verleiten lasse, eine Levi's und einen Pullover anzuprobieren, bevor ich wieder zur Vernunft komme und mich für zwei Paar kurzer Hosen und eine Schwimmshorts entscheide.

»Wie geht es deiner Mutter?«, will Tante Rita wissen, als wir bei Kaffee und amerikanischen Donuts in einem Café sitzen.
»Besser«, sage ich. »Du könntest sie mal wieder anrufen.«
»*Sie* könnte *mich* mal wieder anrufen!«, meint Tante Rita beleidigt und beißt in einen Donut mit rosafarbener Glasur.
»Das wird sie sicher. Sie braucht Zeit. Sie ist eben, wie sie ist, weißt du doch.«
»Du hast aber viel Verständnis plötzlich«, meint Tante Rita mit vollem Mund.
»Ich glaube, mein Verständnis wächst proportional zu der Anzahl der Kilometer, die zwischen uns liegen.«
Tante Rita muss lachen.
»Und, hat sie sich langsam daran gewöhnt?«
»Woran?«
»Na, daran, dass du ausgezogen bist.«
»Muss sie wohl. Sie hat ja noch Baba Soja. Und meine Handynummer.«
Genau in diesem Moment klingelt das Handy in meiner Hosentasche. Verwundert ziehe ich es heraus.
»Ich wusste gar nicht, dass es hier funktioniert«, murmle ich.
»Geh bloß nicht dran, das kostet ein Vermögen!«, kreischt Tante Rita hysterisch.
»Nein, ich gehe nicht dran, du tust es!«, sage ich und halte ihr das Handy hin.
»Auf gar keinen Fall!«
»Nimm schon!«
»Nur über meine Leiche!«
Ich sehe sie vorwurfsvoll an. »Das sagt sie auch immer. Ihr habt wirklich mehr gemeinsam, als du glaubst. Also los, rede endlich mit ihr!«

***

»Kann ich dich wirklich hier zurücklassen? Vielleicht ist es besser, wenn ich in der Nähe bleibe.«

»Mach dir keine Sorgen. Alles wird gut, er bringt mich später zu dir.«

»Und was, wenn er nicht kommt?«

»Dann nehme ich ein Taxi!«

»Hast du die Adresse?«

»Ja. Geld habe ich auch. Und ich bin im Besitz einer Zunge und zahlreicher Englischvokabeln, falls du dir auch darum Sorgen machst...«

»Sehr witzig!«, meint Tante Rita beleidigt.

»Also bis später!«, grinse ich. »Und ruf Mama zurück. Du hast es versprochen!«

Tante Rita murmelt etwas Unverständliches. Ich winke ihr zum Abschied und gehe dann langsam den Steg hinunter zum Strand. Er hatte vorgeschlagen, dass wir uns zuerst in diesem Café an der Strandpromenade treffen, an einem neutralen Ort, an dem seine neue Familie nicht zu allgegenwärtig ist. Ich setze mich unter einen Schirm, die Sonne steht zwar nicht mehr weit oben am Himmel, doch es ist immer noch drückend heiß. Ich streife meine Schuhe ab, stecke meine Füße tief in den warmen Sand, schaue aufs Meer und warte. Ich stelle mir vor, das Leben wäre ein Akkordeon und ich der Spieler, ich ziehe es weit auseinander und drücke es mit aller Kraft wieder zusammen, so fest, dass ein gewaltiger Luftstoß aus ihm entweicht und alles umreißt, was jemals gewesen ist, und dass nur dieser Moment verschont bleibt, nur ich und der Sand, der sich warm um meine Füße legt, und das Rauschen des Meeres in meinen Ohren. Die Wärme steigt nach oben bis in meine Nasenflügel. Die Wellen brechen das Licht in tausend Stücke. Es ist der Moment, in dem ich aufhöre zu warten.

Ich höre ihn ganz deutlich, den Namen, meinen Namen, aus seinem Mund. Ich sehe seine Gestalt auf mich zukommen, das Gesicht, das genau so und ganz anders ist als auf dem Bild in meinem Kopf, der Oberkörper, leicht nach vorne gebeugt, der letzte Funke Zweifel in den Augen – *kann es wirklich wahr sein, ich kann nicht glauben, dass es geschieht.* Ich versuche aufzustehen, doch der warme Sand brennt sich in meine Knöchel, ich bin nicht schwerer, nur näher an der Erde, die Gravitation zieht mich nieder, ich bin eine Sprungfeder, warte nur darauf, losgelassen zu werden, und derjenige, der mich loslassen muss, bin ich selbst.

Also lasse ich los.

Springe hoch, in die unwahrscheinlichste Umarmung meines Lebens. Und hinter der Schulter meines Vaters funkelt auf einer Welle ein Stückchen Sonne auf, heller als alles andere, und ich weiß, dass es der einzig richtige Moment ist.

Ich löse mich aus der Umarmung. »Komm!«, sage ich. »Schnell, solang sie noch da ist!« Und ich packe meinen Vater am Arm und ziehe ihn zum Strand.

»Tut mir leid, es muss jetzt sein.«

Meine Worte überschlagen sich, während ich die Urne aus dem Rucksack ziehe, das Urknallhaar vorsichtig zur Seite streiche, bis sie zum Vorschein kommt.

»Halt das mal.«

»Was ist das?«, wundert er sich und betrachtet erstaunt die rote Perücke.

»Halt es nur ganz kurz fest!«

Das Meer rauscht vor meinen Füßen, ich tue einen Schritt ins Wasser, dann noch einen, gehe so tief rein, dass meine Shorts nass werden. Und ich bin so unendlich dankbar, weil ich jetzt weiß, dass der Tod nicht das Ende ist, dass alles sich nur verwandelt, dass die Toten wiederauferstehen können, manchmal sogar innerhalb eines einzigen Lebens, und dass der Schlüssel dazu Vergebung heißt.

Das Wasser ist angenehm kühl und klar.

»Vorsicht, da sind überall Quallen!«, höre ich meinen Vater sagen.

Ich lasse meinen Blick ins Wasser sinken, und tatsächlich, ich stehe mitten in einem Schwarm von kleinen, durchsichtigen Quallen. Sie hängen im Wasser wie Silberkugeln an einem Weihnachtsbaum, funkelnd und scheinbar unbeweglich. Doch dann sehe ich noch etwas anderes. Ein dunkler Schatten, der langsam auf mich zukommt. Ich sehe ihn ganz deutlich, doch ich traue meinen Augen nicht.

»Gibt es hier Schildkröten?«, frage ich Vater, ohne den Blick von dem Schatten zu wenden.

»Schon, aber sie kommen eigentlich nur in der Nacht an den Strand.«

Mein Vater klingt ein wenig besorgt. Oder vielleicht ist das einfach mein Schicksal, und er klingt immer so.

Ein Lächeln steigt in mir hoch wie eine Brausetablette, das ist der Beweis, sage ich mir, drehe die Urne auf und lasse sie fliegen. Sie, die gar keine Flügel braucht. Und die Schildkröte schwimmt einen Kreis um meine Beine, dreht wieder um und verschwindet ins offene Meer.

»Was hat das alles zu bedeuten?«, höre ich meinen Vater fragen.

»Das ist eine lange Geschichte...«

»Erzählst du sie mir?«

»Klar«, sage ich. »Irgendwann erzähle ich sie dir bestimmt.«

Flaschenpost

Es ist der 21. Januar, das neue Jahr hat gerade erst begonnen, und wieder reden sie alle vom Weltuntergang. 2012, die Maya, ein uralter Kalender, der angeblich Schreckliches prophezeit. Doch mich kriegen sie damit nicht, nicht heute. Denn heute ist der glücksdichteste Tag meines Lebens, auch wenn es das Wort gar nicht gibt.

Ich sitze in der Cafeteria, sie schließt gerade, aber man sagte mir, dass ich noch ein wenig hierbleiben kann. Vor mir liegt der Briefbogen mit dem Logo des Krankenhauses in der oberen rechten Ecke. Die Dame vom Empfang hat mir gleich mehrere überlassen, und einen Kugelschreiber dazu. Der Brief schreibt sich von selbst. Ein Brief an Charlotte.

Ich bin froh, dass ich ihn heute zu Papier bringe und nicht an irgendeinem anderen Tag, auch wenn es ein ganzes Jahrzehnt gedauert hat und noch ein bisschen länger. Doch Zeit spielt keine Rolle, und »Ewigkeit« ist nur ein großes Wort, das habe ich alles von ihr gelernt.

Wahrscheinlich ist sie auch längst auf dem Laufenden, aber manchmal ist es wichtig, eine Geschichte trotzdem zu erzählen, auch wenn alle bereits wissen, wie sie ausgeht. Manchmal ist es die Geschichte selbst, die erzählt werden will, die einem keine Ruhe lässt, bis man ihr den Raum gibt, nach dem sie verlangt.

Als Erstes erzähle ich Charlotte von Mascha, von dem Tag,

als ich sie wiedertraf. Zwei Jahre nach meiner Israelreise hatte sie plötzlich vor mir gestanden. Ich konnte mich noch genau an sie erinnern, wie sie im Flugzeug las und Kaugummi kaute. Es war vor dem Hörsaal, ich wartete auf die erste Vorlesung des Semesters, und sie hatte sich in der Uhrzeit vertan, genauer gesagt, ihre Uhr war stehen geblieben, und ihre Vorlesung war schon beinahe vorbei, als sie kam. Ich weiß nicht, warum sie gerade mich ansprach. Ich erkannte sie sofort, ich konnte nicht fassen, dass sie es war, dass sie schon die ganze Zeit da gewesen ist, in den Gängen, in der Mensa, in den Hörsälen, den Seminarräumen. Wir waren uns nur nie über den Weg gelaufen. Ich habe ihr schon bei unserem zweiten Treffen von Charlotte erzählt. Sie hörte einfach nur zu, wollte alles wissen, die ganze Geschichte. Manchmal, sagt sie, komme es ihr vor, als hätte sie Charlotte gekannt. Vorletztes Jahr haben wir geheiratet. Sie trug Baba Sojas grässlichen Schmuck, sie trug ihn mit so viel Stolz, und sie war so wunderschön, dass der Schmuck zu neuem Glanz erwacht ist.

Auch von Baba Soja erzähle ich Charlotte, davon, dass sie gestorben ist, letztes Frühjahr, auch wenn ich sicher bin, dass sie es schon weiß. Meine Baba hat sich ihr ganzes Leben lang so sehr vor dem Tod gefürchtet, doch als es so weit war, wurde sie plötzlich ruhig. Sie wollte nur wissen, ob ich ihr verziehen habe. Ich konnte ja nicht anders, als ihr zu verzeihen, ihr und Mama. Sie klagte nicht mehr, da war eine Stille um sie, ein Frieden, den sie vor langer Zeit verloren haben muss, irgendwo am Wegrand ihres Lebens. Mama war untröstlich. Doch jetzt ist sie wieder voller Hoffnung und Tatendrang.

Ich erinnere mich an den Tag, als ich beim Kantor Golan saß und nicht weiterwusste und den Kreisel drehte. Heute habe ich verstanden, was Wunder sind. Alles, wirklich das ganze Leben, die Augen öffnen, atmen, hier sein dürfen. Wenn ich den Blick schweifen lasse, an nichts denke, sehe ich das Sieb, es liegt wie Morgentau auf allen Dingen, von überall dringt Licht in die Welt.

Sie hat uns warten lassen, ganze zehn Tage lang, so als wollte sie jeden Augenblick in der Schwebe auskosten, der ihr noch blieb, bis ein strenger Arzt befand, dass es nun doch an der Zeit wäre.

Sie kam heute zur Welt, früh am Morgen, sie stieß zu uns, als die Sonne ihre ersten Strahlen durchs Fenster fallen ließ.

Wir haben sie Sophie Charlotte genannt. Es ist der glücksdichteste Tag unseres Lebens, ein Tag, für den es keine Worte geben kann, die schon existieren.

Als die Hebamme mir Sophie in den Arm legte, die nagelneue Sophie, zum ersten Mal, damit ich sie in ein Handtuch wickeln und ihr ihre allererste Windel anziehen konnte, bemerkte ich ein kleines Muttermal, ganz blass, einen schimmernden Halbmond gleich über ihrer Hüfte. Ich fuhr mit meinem Finger darüber und wunderte mich. Mir schien, als hätte ich ihn schon einmal gesehen, vor einiger Zeit. Mascha lachte. Sie ist sich sicher, dass Charlotte irgendwie dahintersteckt.

Im März kommt Vater uns besuchen. Er möchte Sophie so lange im Kinderwagen umherschieben, bis die Schrauben der Räder locker werden, sagt er. Wenn er wieder heimfährt, werde ich ihn bitten, die Flaschenpost mitzunehmen und sie ins Meer zu werfen, dort, wo ich ihn zum ersten Mal wiedergetroffen habe und wo ich Charlotte und meine eigene Geschichte in die Schwerelosigkeit entließ.

Mein Handy vibriert. Sophie ist aufgewacht.

Ich überfliege das Geschriebene, die Geschichte sinkt langsam in die Zeilen, verschwindet in ihnen, nur noch ein paar Worte, zum Abschied.

Ich umarme dich, meine liebe Charlotte!

Bis sehr bald, in der Ewigkeit oder in einem Augenblick,

Dein Rafael

Danksagung

Von Herzen danke ich allen, die mich beim Schreibprozess unterstützt haben.

Mein besonderer Dank gilt:

Herrn Joachim Müller, Hospizleiter des Caritas-Hospiz Pankow, sowie Sr. Margret, Seelsorgerin in eben diesem Hospiz, die so freundlich waren, mir Einblicke in die Hospizarbeit zu gewähren.

Bella Strazdin für ihre wiederholte Bereitschaft, mir ihr umfangreiches medizinisches Wissen näherzubringen.

Dem Autorenforum Berlin für die konstruktive Kritik am ersten Kapitel.

Ich danke Lisbeth, die bis zuletzt an Rafik und Charlottes Geschichte glaubte und sich voller Optimismus dafür einsetzte, dass diese ein Zuhause bekommt.

Auch gilt mein Dank Martina, die dieses Buch nicht nur las, sonders wirklich hörte, und die mir dabei half, stets den richtigen Ton zu treffen.

Aus tiefster Seele danke ich allen Lehrern, die mich mit ihren Büchern, Filmen, Vorträgen, mit ihrer Musik und Dichtung inspiriert haben. Im Rahmen dieses Buches gilt mein besonderer Dank Eckhart Tolle, Clemens Kuby, Carol Bowman, Ian Stevenson, Brian L. Weiss und Leonard Cohen. Ihre Weisheit und viele ihrer Erkenntnisse sind in dieses Buch geflossen und haben Rafik geholfen, seinen Weg zu gehen und über sich hinauszuwachsen, so wie sie auch mir und vielen anderen Menschen dabei helfen.

    Zuletzt möchte ich noch meinen Figuren danken, dafür, dass sie sich an einem Abend urplötzlich um mich versammelt haben – wie Wesen aus einer anderen Welt tauchten sie in unserem Wohnzimmer auf und brachten ihre Geschichte gleich mit. Fast drei Jahre lang blieben sie bei mir, redeten mir gut zu und warteten geduldig, bis ich alles aufgeschrieben hatte. Ich kann nur hoffen, dass ich ihnen und dem, was sie zu sagen hatten, gerecht geworden bin.

Sollte diese Publikation Links auf Webseiten Dritter enthalten,
so übernehmen wir für deren Inhalte keine Haftung,
da wir uns diese nicht zu eigen machen, sondern lediglich auf
deren Stand zum Zeitpunkt der Erstveröffentlichung verweisen.

 Dieses Buch ist auch als E-Book erhältlich.

Abdruck des vorangestellten Songtextes von Leonard Cohen
mit freundlicher Genehmigung von Sony/ATV Publishing Germany/
Kobalt Music Germany

Verlagsgruppe Random House FSC® N001967

1. Auflage
Copyright © 2019 btb Verlag
in der Verlagsgruppe Random House GmbH
Neumarkter Str. 28, 81673 München
Vermittelt durch die Literarische Agentur Kossack
Umschlaggestaltung: semper smile, München
unter Verwendung eines Motivs von
© shutterstock/Paladin12, shutterstock/MaKars
Satz: Uhl + Massopust, Aalen
Druck und Einband: GGP Media GmbH, Pößneck
Alle Rechte vorbehalten.
Printed in Germany
ISBN 978-3-442-75822-7

www.btb-verlag.de
www.facebook.com/btbverlag